UN MILLÓN DE PLACERES CULPABLES

C. L. Parker

Un millón
de placeres
culpables

Traducción de Yuliss M. Priego

TITANIA

Argentina • Chile • Colombia • España
Estados Unidos • México • Perú • Uruguay • Venezuela

Título original: *A Million Guilty Pleasures*
Editor original: Bantam Books an imprint of Random House, a division of Random House LLC, a Penguin Random House Company, New York
Traducción: Yuliss M. Priego

1.ª edición Octubre 2014

Este libro es una obra de ficción. Todos los nombres, personajes, lugares y acontecimientos de esta novela son producto de la imaginación de la autora, o empleados como entes de ficción. Cualquier semejanza con personas vivas o fallecidas, hechos y lugares reales es mera coincidencia.

ISBN: 978-84-92916-78-8
E-ISBN: 978-84-9944-766-7
Depósito legal: B-20.833-2014

Fotocomposición: Montserrat Gómez Lao
Impreso por Romanyà Valls, S.A. – Verdaguer, 1 – 08786 Capellades (Barcelona)

Impreso en España – *Printed in Spain*

Este libro está dedicado a mi hermana pequeña, Brittnie Day,
que tiene también un talento extraordinario. Algunos días creo
que se le olvida. Britt, es imposible que alguien te haga sombra
cuando tú misma proyectas luz propia. El mundo es tuyo.
Todo lo que tienes que hacer es arrasarlo.

Prólogo

Soy un hombre que pagó por tener sexo. No es que me hiciera falta, ya ves, pero era la única manera de no acabar bien jodido. Bueno, que me «jodieran» era básicamente el objetivo, pero no en el sentido que me refería antes. En resumen: Pagué una cantidad desorbitada de dinero, dos millones de dólares para ser exactos, para poseer a una mujer durante dos años. Ella era virgen y merecía bien la pena, pero entonces hice lo impensable.

Me enamoré de ella.

Para empeorar más las cosas, descubrí la razón por la que, de entrada, había puesto su cuerpo en venta. Lo hizo para salvar una vida. Yo la compré para echar un polvo. Está claro que yo era el cabrón en la ecuación, pero iba a compensarla aunque muriera en el intento.

Mi nombre es Noah Crawford y esta es la continuación de mi historia.

1

Yo primera

Noah

Alejarme de Delanie Talbot fue lo más duro que tuve que hacer en la vida. Y eso ya era decir bastante si teníamos en cuenta que había sido el responsable de la muerte de mis padres y posteriormente había heredado una compañía multimillonaria, el Loto Escarlata, que dirigía junto a mi enemigo mortal, David Stone.

David había sido una vez mi mejor amigo hasta que volví de un viaje de negocios y me lo encontré tirándose a mi chica, Julie, en la bañera. No hacía falta decir que Julie ya no era mi chica. Una paria, sí, pero mi chica, no. Todos esos sucesos me habían llevado sin darme cuenta hasta Lanie. Todavía no tenía muy seguro si debía estar resentido o feliz sobre ese hecho.

Había oído hablar de una organización clandestina que procuraba mujeres para venderlas al mejor postor. Todo era muy ilegal, por supuesto, tal y como debería ser el tráfico de personas, ya fuera voluntario o no. No obstante, estas mujeres accedían a convertirse en la propiedad del ganador de cualquier forma que estos requirieran. Yo puede que no haya confiado en las mujeres tras el fiasco Julie/David, pero era un hombre y tenía necesidades, al igual que cualquier otro hombre. Así que cuando oí hablar sobre la subasta, esta pareció ser la mejor ruta que seguir.

Scott Christopher era el propietario del Foreplay, un club que de cara al público se encargaba de las trastadas que vinieran a hacer los universitarios, mientras que por detrás se llevaban a cabo las subastas.

No me gustaba Christopher en lo más mínimo, pero no había ido allí para hacer amigos. Solo había tenido un único propósito en mente, y yo siempre conseguía todo lo que quería.

Delanie Talbot era una virgen de veinticuatro años. Inmaculada, indómita. Perfecta. Los dos millones de dólares que pagué por poseerla durante dos años fueron, desde luego, una muy buena inversión. Dos años para hacer con ella todas las guarradas que quisiera, como y cuando yo quisiera. Y lo hice. Aunque no había esperado que tuviera cero experiencia con el sexo, me gustó ser yo el que llegara a enseñárselo todo. Era una alumna excelente. Aceleraba el proceso de su educación hasta el punto en que yo mismo pensé que la mujer iba hasta a matarme. Un bonus añadido era que venía armada con una actitud respondona. Pensarás que aquello sería un desencanto. Pero en realidad fue más bien lo opuesto; no había hecho más que ponérmela más dura.

Dimos muchas vueltas y otros tantos cabezazos, pero al final la cosa siempre terminaba con mi polla enterrada hasta el fondo de su delicioso coño y ella gimiendo mi nombre. Yo era un dios del sexo y ella otra diosa; hasta que descubrí que en realidad ella era un ángel y yo, el diablo disfrazado.

Si hubiera sido la mitad de listo de lo que había pensado que era, habría contratado a alguien para que investigara el pasado de Delanie desde el principio. Pero no. Era un cabrón salido sin moral ninguna, de ahí que hubiera comprado a un maldito ser humano.

Al final resultó que Delanie Talbot había llevado a cabo el mayor de los sacrificios. Se había vendido a sí misma para salvar la vida de su madre.

Faye Talbot necesitaba un trasplante de corazón. El problema era que la familia Talbot no se lo podía pagar, ni tampoco tenía seguro médico. Mack, el padre de Lanie, había perdido su trabajo tras haber faltado tanto por cuidar de su mujer. Las empresas estadounidenses podían ser unas cabronas insensibles a veces, preocupándose más de los beneficios que de las personas que eran la razón de que las cosas les fueran tan bien. Pero lo hecho, hecho estaba. Todo lo que podían hacer era luchar por seguir adelante y aferrarse a la esperanza.

Esa esperanza vino con los dos millones de dólares que pagué por Lanie.

Qué altruista de mi parte. No creo que aquello hubiera sido lo que mi querida madre fallecida, Elizabeth, hubiera tenido en mente cuando comenzó con la campaña benéfica en el Loto Escarlata. Noah sénior tampoco habría aprobado mi decisión en lo más mínimo.

Una vez que descubrí lo que le había hecho a Lanie, supe que no podía seguir con la situación. Me había enamorado de ella. Hasta las trancas. Y aunque casi me matara admitirlo, sabía que tenía que dejarla ir. Ella tenía que estar al lado de su madre, no en mi cama.

Admitiré que no había pensado que en realidad pudiera llevar a cabo esa decisión hasta el final, así que la evadí. Fue la noche del baile de gala anual del Loto Escarlata cuando se colmó el vaso. Primero, Julie se apareció por allí e hizo de las suyas. Estuvo pegada a mí como una lapa y no hubo nada que yo pudiera haber hecho para remediarlo entonces porque los miembros de la junta directiva y los posibles clientes estaban entre los asistentes. Añádele a eso el hecho de que Lanie estuvo flirteando abiertamente con David Stone y ya tienes todos los ingredientes necesarios para producir una catástrofe. De modo que me obligaron a sacar a Lanie de allí antes de que perdiera toda compostura y montara una escenita espantosa de la que nunca sería capaz de recuperarme. Eso era lo que David había esperado que hiciera, estaba seguro.

Lanie y yo discutimos en el camino de vuelta a casa. Bueno, ella discutió. Yo la ignoré. Lo cual solo consiguió enfadarla más. Ella quería que la follara, lo esperaba, porque eso era lo que siempre habíamos hecho. Solo que yo ya no quería. No podía. No después de todo lo que había descubierto. No me malinterpretes, la deseaba. ¡Vaya si lo hacía! Pero ya no podía hacerle aquello a ella.

No obstante, ella no lo iba a dar por terminado. No. Lanie, no. Cuando desdeñé sus insinuaciones, ella salió corriendo de la limusina y se dirigió a casa toda empapada por culpa de la lluvia. Yo, por supuesto, la seguí, pero se encontraba fuera de sí y soltaba por esa boca cualquier cosa para intentar sacarme de mis casillas.

Dio en el puto clavo cuando me dijo que si yo no iba a follarla, alguien del baile lo haría, y una persona en particular me vino rápidamente a la cabeza. David Stone.

Mi naturaleza posesiva despertó. Lo admito, estaba furioso, pero no fue excusa para lo que hice. La agarré de un modo nada suave y me la follé allí mismo, en la escalera. No me importó si a ella le gustaba. No me importó si estaba incómoda. No me importó nada más que el apoderarme de lo que había considerado mío.

Solo que ella no era mía. Sí, quizá su cuerpo sí que me pertenecía, pero no su alma o su corazón, y esas eran las partes que yo más ansiaba. Esas eran las partes que yo sin darme cuenta siquiera le había dado a ella. Y no le habían costado ni un mísero céntimo.

Tras follármela como un jodido animal, me obligué por fin a confesarle todo lo que le había estado ocultando. Le conté que sabía lo de su madre, y por qué había participado en la subasta y se había vendido al mejor postor. Y por más retorcido que fuera, que yo sabía que lo era, le conté que me había enamorado de ella. Y entonces la dejé allí sin decirle ni una palabra más.

Para mi completo asombro, Lanie vino hasta la ducha en mi busca. Imagina mi sorpresa cuando en vez de cortarme las pelotas, me pidió que le hiciera el amor, que le dejara ver lo que se sentía al ser amada por mí. Solo una vez. Eso fue todo lo que quiso. Y yo le habría dado cualquier cosa que me pidiera, así que por supuesto que le di mi corazón sobre una bandeja de plata. Muy cliché, pero cierto.

Supe mientras le hacía el amor, mientras le desnudaba mi alma, que esa sería la última vez. Aun sabiéndolo, me las arreglé para apartar aquello de mi mente y para reverenciarla del modo en que debería haberlo hecho desde el primer día. La amé completa y libremente, con toda mi alma y mi ser. Ya no cabía ninguna duda de cómo me había sentido con respecto a ella, de cómo todavía me sentía hacia ella.

La quería. Joder, no. La amaba.

Después ella señaló lo obvio, que teníamos que hablar. Pero yo ya sabía todo lo que ella iba a decir, así que me adueñé de la noche y simplemente la abracé. Sabía que sería la última vez que podría hacerlo.

A la mañana siguiente, tuve que hacer acopio de toda la fuerza que pude para abandonar la mesurada serenidad de la cama. Tenía que hacerse. Así que le acaricié el cuello con la nariz y besé con suavidad la piel desnuda de su hombro antes de susurrarle un último «te quiero» al oído. Ella se removió y sonrió, todavía dormida, lo que no hizo más que ponerme más difícil apartarme de su lado, pero de algún modo lo logré.

Me duché rápido y me vestí incluso más deprisa. Pero cuando salí, allí estaba ella, mi nena de dos millones de dólares, más guapa de lo que nunca hubiera pensado antes. Había querido hablar, pero de nuevo yo ya sabía de qué iba la cosa y no creía que fuera capaz de soportar escucharla decir las palabras. Así que hice lo correcto.

Rompí el contrato en dos y le dije que se fuera con su familia. Y entonces obligué a mis temblorosas piernas a que me alejaran de ella. Ella no me siguió ni intentó detenerme, tal y como debería haber hecho. La fantasía que había intentado comprar se había acabado y ya tocaba volver al mundo real.

Mientras la limusina se incorporaba al tráfico, me negué a mirar de nuevo hacia la puerta principal. No quería no verla allí. Ya era bastante duro saber que no estaría en casa cuando volviera. Quizá llegara el día en el que la chica pensara en mí y no me odiara con todo su ser. Quizás hasta me sonriera con cariño. Quizá, pero no contaba con ello. Siempre y cuando fuera feliz, lo demás no me importaba.

Y así me encontraba en la limusina, solo y muriéndome por dentro. Me centraría en la única otra cosa que me había ayudado a superar todas y cada una de las tragedias de mi vida: el Loto Escarlata.

Lanie

Mientras veía la limusina desaparecer de mi vista, algo me invadió por dentro. Esperaba que fuera derrota, agonía, traición o aflicción, pero no fue nada de eso.

Rabia. Rabia y más rabia.

¿Cómo se atrevía? El imbécil con su estúpida casa enorme, su estúpido ego enorme y su estúpida arrogancia creía saber qué era lo mejor para mí. Dijo que no iba a funcionar, pero no creí que lo dijera en serio. Vi sus ojos. Lo estaba matando. Entonces, ¿por qué hacerlo? ¿Por qué pasar por todo lo que pasó anoche antes de demostrarme lo que sentía por mí para luego dejarme en cuanto tuviera la menor oportunidad de salir por patas? Porque tenía problemas de control, por eso. Bueno, él no me podía decir qué o qué no hacer. Ya no era una de sus empleadas. El trozo de papel hecho trizas que había desechado en la cama había puesto fin a ese contrato.

Desechado… al igual que yo.

Iba a decirle que yo también lo quería, que dejara de ser tan absurdo, pero no había habido suerte. Antes de que me dejara abrir la boca para pronunciar las palabras que iban a demostrarle lo contrario, el loco del control me mandó a tomar viento.

No era justo que él hubiera podido decir todo lo que quiso cuando yo no había podido hacerlo. O sea, sí, podría haber repetido su declaración en pleno culmen de pasión, pero esa pasión había sido muy épica y apenas había tenido tiempo siquiera de acordarme de respirar, mucho menos de ser capaz de decir nada que sonara mínimamente coherente y entrañable. Además, sí que pensé de verdad que tenía todo el tiempo del mundo para contarle cómo me sentía. O sea, ¿hola? Le había dicho que me llamara Lanie, por el amor de Dios. Y además tampoco quería que pensara que estaba diciendo esas dos cortas palabras solo porque él las había pronunciado antes. Quería un momento aparte para gritarlo a los cuatro vientos y para que no dudara de mi sinceridad, porque una declaración de tal magnitud era muy seria.

Pero ya estaba más que preparada para dar el salto. Por él, por mí… por nosotros.

Pero entonces tuvo que irse y estropearlo todo con esas chorradas de hombre primitivo.

Los tíos eran unos gilipollas.

Pero al menos yo podría hacer algo por mi gilipollas, porque en realidad no tenía nada que perder si le hacía frente. Iba a hacer que me escuchara, lo quisiera él o no. Iba a quedarle claro que lo quería y se sentiría como un completo capullo por haberme dejado del modo en que lo había hecho. Porque iba a ir hasta aquella pija oficina suya para exigir que me prestara atención. Iba a ver lo equivocado que estaba por haber asumido lo que le había dado la gana y nunca más volvería a sacar conclusiones precipitadas. Yo lo había dejado todo por salvar la vida de mi madre moribunda y tenía una voz que se moría por hacerse escuchar. Si de mí dependía, todo por lo que había pasado desde que entré en el mundo de Noah Crawford no iba a ser en vano.

Resignada con ese plan, me giré sobre mis talones y volví a adentrarme en la casa con los hombros bien atrás y la cabeza bien alta. Tras darme una ducha rápida y una vuelta por el país de las maravillosas ropas inapropiadas de Polly, me vestí y cogí el móvil de la mesa antes de salir.

Estaba bastante impresionada conmigo misma mientras bajaba las escaleras a la carrera porque evité de nuevo que me partiera el cuello o que me abriera la cabeza. Cuando llegué a la planta baja, oí aparcar un coche. Tendría que ser Samuel, que ya había vuelto de dejar a Noah, y pensé que los astros se debían de haber alineado porque fue de lo más oportuno.

Pero entonces pegaron a la puerta con insistencia y gritaron: «¡Lanie Marie Talbot, sé que estás ahí! ¡Saca ese culo gordo de la cama y abre la puerta!»

Esa era mi mejor amiga, Dez.

Corrí hacia la puerta y la abrí de un tirón justo cuando Dez estaba a puntito de volver a pegar con el puño. Para una chica era bastante fuerte. Por suerte no me dio en toda la frente; no necesitaba parecer un unicornio cuando fuera a enfrentarme a Noah.

—¡Dez! —grité a la vez que sorteaba su puño.

Ambas retrocedimos un paso y nos inspeccionamos.

—¿Qué mierda llevas puesto? —gritamos al unísono.

—¡Yo primera! ¡Me debes una Coca-Cola! —grité al mismo tiempo que Dez gritaba: «¡Yo primera! ¡Me debes una cola gorda. Un buen rabo!»

Cada vez que jugábamos a este juego, yo nunca conseguía la Coca-Cola. Dez, sin embargo, siempre conseguía su cola gorda... y sin mi ayuda.

Dez iba vestida de negro de la cabeza a los pies. Bueno, en su mayor parte. Llevaba unos vaqueros ceñidos negros, un jersey de cuello alto y unas botas negras de piel de serpiente. Un cinturón con el diseño de una calavera en la hebilla adornaba el centro de sus caderas, y llevaba una gorra negra con otra calavera bordada justo encima de sus perfectas cejas.

Plaqué a mi mejor amiga, la rodeé con mis brazos y le atrapé los suyos a sus costados.

—¡Ay, Dios! ¡Te he echado mucho de menos!

Hasta no tenerla frente a mí no me había dado cuenta de cuánto.

—¡Suéltame, Hulka! Joder, ¿qué te están dando de comer aquí? ¿Esteroides? —preguntó intentando deshacerse de mi agarre.

La solté y reparé en que mi abrazo probablemente había estado a punto de haberle roto los huesos. Me aparté y la invité a entrar.

—¿De qué va ese modelito de *Misión imposible*?

—Te voy a sacar de aquí. —Se giró para examinarme una vez más con una sonrisa aprobatoria—. El novio te ha comprado trapitos, ¿eh? Mírate con ese diminuto vestidito rojo, Guarra McGuarretona. —Entonces de pronto ahogó un grito y abrió los ojos como platos—. ¡A ti te han follado pero bien! ¡Suelta prenda!

Sentí cómo mi rostro se ponía rojo.

—¿Qué? ¡No!

—¡Sí, Lanie Talbot! No te olvides de con quién estás hablando. Creo que conozco esa cara de me-la-acaban-de-meter-hasta-el-fondo.

Me moría de ganas de soltárselo todo a mi mejor amiga, pero necesitaba llegar hasta Noah y la aparición de Dez me estaba reteniendo. Y hablando de…

—Espera, ¿a qué te refieres con que me vas a sacar de aquí?

—Me refiero a que cojas tus cosas y a que nos vayamos. Estoy en una misión secreta para liberarte de la prisión de esclava sexual —dijo, y luego miró en derredor con la boca abierta—. Aunque de verdad que no veo cómo podrías llamar a esta queli una prisión. ¡Es un puto palacio!

—Vale, en serio. ¿Por qué estás aquí y cómo supiste dónde estaba?

Dez puso los ojos en blanco.

—Dijiste que Noah Crawford te compró, y al principio no caí en la cuenta, pero luego la verdad me golpeó como a una puta que acabara de recibir una guantada de su chulo en un callejón oscuro: Noah Crawford del Loto Escarlata. ¿Cierto? O sea, ¿cuántos Noah Crawford puede haber en el mundo, y mucho menos en este rincón del país, con suficiente dinero como para soltar dos kilos para tener a su propia *oh-sí-papi-dame-tu-leche* personal? —preguntó con todas sus estupendas habilidades de actriz porno de películas de serie B.

—Sí, pero eso no explica por qué estás aquí, insistiendo en sacarme de aquí. Estoy bien. Y en serio, en realidad no es como si fuera una prisionera. Noah me trata muy bien.

Mi mejor amiga respiró hondo y suspiró.

—Tengo que decirte algo, cariño —comenzó.

Ella nunca me llamaba *cariño* a menos que estuviera a punto de contarme algo duro para mí. El corazón se me subió a la garganta e intentó salírseme por la boca.

—Faye se ha puesto peor. La han ingresado en el hospital universitario y han llamado a la familia. Le prometí a Mack que te llevaría. No pinta bien, nena.

Justo entonces la puerta principal se abrió y Polly cruzó el umbral.

—¡Buenos días, Lanie! —me saludó con su habitual voz jovial, como si todo mi mundo no se hubiera puesto patas arriba apenas unos segundos antes. La sonrisa desapareció inmediatamente de su rostro cuando vio mi expresión—. Ay, Dios. ¿Qué pasa?

El pecho se me oprimió como si una anaconda lo estuviera asfixiando para luego tragárselo entero.

—Noah tenía razón. Mis padres me necesitan más que él.

David

La cabeza me dolía. Me dolía como si una viga se me hubiera caído encima desde un vigésimo piso. O quizá fuera más una de esas arañas de luces del *Titanic*, o, joder, hasta el mismísimo *Titanic*.

Y la boca me sabía a mierda.

Abrí uno de mis párpados y evalué los daños. Normalmente cuando me despertaba así, siempre había una o dos, quizás hasta tres putas de las que tenía que deshacerme rápidamente antes de que se volvieran demasiado empalagosas.

Menos mal que estaba en mi oficina del Loto Escarlata solo. Supongo que esa puta de Julie había pillado la indirecta cuando le dije que se perdiera de mi vista. Al menos pensaba que le había dicho que se perdiera. Recordaba haberme follado su culo, porque sí, tenía que volver a revivir los recuerdos. Una pena que Crawford no hubiera estado allí para verlo. La expresión de su cara cuando vio que Julie era mi acompañante para el baile no había tenido precio, aunque no tanto como podría haber sido. No me extrañaba, porque el cabrón suertudo había tenido a la señorita Delanie Talbot colgando de su brazo. Debería decir probablemente que ella era la que lo había tenido a él colgando de su brazo, literalmente. Esa esclava que llevaba en la muñeca lo había dicho todo: la había marcado como propiedad suya. Y eso no hacía más que corroborar el hecho de que yo tenía que poseerla. Solo necesitaba poner en orden mi plan de juego. Tras nuestra instructiva conversación la noche anterior, era obvio que ella tenía sentimientos por mi ex mejor amigo. Pero aunque no los tuviera, echarle el guante a una mujer como Delanie Talbot iba a llevarme más que unas cuantas promesas vacías y una cuenta bancaria hasta los topes. Como era de esperar, eso fue todo lo que hizo falta con Julie.

Me estiré y sentí gruñir en protesta cada glorioso músculo de mi cuerpo perfecto. Una cosa estaba más que segura: el cómodo sofá de cuero que había importado desde Italia no estaba haciendo una mierda por mi espalda. Haber follado demasiado en toda mi corta existencia sí que me la había jodido bien. Pero bueno, mientras fuera bueno dando los orgasmos, iba a seguir haciéndolo. Los míos, no los de ellas.

Eh, yo nunca les di ninguna garantía.

Deseé que la cabeza me dejara de palpitar a la vez que me sentaba y me estiraba algo más, esperando que algunos de los tirones y los calambres en el cuello y en la espalda desaparecieran. Joder, me dolía todo. La cabeza empezó a darme vueltas, pero tras un momento o dos pude ser capaz de hacer que el suelo dejara de moverse durante el tiempo suficiente como para ponerme en pie. Poniendo un pie delante del otro, llegué haciendo zigzag hasta el baño —debo admitir que todavía estaba un poco borracho— y cogí el botecito de calmantes que guardaba en el armarito. Tras meterme uno en la boca, y después otro por si acaso, abrí el grifo del agua fría y bebí de las manos.

Cuando me miré en el espejo me sonreí a mí mismo. Cualquier otro cabronazo que hubiera pasado la misma noche que yo habría tenido un aspecto deplorable, pero no yo. Yo siempre estaba guapo. Cogí el cepillo de dientes que dejaba allí, porque tenía una dentadura de lo más preciosa que había que mantener así, y les saqué brillo a mis perlas antes de meterme en la ducha. Después de secarme, me dirigí hacia mi armario personal para sacar ropa limpia. Sí, tenía un ropero allí.

La ducha me había espabilado un poco, lo cual era perfecto porque tenía una cita muy importante que no podía perderme y necesitaba estar despejado. Una mirada a mi Rolex me hizo saber que todavía tenía tiempo de sobra.

Me sorprendí, por decir algo, cuando salí de la oficina y vi a Crawford bajando del ascensor. Él gimió también cuando me vio a mí. Me tomé ese gemido como un cumplido, un punto claro a mi favor. Quizá yo no fuera la persona más fácil con la que llevarse bien cuando se estaba en el bando contrario, pero ese hecho servía a mi propósito. Cuanto más miserable me viera, más probabilidades tenía de que por fin cediera y me diera su mitad de la compañía solo para poder alejarse de mí. Así que si Noah se ponía en el punto de mira, podrías apostarte lo que quisieras a que yo le dispararía.

—Es domingo, Crawford. ¿Qué estás haciendo aquí?

—Tengo trabajo que hacer —dijo mientras sacaba la llave de su oficina.

Estaba claro que iba a mandarme a paseo, pero no podía dejar que lo hiciera antes de que me hubiera divertido un poco.

—Te fuiste pronto anoche, pero no te preocupes. Les expliqué a los miembros de la junta directiva y a los clientes que tenías a un rico bombón reclamando tus atenciones —dije con suficiencia.

Él sabía lo que eso significaba: le había cortado los huevos y se los había devuelto en una bolsa de papel. Punto para el equipo local. Su desatención hacia ellos me dio ventaja en este pequeño juego al que jugábamos para tener todo el control.

Él se mofó y sacudió la cabeza.

—Y hablando de ella… es toda una bruja esa Delanie. ¡Guaaau! —me jacté—. Vaya boca tiene, también. ¿Qué fue lo que me llamó? —pregunté golpeándome en la barbilla mientras recordaba sus palabras—. Ah, sí. Una rémora. Parece que piensa que tu polla es más grande que la mía, lo que puede o no ser verdad, pero no fue ningún problema para tu otra puta subirse al tren exprés de David Stone, ¿verdad? Por supuesto, a diferencia de Julie, Delanie fue rápida a la hora de defender a su hombre. Y lo sentía de verdad, sí. Me vendría bien tener a alguien como ella en mi lista de objetivos.

¡Bingo! Ese comentario le había dado donde más dolía.

El odio destelló en sus ojos. Error número uno: cuanto más se preocupara por ella, más la querría yo. Redujo la distancia que nos separaba en menos de una milésima de segundo y me estampó contra la pared con su antebrazo pegado a mi garganta. Error número dos: una agresión en la oficina solo añadía un arma más a mi arsenal.

—¡Mantente alejado de ella, cabrón! ¿Me oyes? —dijo echando humo. Sus palabras salieron con dificultad de entre sus dientes apretados mientras me señalaba a la cara con un dedo—. ¡Mantente alejado de ella! Esta es tu sola y única advertencia, Stone. Juro por Dios que te mataré con mis propias manos.

Error número tres: amenaza terrorista. Puede que necesite conseguir una orden de alejamiento, ya sabes, porque temía por mi vida y demás y no debería estar sujeto a un ambiente de trabajo tan hostil.

Le dediqué una sonrisa ganadora porque lo tenía justo donde quería. Era justo la clase de reacción emocional de la que siempre le había advertido a la hora de encariñarse de una mujer. No estaba jugando bien, no pensaba con claridad, y estaba claro que no tenía ni idea de que me había dado toda la munición necesaria para emboscarlo y robarle su orgullo y su felicidad. El Loto Escarlata sería mío.

Su teléfono móvil sonó. Por un momento pareció como que no iba a cogerlo, pero entonces maldijo para sí y se apartó. Yo recuperé el flujo de aire que atravesaba mi tráquea. Hice todo lo que pude para ocultar la tos mientras me masajeaba el cuello y él respondía a la llamada. Crawford no era un gallina. Supe que si alguna vez nos veíamos envueltos en un altercado físico, sería un enemigo formidable, pero ni de coña iba a dejárselo saber.

—¿Qué? —ladró al aparato.

Yo lo ignoré y me dirigí hacia el ascensor porque, francamente, ya me había aburrido de él. Ya tenía lo que necesitaba y todavía seguía teniendo una cita, así que…

—Polly, frena el carro. ¿Quién?… ¿Dez? ¿Quién coño es Dez?… Mierda, no… Ay, Dios, no. ¿Dónde está?… No, no, no pasa nada.

¿Universitario?... Vale, cálmate. Llamaré a Daniel, él trabaja allí... Sí, ve... Solo ve a estar con ella, Polly.

No tenía ni idea de qué iba esa conversación unilateral, pero bueno, como ya he dicho, me la sudaba bastante. Mientras el ascensor hacía *ding* y las puertas se abrían, él me volvió a mirar brevemente y luego se separó el teléfono de la oreja.

—Lo que he dicho va en serio, David. Mantente alejado de ella —me advirtió de nuevo.

—Ah, sí. Claro. Tienes mi palabra.

Lo saludé burlón mientras las puertas se cerraban. Él sabía que no podía hacer nada, y menos ahora, con la crisis por la que lo había llamado esa pesada. Lo que me dejaba el camino bien abierto para que yo me ocupara de los asuntos que me atañían.

Abajo, en el garaje, me subí a mi Viper rojo y encendí mi estéreo personalizado antes de salir del parquing derrapando y haciendo chirriar los neumáticos. Todos los ineptos medios de transporte que había en la carretera delante de mí se apartaron como el Mar Rojo para dejarme pasar. Era plausible que eso solo se debiera a que el tráfico era normalmente escaso los domingos por la mañana temprano, pero me gustaría pensar que era porque era un puto dios tras el volante de esta pieza de artesanía magistral.

—Eso es, cabronazos... hacedle espacio a la genialidad.

Aparqué en los aparcamientos del Foreplay, un lugar bastante popular entre los universitarios para festejar, y un lugar con un gran negocio que se había mantenido perfectamente en secreto abajo. Tan abajo como que estaba bajo el suelo. Putillas e idiotas arriba, y putas de verdad y magnates abajo. Era la infraestructura perfecta.

Me dirigí hacia la puerta trasera y di dos golpes rápidos en ella y seis a ritmo de los latidos de un corazón. Inmediatamente después, Terrence abrió la puerta.

—¡Señor Stone! Justo a tiempo, como siempre —mintió con convicción. Había llegado al menos veinte minutos tarde, pero como he dicho, el tiempo se paraba para David Stone—. Entre, entre.

Me adentré en la oscura entrada y respiré hondo.

—Oh, el dulcísimo olor a coño y a dinero por la mañana —canturreé—. ¿Hay una combinación mejor?

—Por supuesto que no. —Él se rió y me dio una palmada en la espalda—. El señor Christopher le está esperando.

—Por supuesto. Me sé el camino —dije dibujando una sonrisa digna de los Oscar.

Él asintió y se quedó a lo suyo al tiempo que yo recorría el pasillo hasta llegar a la oficina de Scott y entraba sin molestarme en llamar siquiera a la puerta. Scott estaba de espaldas en la silla, fumándose un canuto. La mercancía del día estaba expandida sobre su mesa junto a algunos paquetes del último envío que todavía no había distribuido a sus traficantes.

—Eh —me saludó perezosamente.

Sus ojos eran apenas unas rajas a través de los párpados entrecerrados mientras soltaba el humo de la maría.

Cerré la puerta y me quité la chaqueta antes de asentir en dirección a las rayas blancas de nieve que había preparado en un pequeño espejo rectangular.

—¿Has empezado la fiesta sin mí?

—Solo pensé en preparar una muestra de antemano.

Se irguió y apagó la colilla de su porro en el cenicero de cristal que había en la esquina de su escritorio, y luego empezó a reorganizar los libros de contabilidad que tenía frente a él.

Scott Christopher era mi socio, aunque yo básicamente me mantenía en la sombra. El Foreplay le pertenecía a él, pero yo le proporcionaba el apoyo financiero y la mayoría de la clientela para su negocio del tráfico. Dos tráficos, para ser exactos: sexo y drogas. El Loto Escarlata era mi mayor fuente de ingresos, pero la subasta y la cocaína inflaban mis bolsillos. Y bastante, debía añadir.

Que les jodieran a esos chuloputas y camellos *amateurs* que había en la calle. Aquello no era más que unos intercambios entre estúpidos. Nosotros proveíamos a la élite.

Aunque yo había invertido de un modo sólido en sus transacciones, la única razón por la que Scott era capaz de atraer a los ricos y a los poderosos era por mí. Las chuches nasales eran el enganche de muchos de los adinerados, y yo mismo me incluía entre ellos. Un empresario como Scott nunca sería capaz de acercarse a hombres del mismo calibre con los que yo me asociaba. Muchos de los almuerzos de negocios y de los tratos con clientes y posibles inversores para el Loto Escarlata me proporcionaban un pequeño margen de acción que explotar. La promesa de la discreción era lo que llevaba a los peces gordos a picar el anzuelo. Una vez que probaban la mercancía ya no había vuelta a atrás. Solo se las apañaban para ir a más tras aquello; se aseguraban de tener un coño para satisfacer sus necesidades de cualquier forma que sus corazones pervertidos quisieran. Teníamos algo para todos.

La guinda del pastel era que yo conocía todos sus secretos. Les sonreía en sus caras, les estrechaba las manos, les daba palmaditas en la espalda. Pero al final, los apuñalaría por detrás si alguna vez me veía entre la espada y la pared. La necesidad de tener contratos implicaba un rastro en papel, pruebas de su escandaloso comportamiento. Fueran lo arriesgados que fueran esos documentos, nuestros clientes los consideraban una responsabilidad a la que merecía la pena someterse a cambio de la mercancía. Yo lo consideraba una apuesta infalible para estar en el equipo David cuando moviera ficha y reclamara el Loto Escarlata como propio.

Adoraba mi puta vida.

—¿Y cómo van los números con nuestro otro negocio?

Colgué mi chaqueta en el perchero y me acerqué para probar yo mismo la muestra de coca.

Me doblé sobre la mesa, cogí la pajita, me llevé uno de los extremos a la nariz y el otro lo puse al comienzo de una de las rayas preparadas. Tras haberme tapado con un dedo el otro orificio nasal, cerré los ojos y me esnifé el polvo blanco de primera calidad. Aunque lo sentí como arena fina a través de la nariz, el corte era tan puro que no me quemó, solo sentí un entumecimiento inmediato y un colocón que haría que Súper Ratón se sintiera como el Increíble Hulk.

Abrí los ojos despacio a la vez que la sensación se desplazaba a toda pastilla a través del resto de mi cuerpo.

—Joder, sí. Tenemos aquí mierda de la buena.

En un día normal me sentiría como si pudiera comerme el mundo. Tras haberme esnifado un poco de caspa del diablo sabía que no solo podía comerme el mundo, sino el universo entero también. Los ricos y los poderosos anhelaban esa sensación, y se volvían adictos a ella. Dada nuestra clientela, no era de extrañar que nuestro negocio de la cocaína, que era tan sumamente productivo y rentable y tenía un éxito tan grande, fuera la envidia de los traficantes callejeros de todo el mundo.

Tomé asiento y apoyé los pies en una esquina del escritorio de Scott. Él pareció irritado, pero no diría una mierda.

—Así que… ¿cuáles son los números de las subastas?

—Espectaculares, gracias a la virgen del grupo, pero eso no es nada comparado con las otras noticias. —El rostro se le iluminó con una sonrisa sinuosa—. Tengo información interesante para ti.

Yo arqueé una ceja porque estaba actuando como un hombre que de pronto conocía todas las respuestas de la vida y que estaba a punto de hacerme una oferta que no podría rechazar.

—¿Ah, sí? Cuéntame.

—¿Y si te lo enseño directamente?

Abrió el cajón inferior de su escritorio y sacó una carpeta de papel manila que deslizó sobre la mesa.

Yo me reí entre dientes cuando vi el nombre de Delanie Talbot escrito en rojo sobre la etiqueta.

Prácticamente podía ver esa sexy sonrisa de suficiencia pintada en su cara en el baile del Loto Escarlata cuando me mandó a la mierda. Me ponía duro. Sabía que aquello había estado pasando de boca en boca entre clientes y sus colegas, así que me entró la puta curiosidad de conocer la razón por la que Scott tenía una carpeta con el nombre de mi futura conquista en ella. La abrí y escaneé el único documento que había dentro.

Una sonrisa de satisfacción se estampó en mi cara cuando leí lo que parecía ser un contrato que prometía dos años de la vida de Delanie a un tal Noah P. Crawford.

—Hostia puta... Noah, Noah, Noah —chasqueé la lengua.

—Pensé que te gustaría —dijo Scott con autosuficiencia.

—¿Por qué no me dijiste que esto iba a suceder?

—No sabía que estaría aquí. Es listo. Cuando llamó, lo hizo de forma anónima. No quería dar su nombre, solo un número y se interesó por algo muy particular. Una virgen. Francamente, pensé que nunca volvería a oír de él, porque las probabilidades de encontrar a una virgen lo bastante desesperada como para poner su inocencia en el menú oscilaban entre cero y ninguna. Y entonces Delanie Talbot —dijo mientras hacía un gesto con la mano hacia la carpeta que yo tenía agarrada como si fuese el puto Santo Grial, porque lo era—, firmó ese mismo día para participar en la subasta.

»Lo llamé, y él me dijo que podría presentarse a la subasta y que debería reservarle una habitación por si acaso. Imagínate mi sorpresa cuando fue Noah Crawford el que entró por esas puertas.

—Sí, me imagino.

Me reí al ver la firma de Noah devolviéndome la mirada, justo al lado de la de Delanie.

Cerré la carpeta y la volví a deslizar por la mesa. Me llevó todo y más hacerlo, pero al menos sabía dónde estaba el contrato y tenía acceso a él a cualquier hora. Scott no me lo daría nunca para utilizarlo en mi conquista y chantajear a Noah para que me cediera su mitad del Loto Escarlata. Sería demasiado arriesgado para el resto de su negocio. Para todo aquello: las subastas y la cocaína. Eso sin mencionar que sus proveedores y los poderes involucrados en cada aspecto se pondrían nerviosos si pensaban que Scott se había vuelto un descuidado y sus oscuros actos estaban en peligro de ser aireados al mundo. Era mejor no espantarlos.

Solo tenía que ocurrírseme la forma de utilizar esta información recién descubierta a mi favor sin caer yo también en el proceso.

—Si decides decirle a Noah que lo sabes, mantén mi nombre alejado de tu boca —dijo Scott guardando la carpeta de nuevo en su escritorio—. Y si él lo averigua, será mejor que te asegures de decírmelo para que pueda hacer limpieza en casa. Lo digo en serio, Stone. Esta gente con la que trato no juega bien con otros.

—Te preocupas demasiado, Scotty. Crawford no va a hacer nada que sea desfavorable para él. Además, estoy bastante seguro de saber cómo conseguir lo que quiero sin hacerte caer a ti en el proceso.

No estaba seguro de que mi plan funcionara, pero lo importante era que había ganado por fin. Lo que había ocurrido entre Noah y yo esa mañana en la oficina era mi palabra contra la suya. Y aunque habría tenido un caso válido y habría disfrutado completamente ensuciando su nombre, no tenía ninguna manera de demostrar lo que había ocurrido. Pero ¿esto? Eso no podía negarlo. Lo tenía todo por escrito.

El Loto Escarlata ya era prácticamente mío.

2
Oferta dos-por-uno

Lanie

¿Por qué estaban siempre las habitaciones de hospital tan frías? Era como si la mano cruel de la muerte hubiera entrado y robado toda la calidez del lugar. No importaba lo cálida e invitadora que el hospital intentara hacer que pareciera la habitación que básicamente iba a ser la última que tu ser querido iba a ver en su vida. Darte cuenta de que alguien a quien querías estaba en las últimas, ya fueran días, horas o incluso minutos, hacía que la decoración fuera irrelevante. Y luego estaba el olor: productos químicos mezclados con fluidos corporales, enfermedad y muerte. Lo hacía todo demasiado real, y quería huir de allí lo más rápido posible, encontrar a Noah, y no lidiar con la muy posible realidad de que iba a perder a mi madre. Pero no podía. Por un lado, nunca me perdonaría si estas fueran las últimas horas de mi madre y yo no hubiera estado ahí; y por otro, Noah me había rechazado. Además, sería como huir de un problema solo para tener que enfrentarme a otro que podría ser igual de desesperanzador. Estaba donde necesitaba estar.

Al igual que yo formaba parte de mi familia, Dez se encontraba justo a mi lado, y Polly también. Gracias a Dios que ella había pensado en traerme algo de ropa más calentita que el pequeño atuendo rojo putero que había llevado puesto antes. A mi padre le habría dado probablemente un ataque al corazón y habría terminado en una cama de hospital junto a mi madre si me hubiera visto con ese modelito. Así que aquí estaba, mirando a través de la ventana, vestida con un suéter negro y pequeño a modo de vestido y unas botas negras. Nada elaborado ni nada sexy. De hecho, era casi deprimente, pero pegaba con cómo me sentía por dentro. Mi corazón, vacío y hueco, todavía lloraba la pérdida de Noah, pero mi alma se preocupaba de que la desalentadora oscuridad que cubría mi cuerpo fuera en realidad un augurio de algo incluso más mórbido, como la pérdida de mi madre. Por muy devastador que fuera perder al único hombre que probablemente amaría nunca, si perdía a mi madre, sería increíblemente difícil encontrar la voluntad para seguir viviendo.

El frío que sentía en el pecho se amplificó por diez con ese mero pensamiento. Mi madre era mi mejor amiga. Siempre lo había sido. No de la misma forma que lo había sido Dez, o incluso como había llegado a convertirse Polly. Mi madre era algo más. Me conocía mejor que nadie porque yo era una viva extensión de ella. Esa mujer podía decir lo que pensaba o sentía sin yo tener que decir ni una palabra. Y con más experiencia bajo el brazo, sabía lo que necesitaba oír y cuándo necesitaba oírlo, y me hacía escuchar aunque no quisiera hacerlo. La mayoría de los niños odiaban admitirlo, pero mi madre tenía razón casi el cien por cien de las veces. Así que no volver a ver su cariñosa sonrisa otra vez, no volver a escuchar su risa contagiosa, no volver a sentir el cálido confort de su abrazo, no volver a oler su perfume de almizcle blanco… No podía siquiera concebir el pensamiento.

—¿Lanie? ¿Quieres un café? —me preguntó mi padre y me sacó de mis pensamientos.

Me giré y le regalé una sonrisa tímida. Así era Mack. Su mujer estaba muriéndose y él no podía hacer nada por evitarlo, así que se buscaba algo o a alguien diferente de quien cuidar en su lugar. Acepté su oferta y reparé en la delgadez de su rostro. Sus ojos tenían oscuras ojeras debajo, y a juzgar por la avanzada barba que llevaba, obviamente no se había afeitado en bastante tiempo. Sabía que darle la charla sobre tener que cuidarse mejor no haría nada bueno, así que lo dejé pasar.

A la vez que bajaba la mirada hacia la figura durmiente, me acerqué el vaso de cartón hacia el pecho con la esperanza de que pudiera calentar el frío de mi corazón. En realidad, lo único que haría que me sintiera mejor sería la completa recuperación de mi madre, aunque el cobijo que los brazos de Noah me daban cuando estaban a mi alrededor, mientras su tranquilizadora voz me prometía que todo iba a salir bien, probablemente habría ayudado bastante. Lo echaba de menos, y deseaba con desesperación que estuviera aquí conmigo, pero el destino aparentemente había tenido otros planes para nosotros. Tenía gracia cómo se habían desarrollado las cosas. Noah me había liberado de nuestro contrato justo a tiempo para poder ver morir a mi madre y para ser capaz de quedarme en casa a cuidar de mi padre durante lo que sería seguramente para él una existencia miserable sin tener a su esposa a su lado. Me preguntaba si la vida en pecado que había empezado con Noah había causado que el karma se girara para darme una rápida patada en el culo.

—¿Señor Talbot? —una voz familiar dijo desde el umbral de la puerta. Levanté la mirada para ver a un médico alto y de pelo castaño sacar un bolígrafo del bolsillo de su bata blanca y comenzar a escribir en el portapapeles que había llevado bajo el brazo—. Hola, soy el doctor Daniel Crawford, y llevaré a cabo la cirugía y tomaré el relevo como médico responsable de su esposa. Si está usted de acuerdo, claro.

Daniel Crawford. El tío macizo de Noah. Mi corazón puede que hubiera suspirado un poco al verlo. De alivio, no de deseo. Solo había un hombre Crawford que deseara y no se encontraba presente. Otro hecho que hizo que mi corazón suspirara una segunda vez.

Daniel miró a mi padre y luego desvió su mirada hacia mí con una sonrisa cómplice y cariñosa antes de devolver su atención a Mack otra vez.

Bajo circunstancias normales, mi madre habría sido la que tomara la decisión sobre su cuidado médico, pero la habían estado sedando desde que llegó. Su médico de siempre nos había asegurado que la sedación le aliviaba el dolor y disminuía la probabilidad de que se emocionara en demasía, y por consiguiente de que hiciera esfuerzos excesivos con su ya debilitado corazón. Así que eso le dejaba a Mack la toma de todas las decisiones médicas. Creo que los médicos y las enfermeras de oficio se alegraron de que no fuera yo. Puede que me hubiera comportado un poco borde con ellos cuando llegué, exigiendo resultados, exigiendo que movieran el culo e hicieran su trabajo, exigiendo que salvaran la vida de mi madre. Dez y Polly hicieron todo lo posible por calmarme, pero al final fue la amenaza de un poli de seguridad del hospital de echarme del edificio lo que consiguió que parara el carro.

—¿Tomar el relevo? ¿Y qué hay del doctor Johnson? —le preguntó mi padre a Daniel.

—El doctor Johnson es un incompetente —dije yo. Al ver que mi padre fruncía el ceño de un modo desaprobador, añadí—: ¿Qué? Lo es.

Oí la ligera risa entre dientes de Daniel mientras comprobaba las constantes vitales de mi madre.

—¿Ves? El doctor Crawford está de acuerdo.

Mack se frotó la nuca y miró a mi madre.

—No sé si es buena idea cambiar de médico a estas alturas del partido.

—Esto no es un partido, ni un juego, papá —dije en voz alta, que fue de lo más injusto por mi parte.

Sabía que él no calificaría la situación así, pero estaba frustrada, aunque no es que eso excusara mi inapropiado comentario. No obstante, mi padre no me lo echó en cara porque se sentía igual.

—Le aseguro que estoy muy cualificado —interrumpió Daniel, guardando de nuevo el boli dentro del bolsillo de su bata—. Dirijo el departamento de cardiología aquí y he llevado a cabo varios trasplantes de corazón…

—Espere un minuto —interrumpí su lista de logros, todos ellos muy geniales, estaba segura. Era un Crawford y la genialidad corría por sus venas, pero había un pequeño y diminuto detalle, que en realidad era mega-importante, de su anterior presentación en el que acababa de caer en la cuenta—. ¿Qué cirugía?

Mi madre había estado en cuidados intensivos tras haberle sido asignado un número en la lista de espera un día en urgencias y luego tras haberla traído de vuelta al día siguiente para que luchara por su vida. Por lo que sabíamos, ahí es donde se quedaría hasta que o bien se obrara un milagro y mostrara mejoría y nos la lleváramos a casa, o bien… no sucediera nada de eso. Había intentado hacer todo lo posible por conseguirle un nuevo corazón ahora que teníamos el dinero para el procedimiento, pero no había importado porque había demasiada gente en la lista por delante de ella: prueba de la incompetencia del doctor Johnson y de su falta de influencia.

Daniel nos regaló una sonrisa genuina.

—Tenemos un donante, Delanie.

Aparentemente recordaba mi nombre del baile de gala del Loto Escarlata, donde me había comportado como una auténtica maleducada al no hablarle. Ni una palabra. Había sido mi forma de materializar mi rabieta infantil en respuesta a la orden de Noah de no hablar con ningún hombre en la fiesta.

—¿Un d-donante? —tartamudeó mi padre mientras una aprehensiva sonrisa se le dibujaba en las comisuras de la boca.

Podía decir que estaba intentando con todas sus fuerzas no emocionarse, como si no se creyera del todo lo que estaba escuchando. En realidad, también era difícil para mí creerlo, pero tenía la sensación de que Noah Crawford había tenido que ver con el hecho de que su tío, un cardiólogo de renombre en todo el mundo, estuviera presente en la habitación en este mismo segundo. No había caído antes en que en cuanto Noah descubrió lo de mi madre, había movido hilos a escondidas para asegurar que recibiera el mejor cuidado posible. Ya había contribuido sin saberlo con dos millones de dólares a eso, y ahora con la ayuda de su familia también. Una vez más, me estaba demostrando su amor por mí y yo todavía no había tenido forma de demostrarle que le correspondía.

—Sí, bueno, somos un centro de trasplantes, y dada la condición de la señora Talbot, el caso tiene prioridad —explicó Daniel—. Teníamos un posible donante, y en cuanto tuvimos las pruebas hechas, supimos que había compatibilidad. Ahora solo queda algo más de papeleo por hacer... y la operación, por supuesto.

—Va a tener un corazón nuevo... —dijo mi padre aturdido.

Pensé de nuevo en Noah, y de nuevo deseé que estuviera aquí. Lo necesitaba aquí. Mi madre puede que fuera a conseguir un corazón nuevo, pero el mío todavía seguía roto. Dudaba mucho que tuvieran ninguna oferta dos-por-uno.

—Sí. —Daniel se aclaró la garganta cuando una enfermera, que se parecía más o menos a Betty Boop con pelo rubio, entró—. Señor Talbot, si es tan amable de seguir a Sandra, ella le ayudará con el papeleo y podremos empezar. Delanie —dijo, asintiendo a modo de despedida con una sonrisa cariñosa en los labios.

—¡Bien! ¡Mamá Talbot va a vivir! —Dez levantó el puño en el aire, y logró que mi padre frunciera el ceño—. Oh, eh... lo siento —dijo con una risita avergonzada. Ella se puso de pie y se colocó el bolso sobre el hombro—. Yo no sé vosotros, pero con toda esta emoción me ha entrado hambre. Supongo que iré abajo a la cafetería y me pillaré alguna porquería del hospital. Si no vuelvo en media hora, mirad en urgencias, y no lo digo por el dios latino que trabaja como celador allí abajo. Aunque puede que tenga que fingir un dolor de pelvis para hacer que me examine tras haber llenado el estómago. ¿Alguien quiere venir?

El móvil de Polly trinó, señal de haber recibido un mensaje, y la miré. Reparé en el modo en que frunció el ceño antes de soltar su café y de decir:

—Yo. De todas formas tengo que ver qué tal le va a Mason.

Una parte de mí se preguntaba si aquello significaba que iba a ver también qué tal estaba Noah, pero bien podrían haber sido simples ilusiones mías.

Mack se acercó a mí y me rodeó los hombros con un brazo.

—¿Estarás bien aquí tú sola mientras voy a rellenar esos papeles?

—Sí, ve. Me quedaré con ella.

Miré la figura durmiente de mi madre. Los círculos bajo sus ojos eran incluso más prominentes que los que tenía mi padre, y ella estaba incluso mucho más delgada que él. Me sentía culpable por haber estado viviendo en una mansión propia de un rey y de que dicho rey hubiera coaccionado a mi diosa sexual interior a salir a jugar mientras dos de las personas que más significaban para mí habían estado sufriendo. Debería haber estado allí con ellos.

—Eh, va a conseguir un corazón nuevo, una oportunidad de volver a vivir de verdad. Va a ponerse bien, y en el mismo segundo en que le den el alta, quiero que vuelvas a clase para sacarte esa carrera. ¿Me escuchas? No quiero caras largas ahora.

—Claro, papá. Lo que tú digas.

Me reí ligeramente mientras él me abrazaba contra su costado y luego seguía a la enfermera. Iba a sentirse muy decepcionado cuando descubriera que en realidad no me había matriculado en la universidad, y no tenía ni idea de cómo ocultárselo. Probablemente debería haber pensado en ello antes de contar la mentira, pero ya sabes lo que dicen. A toro pasado…

Me senté en la silla junto a la cama de mi madre y le cogí la mano. Su piel estaba fría y de un color medio gris, pero seguía siendo suave. Me percaté de que su laca de uñas estaba desportillada y rememoré los viajes al salón a los que me había obligado a ir antes de que se pusiera verdaderamente enferma. Siempre había dicho que se sentía mejor cuando se veía bien. Me la imaginé, enferma, sentada en la cama y pintándose las uñas aunque supiera que no estaba en condiciones de ir a ningún sitio donde nadie, además de mi padre, pudiera verlas. Quizás incluso obligara a mi padre a que se las pintara él. Me reí por dentro ante la imagen.

—Hola, mamá —le dije en silencio a su durmiente figura—. Vas a conseguir un corazón nuevo, ¡sí! —Imité el movimiento de sacudir pompones en el aire y dibujé una sonrisa bobalicona en el rostro. Entonces la seriedad tomó el relevo—. Pero antes, y mientras estés así y no puedas oír nada de lo que estoy diciendo, tengo algo que contarte.

»Bueno, he conocido a un chico y es maravilloso. Su nombre es Noah Crawford. —Puse los ojos en blanco; ya conocía la reacción que hubiera tenido a ese comentario si hubiera estado consciente—. Sí, ese Noah Crawford. No dejes que el dinero y su cara bonita te engañen; puede ser un auténtico gilipollas, pero esa es una de las cosas que lo hace tan maravilloso. En fin, nos hemos estado viendo ya durante un tiempo y anoche me dijo que me amaba.

Mi madre habría gritado a estas alturas.

—Sí, sí, sí —dije mientras ponía los ojos en blanco otra vez, aunque en realidad no pudiera verme—. Esa es la cosa… Esta mañana básicamente me dijo que desapareciera de su vida. Tengo la sensación de que lo hizo porque se cree que sabe lo que es mejor para mí. Hombres, ¿verdad? Supongo que sabía desde el principio que una relación de verdad entre un multimillonario y una simple chica de Hillsboro no sería nada parecido a un cuento de hadas, y los cuentos de hadas simplemente no se hacen realidad. El problema es que Noah me hace sentir como que quizá sí pueden. O sea, me dijo que me quería, y pese a mis miedos empecé a creer que las cosas podrían funcionar de verdad entre ambos. Solo que nunca tuve la oportunidad de decirle lo que yo sentía por él. —Enterré la cara en el hombro de mi madre y suspiré—. No puedo soportar el hecho de que no lo sepa, y me está torturando incluso más todavía porque no hay nada que pueda hacer para remediarlo. No es nada que se deba decir por mensaje de móvil o por teléfono, ¿verdad? No, tiene que ser cara a cara. Pero el problema es que no está aquí y no sé si alguna vez tendré la oportunidad de verlo otra vez. Tienes que ayudarme, mamá, porque no tengo ni idea de qué hacer.

—Ahora estoy aquí —dijo una voz familiar desde el umbral de la puerta. Levanté la cabeza de golpe y me giré en su dirección. Estaba allí, casi como si acabara de salir de las páginas de una revista. Estaba apoyado contra el marco de la puerta con las manos metidas en los bolsillos de sus vaqueros; sus palabras sonaban roncas y todas sexys—. Dime, Delanie. ¿Qué sientes por mí?

Noah

Había escuchado cada palabra que había dicho. No era que hubiera estado intentando escuchar a escondidas, simplemente no quería interrumpir el momento que estaba teniendo con su madre. Incluso me había girado para irme, pero entonces escuché mi nombre y la naturaleza humana se apoderó de mí y me quedé por allí porque alguna parte masoquista de mi ser necesitaba escuchar lo mucho que me odiaba. Lo que había escuchado no sonaba a nada parecido al odio, pero no iba a comportarme como un gran gilipollas intentando asumirlo por mi cuenta tampoco.

Delanie me miró, sorprendida, pero no respondió a mi pregunta. De hecho, no dijo nada. Lo que sí hizo fue ponerse de pie de un salto y correr hacia donde yo me encontraba. Me erguí justo a tiempo para cogerla cuando saltó a mis brazos. Sus labios se estamparon contra los míos y su maleable cuerpo se moldeó al mío, plano y duro, mientras me besaba como si hubieran pasado meses desde que nos hubiéramos visto por última vez y no horas.

—Eh, eh, eh —dije entre la arremetida de besos. Podía saborear la sal de las lágrimas que habían caído sobre sus labios. Estaba llorando a moco tendido y sacudiéndose de un modo descontrolado, así que enterré su cabeza en el recodo de mi cuello y la abracé con fuerza—. No pasa nada. Estoy aquí, gatita. Todo va a salir bien.

—Mi padre no puede verme así, Noah. Todavía no sabe nada sobre ti ni de lo que hice, y no lo puede descubrir. No puede —dijo frenéticamente.

—No te preocupes. Me ocuparé de ello.

Polly entró hecha una furia en la habitación como una mamá oso en una misión.

—¡Maldita sea, Noah! ¿Qué le has hecho? ¿Está bien?

Su tono sonó impertinente, pero bajo las circunstancias en las que estábamos entendí su brusquedad. Ella y Delanie se habían hecho íntimas, y Polly solo estaba siendo protectora, al igual que también lo era conmigo. Así que lo dejé pasar.

—Lo estará —respondí—. Tengo que sacarla de aquí.

—¡No! No puedo irme —protestó Delanie entre lágrimas, pero todavía no quiso levantar la cabeza.

—No, gatita. No voy a sacarte del hospital. Solo quiero llevarte a un lugar más privado para que podamos hablar —le aseguré mientras le acariciaba el pelo.

—¡Madre mía! ¡Ese es el mismísimo Noah Crawford! —Levanté la mirada y vi a una muchacha de piernas largas con un par de tetas operadas, una cintura demasiado delgada y un rostro escondido bajo un kilo o dos de maquillaje, que bloqueaba mi salida. Tenía estrellas pintadas en los ojos al principio, y luego esas estrellas se tornaron dagas. Si las miradas pudieran matar, me habría matado, incinerado y habría añadido mis cenizas a algún abono—. ¡Quítales las manos de encima antes de que te corte los huevos y te los mande tragar, cabrón!

—Dez, déjalo en paz —murmuró Delanie contra mi cuello.

—Ah, Dez. Tú eres la mejor amiga —dije por fin cayendo en la cuenta—. Escucha, puedes ahogarme luego con mis pelotas si quieres… incluso yo mismo llevaré a cabo mi propia castración, pero ahora mismo tengo que encargarme de Lanie. Necesito llevármela a algún sitio más privado antes de que su padre la vea. ¿Te sentarás por favor con su madre hasta que la haya calmado?

Ella nos miró de forma intermitente a Lanie y a mí y luego asintió, reacia.

Me giré hacia Polly todavía con mi nena de dos millones de dólares entre los brazos. A la mierda la parte de los dos millones, supongo que ahora era solo mi nena.

—Polly, por alguna razón que nunca entenderé, tienes maña con la gente. Les gustas. Así que, ¿puedes quedarte aquí para entretener a su padre?

—Dalo por hecho —dijo con un saludo militar y un guiño juguetón. Cuando Polly tenía una misión que cumplir, se crecía.

Dejé a Dez y a Polly a lo suyo y acarreé a Lanie en brazos por el pasillo ignorando las miradas curiosas tanto de los empleados del hospital como de los pacientes por igual. Cuando por fin llegué a la oficina de Daniel, golpeé la puerta y él respondió:

—¡Entra!

Al ver a Lanie en mis brazos, se levantó de la mesa y frunció el ceño, preocupado.

—¿Está bien?

—Sí, está bien. Yo… uh… necesitamos un poco de privacidad. ¿Te importa?

—Para nada. De todas formas me están esperando en el quirófano para prepararme y empezar la cirugía. —Se aclaró la garganta al pasar por mi lado para salir de la estancia—. Echa el pestillo y nadie os molestará.

Coloqué a Delanie en el sofá en cuanto se fue, pero cuando intenté apartarme, ella me agarró de los brazos y levantó la cabeza para mirarme con súplica.

—No, no me dejes, por favor.

—No me voy a ninguna parte, Lanie. Te lo prometo. Solo voy a ir a echar el pestillo de la puerta, ¿vale?

Ella asintió y, reacia, deshizo su agarre. Fui rápidamente hacia la puerta y giré el pestillo antes de pararme frente la mininevera para sacar una botella de agua.

—Toma, bebe —le dije mientras le quitaba el tapón y se la tendía.

Ella le dio un pequeño sorbo y la puso sobre la mesa. En cuanto me senté junto a ella, Lanie gateó hasta colocarse sobre mi regazo y apoyar la cabeza en mi hombro. Todavía seguía temblando y estando visiblemente afectada, y yo no tenía ni idea de cómo calmarla.

—Shh, no pasa nada, nena. Todo va a ir bien ahora —dije acariciándole la espalda y besándola en la parte superior de la cabeza—. ¿Qué te ha afectado tanto? Explícamelo.

—Dios, Noah, sí que pasa. Se está muriendo. O al menos se estaba muriendo, pero ahora tu tío dice que tienen un donante y yo me comporté como una auténtica zorra con él en el baile. Pero todo lo que sabía era que se estaba muriendo y Dez vino a por mí y tenía que llegar hasta aquí, y tenía un miedo atroz por no llegar aquí lo bastante rápido. No quería dejarte, pero tuve que hacerlo. Y te necesitaba aquí conmigo, pero no estabas porque huiste de mí esta mañana y estaba tan enfadada contigo. Quería gritarte. Quería darte una colleja en esa preciosa y estúpida cabeza tuya y no estabas allí, pero tampoco estabas aquí. Y todavía en el fondo quiero gritarte y pegarte, pero no puedo porque ahora estás aquí y solo quiero estar entre tus brazos. Me dejaste…

Estaba hiperventilando y despotricando incoherentemente al mismo tiempo, y las lágrimas habían vuelto con toda su fuerza, pero entendí cada palabra que había dicho. Estaba molesta y asustada, y yo no había estado ahí cuando más me había necesitado. Ella tenía razón: era un estúpido. Y ya tenía más que suficiente con todo lo que se le venía encima como para encima tener que lidiar con toda mi mierda también.

—Lo sé, gatita. Lo siento —dije y, joder, lo dije de corazón—. Ahora estoy aquí y no me voy a ir a ninguna parte hasta que me digas que ya no quieres que esté aquí.

—Bien. Porque te juro por Dios, Noah Patrick Crawford, que si me vuelves a dejar, voy a ser yo la que te sujete mientras Dez te corta las pelotas —dijo; y seguidamente vinieron más lágrimas.

Me senté allí con ella, meciéndola una y otra vez mientras ella lo soltaba todo. Las lágrimas, las palabras, las frustraciones, la tristeza, todo. Después de un rato se calló, y al principio pensé que se había quedado dormida, pero entonces levantó la cabeza para mirarme a través de sus ojos hinchados y sonrió. Le besé la punta de su pequeñita nariz, que estaba teñida de rosa debido a sus lloros, antes de devolverle la sonrisa.

—Te he arruinado la camisa —dijo con voz ronca.

—Solo es una camisa, Lanie. No pasa nada —dije acariciándole el brazo—. Me preocupas más tú.

—Siento haberme derrumbado así contigo; te obligué a subir al tren que va a la Ciudad de los Locos sin quererlo. No hay mucha gente que sepa esto sobre mí, pero viajo mucho allí, para que lo sepas —mencionó avergonzada y encogiéndose de hombros.

Estiró el brazo hacia adelante y sacó un pañuelo de la caja que había sobre la mesa.

Me reí ligeramente entre dientes como respuesta.

—No es un secreto. Pero encuentro ese atributo tuyo muy adorable.

Ella se rió sin muchas ganas y se limpió las mejillas llenas de churretes.

—¿Cuánto tiempo llevas aquí?

—No lo suficiente. —Cogí el pañuelo y terminé el trabajo por ella—. Enhorabuena por haber conseguido un donante, por cierto.

—Fuiste tú, ¿verdad?

Mirarme a mí mismo a través de sus ojos debería haberme hecho sentir como si midiera seis metros, pero sabía la verdad, y ella también debía de conocerla.

—Yo no tengo esa clase de poder, Lanie.

—Mentira. Puedes hacer cualquier cosa, Noah Crawford. Hiciste que Daniel viniera, ¿verdad?

—Puede que le pidiera que monitoreara los cuidados que recibía tu madre, sí.

—Entonces eres su salvador por defecto, porque si él no hubiera aparecido, mamá no habría conseguido ese donante de corazón.

Le levanté la barbilla con una mano para mirarla a los ojos.

—No soy ningún superhéroe, Lanie. Pero recibiría el impacto de una bala por ti, quizá me enfrentaría a una poderosa locomotora con nada más que con una mano como defensa, o incluso saltaría de edificios altos con tal de llegar hasta ti. Cualquier cosa para que seas feliz… porque te quiero, y esa es toda la razón que necesito.

—Yo también te quiero —susurró.

La sangre en mis venas aceleró su flujo y el corazón me creció hasta el punto de pensar que podría salir despedido de mi pecho. Me quería. Mi nena de dos millones de dólares me quería.

—Puede que no tenga toda esa clase de palabras bonitas para expresarlo como tú, pero…

—Eh —dije, interrumpiendo su divagación antes de que volviera a empezar a decir cosas incoherentes otra vez—. Eso es todo lo que necesito… Saber que me quieres.

Lanie cerró los ojos y exhaló lentamente. Cuando los reabrió, me miró directamente a los míos y dijo:

—Noah Crawford, te quiero tanto que a veces es como si no pudiera respirar porque el corazón me asfixia los pulmones.

Eso fue todo lo que necesité.

Me incliné despacio hacia delante y le di un mordisquito a su labio inferior antes de atraparlo entre los míos para darle un beso sensual. Ella me agarró de la camisa con las manos hechas puños cuando me aparté ligeramente, pero luego la besé otra y otra vez, cada vez profundizando el beso un poco más. No fue suficiente para ella, y la verdad fuera dicha, para mí tampoco. Agradecido porque la puerta siguiera cerrada con pestillo, me las ingenié para salir de debajo de ella para que pudiera tenderse de espaldas en el sofá antes de apoyar yo una rodilla entre sus piernas. Igual de ansiosa que yo, Lanie me tiró de la camisa y me acercó a ella hasta que nuestros pechos estuvieron alineados.

Nos estábamos enrollando como un par de adolescentes en el sofá de la oficina de mi tío, y me sentía tan vivo. Mi mano viajó por su muslo y por debajo del borde de su vestido en dirección norte, pero me paré de golpe cuando llegué a su cadera. Algo no estaba bien.

Enganché los dedos por debajo de la banda elástica que había y la solté.

—¿Qué coño es esto, señorita Talbot? —pregunté contra sus labios.

—Bragas —respondió sin aliento y luego empezó a dejar un reguero de besos por mi cuello.

—Eso lo sé. ¿Qué hacen sobre tu cuerpo?

Las bragas habían estado expresamente prohibidas después de que Lanie hubiera decidido tener una pataleta rabiosa y hubiera destruido la carísima colección de ropa interior que había comprado para ella. Cierto, lo había hecho porque la dueña de la tienda era mi ex amante y Lanie se había puesto celosa de ella, pero la regla de nada de bragas seguía vigente a todos los efectos.

—Polly me las trajo junto con el vestido.

Me agarró el culo y atrajo mis caderas hacia las de ella.

—Pero no tenías por qué ponértelas —dije, agarrándole el culo también; su culo desnudo. Bueno, al menos era un tanga.

Ella maldijo y arqueó la espalda cuando le mordisqueé el cuello y lo succioné lánguidamente.

—No, pero me dejaste, y aunque pensara que en realidad no ibas a tener la oportunidad de verlas, en mi cabeza ya estábamos a la par. Además, rompiste el contrato.

Su respiración era entrecortada, al igual que la mía.

—A la mierda el contrato. Todavía me perteneces —dije, restregándome contra su centro y sonsacándole un gemido para demostrar mi afirmación—. Y has sido una niña muy mala, Delanie.

Ella me rodeó las caderas con las piernas.

—Mmm, me encanta cuando te pones todo posesivo y amenazador.

Esto era lo que adoraba de nuestra relación. Acabábamos de confesarnos nuestro amor eterno y ahí estábamos, a punto de volvernos de lo más pervertidos en la oficina de mi tío.

—Gatita, nada me gustaría más que aplicarte el castigo, pero tenemos que parar antes de que nos dejemos llevar —dije, apartándome.

Lanie suspiró y reposó la cabeza sobre el brazo del sofá al mismo tiempo que me liberaba de la prisión de sus piernas.

—Tienes razón. —Con los ojos cerrados, respiró hondo para calmarse. Sin aviso alguno, resopló, me empujó el pecho y luego se sentó rápidamente para colocarse bien la ropa—. ¿Ves? Esto es lo que me haces, Noah Crawford. Vienes aquí y me vuelves completamente loca sabiendo que no podemos hacer nada para remediarlo, y mi madre está justo al otro lado del pasillo, a punto de entrar en el quirófano. No tengo arrestos para contarle a mi padre cómo te has aprovechado de su dulce e inocente hijita y cómo la has convertido en un póster andante para las hormonas adolescentes.

Se paró de sopetón.

—¡Mierda! ¡Mack!

Me reí.

—¿Qué pasa con él?

—¿Cómo voy a explicarle tu presencia?

—¿Qué tal algo así como… «Papá, este es mi novio súper rico y súper macizo. Tiene una polla colosal y una lengua perversa»?

Me relamí el labio inferior para provocarla, pero ella me agarró la lengua para detenerme y me miró con los ojos abiertos de par en par.

—Lo digo en serio, Noah.

Me aparté y fui a morderle los dedos hasta que por fin me soltó.

—Y yo también, y creo que ya he demostrado la validez de esa afirmación, pero siempre puedo refrescarte la memoria —dije con una sonrisa traviesa y moviendo las cejas arriba y abajo sucesivamente.

Deslicé una mano por su muslo, preparado para hacer justo eso.

—¡Noah! —Me apartó la mano de un golpe y se puso de pie para deambular por la estancia—. Mi padre se piensa que he estado en la universidad, no en la Casa de Noah Crawford para Desflorar Hijas. ¿Cómo voy a decirle que nos conocimos?

Con un encogimiento de hombros, ofrecí la solución más lógica.

—Me iré. Así no tiene por qué saber nada de mí.

Ella se paró en seco, se giró hacia mí y me apuntó con un dedo.

—¡Tú no te vas a ninguna parte! Te lo juro, Noah. No puedo siquiera pensar en…

—Vale, cálmate —dije, cortando su bronca y levantando las manos a modo de rendición.

Ya tranquila, Lanie bajó las manos hasta sus caderas y empezó a morderse el labio inferior. Si no dejaba de hacerlo, no íbamos a salir de aquí sin follar como conejos. Me puse de pie y crucé la habitación para obligarla a que soltara ese trozo suculento de carne de entre sus dientes y luego le acuné el rostro con las manos.

—Pensaré en algo. Vuelve a la habitación con tu madre y encuentra la forma de decirle a Polly y a Dez que se encuentren aquí conmigo sin que tu padre se entere.

—¿Qué vais a hacer?

—No lo sé todavía, pero estoy seguro de que si los tres nos ponemos a pensar, saldrá algo medianamente creíble.

—Vale.

Le di un beso casto y a la vez suave y la acompañé hasta la puerta.

—Eh —dije, parándola antes de que se fuera. Ella se giró para mirarme—. Te quiero.

La sonrisa que me regaló fue tan eléctrica que bien podría haber alumbrado a la ciudad de Chicago entera.

—Yo también te quiero.

3

Entremeses

Noah

Teníamos un plan. Nos llevó cuatro horas dar con él, pero por fin teníamos uno. Claro que, parte de ese tiempo se perdió mientras esperábamos a mi prima Lexi porque Polly había decidido que necesitábamos refuerzos.

—Eres un cerdo asqueroso, ¿lo sabías? —me dijo Lexi tras haberse comido la explicación de por qué la necesitábamos allí.

Normalmente no dejaba que nadie se fuera de rositas tras haberme hablado de esa forma, pero esta situación era distinta. Aunque no lo hubiera sido, uno debía saber elegir bien sus batallas con mi prima. Para el ojo público, Alexis Mavis era una perspicaz mujer de negocios que se ganaba el respeto por igual de hombres y mujeres entre *la crème de la crème* de la sociedad. Pero para aquellos que la conocíamos mejor, seguía siendo aquella marimacho que escalaba árboles y se revolcaba en arroyos de agua sucia con su mejor ropa blanca de domingo y su idea de atrapar un sapo. Decía lo que se le pasaba por la mente sin filtro ninguno y se la sudaba si a la gente le gustaba o no.

—Sí que lo soy —concedí, porque era verdad, pero también era irrelevante en ese momento—. En cualquier caso, ya no es así. Yo la quiero y ella me quiere, y ahora mismo está ahí sentada con su padre, reticente a que me vaya porque no quiere pasar por toda esta mierda sola. Ni yo tampoco quiero que lo haga. Ahora bien, ¿nos vas a ayudar o no?

—Sí —finalmente accedió, y luego me lanzó su característica mirada de mala leche—. Pero lo haré solo por ella, porque está claro que tú te aprovechaste de la situación. No se merece caer en la desgracia por algo de lo que tú eres igual de culpable, incitador.

Me parecía bien aquello, porque tenía razón.

Fue a Lexi a la que en realidad se le ocurrió el ingenioso plan. Yo no tuve ninguna contribución que hacer porque no podía quitarme de la cabeza el pensamiento de que Delanie llevaba bragas. Era un descarado desacato a mi norma, un golpe bajo, y tenía que ser castigada... pronto. Me moría de ganas.

—Vale, equipo, salgamos de aquí y traigámonos a casa la victoria —dijo Dez. Pero cuando hice el amago de salir de la habitación, ella me bloqueó el camino. Se había plantado en la cara esa mirada toda intimidatoria—. Tú y yo todavía tenemos una pequeña charla pendiente, ¿no crees?

Puede que estuviera un poco asustado, porque Dez parecía que se hubiera comido en su día la cabeza de uno o dos guardias de prisión tras habérselos follado al puro estilo mantis. Además, Lexi estaba preparada para intervenir también.

—¿Puede esperar? No quiero pasar ni un momento más separado de Lanie.

—Ay, mira que eres dulce —dijo con un tono azucarado. No caí en la trampa porque era un tipo listo. Dez entrecerró los ojos—. No, no puede esperar. Le hiciste daño. No me importa quién seas o el dinero que tengas, no deberías tener permitido irte de rositas solo por eso. Pero Lanie te quiere, así que tengo las manos atadas. —Se adentró en mi espacio personal y se acercó hasta que nuestras narices casi se tocaron—. Pero hazla llorar otra vez y le prenderé fuego a tus huevos.

Escuché el clic de un mechero y bajé la mirada de inmediato para ver que de alguna manera se las había apañado para sacarme mi puto mechero del bolsillo y utilizarlo para marcarse un tanto a su favor. Pegué un bote hacia atrás y agarré a mis chicos para asegurarme de que estuvieran bien. Dez se rió a la vez que cerraba la tapa del mechero y me lo plantaba en el pecho.

—¡Deberías haberte visto la cara! —Dez se giró y chocó los cinco con Lexi, alias: mi prima traidora. Obviamente la sangre no te unía más. Pese a eso, estaba feliz de que Lanie tuviera a alguien más que luchara con uñas y dientes para protegerla.

Por fin conseguimos salir de la oficina de Daniel, e íbamos de camino a la habitación de Faye cuando Dez se puso a la altura de Lexi y entrelazó el brazo con ella.

—Así que… agente deportiva, ¿eh? Debes de tener un montón de contactos. ¿Hay alguna posibilidad de que me puedas colar en el vestuario de los Gators? Es mi sueño desde que era una cría. Vale, no es cierto, pero ¿hola? Vestuario, hombretones muy machos, desnudez… muy lo mío.

Lexi se rió entre dientes.

—¿De verdad me lo preguntas? Todos esos chicos universitarios piensan que son la siguiente superestrella, así que normalmente están como locos porque vaya a su vestuario. Y para que lo sepas, no tienen vergüenza, pero sí que tienen toallas enanas y diminutas. Así que sí, puedo colarte. Deberíamos planearlo para un finde.

Dez se cubrió la boca con las manos y ahogó un grito.

—Cierra esa boca sucia y guarrilla que tienes.

—Nanai —se rió Lexi—. A Brad no le hace gracia que vaya sin él. Y no porque sea inseguro, sino porque sabe que estarán mirando embobados a lo que le pertenece y es un niño egoísta al que no le gusta compartir sus juguetes. Aunque no importa, porque él no me dice lo que puedo o no puedo hacer. ¿Sabes qué? Como me caes muy bien y demás, lo voy a preparar todo y te llamo. El viaje entero correrá de mi parte.

—Alexis Mavis, desde lo más hondo de mi puto corazón, quiero un hijo tuyo —dijo Dez, completamente en serio—. Ni de coña voy a deformarme el coño para hacerlo, pero estoy segura de que podríamos pagarle lo suficiente a un médico para que pueda parirlo por el ojete por ti. Podríamos llamar al niño, la niña, al bebé, o lo que sea… Luciano, o Pompilar, o Nalgalindo —dijo moviendo las manos con cada

nombre como si esos nombres fueran a aparecer en los carteles ilumi-
nados en Broadway.

—O podrías hacerte una cesárea sin más —ofreció Polly.

Las tres se echaron a reír, lo que no hizo más que atraer la atención
del personal que había en el cuarto de enfermeras.

—Shh —siseé, porque ya estábamos cerca de la habitación de
Faye—. Vale, Lexi, ve a hacer lo tuyo —dije colocándole la mano en la
parte baja de su espalda y empujándola hacia la puerta.

—¡Espera un segundo, idiota! —Al menos lo dijo entre susurros.
Lexi se giró hacia mí y me dio un golpe en la frente. Tenía suerte de
ser familia mía—. Las cosas delicadas requieren finura y preparación.
No puedes ir de bulla y corriendo sin cuidar el mínimo detalle. ¿Polly?
¿Dez?

Suspiré, derrotado, y vi cómo Polly se acercaba corriendo hasta el
dispensador de agua con un vaso de cartón. Lexi se giró hacia Dez,
que empezó a remangarle la ropa mientras ella se pellizcaba y se daba
golpecitos en sus propias mejillas. Cuando Polly regresó, echó el brazo
hacia atrás como si fuera a tirarle a Lexi encima el contenido del vaso,
pero esta la paró.

—¡Joder, Polly Pocket! Se supone que tengo que parecer como
que he estado corriendo de un lado para otro, ¡no como que he ganado un concurso de camisetas mojadas!

—Ay, cierto. Culpa mía —dijo Polly con una sonrisa tímida.

—Vale. Ahora… —Lexi se atusó el pelo, echó los hombros hacia
atrás y luego levantó la barbilla—. Mójame, cariño. Hazme sudar.

Había alrededor de un millón de cosas vulgares y crudas que podría haberle respondido con ese comentario, pero la efímera satisfacción de darme ese gusto no valdría la pena al final. Lexi era la reina de
la guerra de guerrillas a la que jugábamos desde hacía bastante tiempo,
un juego en el que el ataque verbal era nuestra arma preferida. Habíamos estado jugando desde que éramos críos, así que sabía que se co-
braría la revancha y no teníamos tiempo para aquello. Además, estaba
bastante seguro de que Lanie me habría atado al parachoques de un

coche, habría pisado a fondo el acelerador y me habría arrastrado calle abajo hasta que mis pelotas tuvieran un severo caso de erupción *asfaltil* por haber insultado a su amiga. La sola idea de tener que sacarme guijarros del escroto con pinzas durante todo un año de mi vida no me apetecía lo más mínimo, así que lo dejé pasar.

Polly mojó las puntas de los dedos en el vaso y las sacudió frente a la cara, el cuello y el pecho de Lexi hasta que esta pareciera, de forma muy convincente, que hubiera estado corriendo por ahí como alma que llevaba el diablo. Después, Lexi inspiró y espiró rápidamente hasta que estuvo prácticamente jadeando. Luego se giró hacia la puerta y la abrió con un propósito que imitaba a la perfección el plan que habíamos puesto en marcha.

Lanie

La espera era insoportable; casi como cuando estás esperando a ver si el palito blanco en el que acabas de mear iba a mostrar una o dos líneas después de haberte cogido una cogorza y haber terminado yendo a casa y liándote con un tío sin trabajo, sin dinero y sin ningún control sobre sus necesidades fisiológicas. Vale, en realidad no tenía ni idea de cómo sería aquello, pero tenía imaginación y veía mucha televisión por cable. Mi madre estaba en el quirófano; mi padre sentado pacientemente junto a mí mientras leía el periódico local; y Noah, en algún lugar del edificio urdiendo solo Dios sabía qué plan para explicarle a Mack su presencia en este rinconcito mío del hemisferio oeste. Mi uñas no podrían soportar la tortura a la que mis dientes las estaban sometiendo durante mucho más tiempo, y estaba bastante segura de que si ponía un trozo de carbón entre mis pliegues del culo, conseguiría un diamante del tamaño de una pelota de béisbol.

Sandra, alias La Enfermera Barbie, había entrado en la habitación momentos antes para hacernos saber que todo había ido bien con mi madre y que estaba en recuperación. Daniel estaría con nosotros pronto para darnos los demás detalles. Era una noticia fantástica, pero todavía tenía otro dramón por el que preocuparme. Mi padre podía haber estado ahora un poco lento, pero era tan bueno detectando mentiras que sabía que no nos íbamos a ir de rositas en lo que a él respectaba. Solo esperaba que el plan de Noah fuera tan impecable como su cara y que mi padre no llevara consigo su arma.

De pronto la puerta se abrió y yo pegué tal bote en la silla que me puse de lado y me golpeé la cabeza contra la pared. Y eso dolió.

—¡Dios, Lanie! Hemos venido en cuanto hemos podido —dijo Lexi mientras entraba precipitadamente en la habitación y me rodeaba con sus brazos—. ¿Estás bien? ¿Tu madre está bien? ¿Qué pasa?

—¿Lexi? ¿Qué estás haciendo aquí? —pregunté, confusa.

—Salvándote el culo —me susurró al oído.

Fue entonces cuando miré por encima del hombro y vi a Noah entrar lentamente con toda la fanfarronería y la gracia de un modelo de pasarela. No, borra eso. Parecía más una estrella del rock convertida en dios del sexo a bordo de un cohete con destino al planeta Orgasmo. La mano derecha la tenía metida en el bolsillo delantero de sus vaqueros y con los dedos de la otra se acariciaba el marcadísimo mentón de un modo casual. La yema de su dedo pulgar rozaba su labio inferior y su talentosa lengua apenas se vislumbraba para saludar con un hola-qué-tal.

El Chichi empezó a botar a la vez que daba palmaditas. Y cuando Noah se recolocó los vaqueros como quien no quiere la cosa, se llevó el dorso de la mano a la frente y se desmayó. Sí, ese era el efecto que el hombre tenía sobre mi cuerpo. Y mi madre estaba bien, así que mi reacción no fue indecente en lo más mínimo, muchas gracias.

—¡Dios! ¿Este es tu padre?

Lexi me soltó de golpe y fue pavoneándose hacia él. Sí, se pavoneó, lo cual me hizo preguntarme si el plan ingenioso que se les había ocurrido a los cuatro tenía algo que ver con una infidelidad, porque parecía ir a por todas, moviendo las pestañas y meneando su pechonalidad. Estaba bastante segura de que las cortinas se abrirían para revelar una barra de stripper, un escenario y un DJ. No sabía si debía placarla, lanzarla al suelo y empezar a golpearle la cara con los puños o sacar todos los billetes que pudiera encontrar en mi cartera.

—Es un placer conocerlo, señor Talbot —dijo ofreciéndole la mano—. Soy Alexis Mavis, la compañera de cuarto de Lanie.

¿Mi compañera de cuarto? Sí, aquello no me lo esperaba, pero decidí que probablemente debía mantener la boca cerrada y ver cómo se desarrollaba todo. La mirada que les eché a Polly y a Dez, que estaban manteniendo la respiración, me dio la razón.

Mack estaba anonadado con Lexi, y en parte quería darle un puñetazo por estar babeando por ella cuando su mujer, mi madre, descansaba en una sala de despertares al final del pasillo. No es que de verdad pensara que Mack le fuera a poner los cuernos. Y para ser justos, tampoco es que fuera culpa suya. Me aventuré a suponer que Lexi tenía ese poder sobre cualquier hombre que no estuviera relacionado con ella, así que su reacción era muy normal. Además, se recuperó del trance inducido por las tetas de Lexi bastante rápido, así que tenía que al menos reconocerle ese mérito.

—¿Alexis Mavis, la agente deportiva? Tu marido es el jugador de la NFL, Brad Mavis, ¿verdad? —preguntó mi padre con una expresión llena de fascinación.

Ajá, así que eso explicaba el babeo. La única otra cosa que podría hacer que un hombre reaccionara así eran los deportes, y mi padre era un fanático.

—El mismito —dijo Lexi con una sonrisa digna de la alfombra roja estampada en la cara.

Oh, era buena.

Mack parecía estar tan confundido como yo. Creo que yo escondí mi confusión bastante bien, principalmente porque estaba distraída por el modo en que respiraba Noah. Bueno, no era exactamente por el modo en que respiraba, sino por el mero hecho de que existiera. Añádele a eso el hecho de que estaba ahí y de que me quería y ya andaba lista en lo que a la coherencia se refería.

—¿No te lo ha dicho Lanie? —preguntó Lexi, mirándome y seguidamente devolviéndole la atención a mi padre. Ella suspiró y puso los ojos en blanco, exasperada, cuando me encogí de hombros como una tonta—. Cuando Lanie llegó al campus, parece que hubo un lío con la asignación de dormitorios. Por lo visto había una cama menos de la que habían previsto. Y bueno, como informó tarde de su beca, básicamente la dejaron que se las apañara sola.

»Yo soy una antigua alumna de NYU y mi marido y yo íbamos a ir a comer con el decano, pero al salir escuchamos por encima todo el jaleo y quisimos ayudar. Por suerte para Lanie, nosotros teníamos una habitación extra en nuestro ático fuera del campus —explicó Lexi... y con mucha convicción, debía añadir.

—¿Y no nos llamaste porque...? —preguntó Mack, ladeando la cabeza mientras me dedicaba la misma mirada que me ponía cuando era más joven y me había metido en donde no me llamaban.

—Esto... yo...

Le pedí ayuda a Lexi con la mirada.

—En realidad la mujer iba a hacer las maletas otra vez y a volver a casa, pero yo creo rotundamente en la importancia de una buena educación y no pude dejar que lo echara todo por la borda por culpa de un tecnicismo. —Diría que Lexi se estaba arriesgando demasiado, pero si salía bien, le haría una enorme ovación y la nominaría a los Emmy—. Además, Brad está mucho tiempo fuera por los partidos y me venía bien la compañía. Me acompaña a muchos de los actos sociales a los que Brad no puede ir debido a su horario, que es donde conoció a mi dulce y querido primo Noah.

—¿Noah? —preguntó girándose hacia mí—. ¿Quién es Noah?

—Ese soy yo, señor. —Noah dio un paso hacia adelante con el brazo extendido—. Noah Crawford. Es un placer conocerlo por fin. Lanie me ha contado muchas cosas de usted y de su esposa.

—¿Sí, no? —preguntó, mirándome de reojo otra vez—. Bueno, desearía poder decir lo mismo de ti.

Prácticamente pude escuchar cómo su bulómetro comenzaba a sonar y a pitar a toda hostia.

—Sí… eh… lo siento, papá.

Me puse de pie y me acerqué a Noah para presentarlos en condiciones y para hacer un poco de control de daños. Noah me pasó el brazo por la cintura y me pegó a su costado, señal de que formábamos un frente unido, pero en realidad no era más que una enorme distracción, porque podía tanto sentirlo como olerlo.

—Papá, me gustaría presentarte a mi… eh… novio, Noah Crawford —dije sin estar verdaderamente segura de cómo llamarlo, quizá por eso toda la frase salió más como una pregunta que como la constatación de un hecho.

Mack me miró a mí, y luego a Noah, y luego al brazo de Noah, que se encontraba alrededor de mi cintura en una posición que decía mucho de nuestra familiaridad, y luego miró su mano extendida antes de estrechársela por fin.

—Ese Noah Crawford, ¿eh?

—Del Loto Escarlata —reconoció Noah antes de retirar la mano y de volvérsela a meter en el bolsillo—. Siento mucho la enfermedad de su esposa. ¿Puedo preguntar cómo está?

—Está recuperándose de forma extraordinaria —dijo una voz desde detrás de nosotros.

Todo el mundo se giró para ver a Daniel entrar en la estancia con lo que suponía que era el historial de mi madre en la mano. Se paró en seco cuando vio a Lexi allí de pie junto a mi padre.

—Veo que ya ha conocido a mi hija y a mi sobrino —dijo con una sonrisa—. El mundo es un pañuelo, ¿eh?

—Sí, eso parece —replicó mi padre; su tono me indicó que sabía que le estábamos tomando el pelo—. ¿Y qué pasa con mi mujer?

—El trasplante fue pan comido —respondió Daniel; su comportamiento era completamente profesional—. A partir de aquí ya solo es cuestión de esperar a que su cuerpo no rechace su nuevo corazón.

—¿Podemos verla? —pregunté.

—Ahora mismo el descanso es imperativo para su recuperación. Cualquier tipo de emoción o sobresalto —dijo, mirando de forma significativa a las varias personas que había en la habitación antes de pararse en mí y en Noah—, no será bueno. Así que, ¿qué tal si solo lo limitamos a usted por ahora, señor Talbot? Sandra lo llevará con ella en unos minutos.

—Pero Lanie es su hija —comenzó a protestar Mack.

—Quiero verla —dije con firmeza.

—Y lo harás —respondió Daniel—. Solo sé paciente, por favor. Uno a uno por ahora.

—Tú primera, Lanie —ofreció Mack, aunque se le veía en cada arruga de la cara lo mucho que quería estar a su lado.

Le regalé una sonrisa tranquilizadora.

—No pasa nada, papá. Yo iré a verla luego.

—¿Por qué no te llevo a que comas algo? —Noah me besó en la sien y me acarició la espalda con ternura—. Me preocupaba que estuvieras tan afectada que te olvidaras de hacerlo, y tenía razón.

Me dedicó una sonrisa arrogante de lo más irresistible y sexy y yo me mordí el labio inferior en un intento de no saltarle encima allí mismo. A mi padre no le habría hecho gracia ser testigo de ese pequeño momento porno.

—Iré con vosotros —ofreció Polly, entrelazando el brazo con el de Dez.

Me derritió completamente el corazón ver cómo mis dos mundos se unían en uno solo tan perfectamente bien.

Me parecía una estupidez por mi parte haber pensado alguna vez que la vida de Noah y la mía eran demasiado diferentes como para poder compartirlas juntos. Al fin y al cabo, cuando quitabas de en medio el dinero y las casas, los coches y la ropa extravagante, ¿no éramos todos unos simples humanos? El dinero no podía comprar el amor, y aunque podía cambiar a cierta gente, no quería decir que todo el mundo que tuviera alguna fortuna fuera un esnob. La verdad fuera dicha, yo era la esnob por haber pensado que Noah y sus seres queridos no eran lo bastante buenos como para vivir en mi mundo. No solo eran más que buenos, sino que ya se habían convertido en una constante fija en él. No podía recordar mi vida antes de Noah, y no quería imaginarme el futuro de la misma sin él en ella.

—Sí, creo que me gusta esa idea. Iremos todos juntos —dije mientras me separaba de Noah y en cambio lo cogía de la mano antes de girarme de nuevo hacia mi padre—. Dile a mamá que la quiero y que iré a verla en cuanto me dejen, ¿vale?

—Claro, cariño —respondió.

Daniel nos dedicó una sonrisa cómplice a Noah y a mí y luego se fue. Lexi, Dez y Polly fueron los siguientes, pero cuando Noah y yo fuimos a girarnos hacia la puerta, mi padre nos detuvo.

—Lanie, ¿puedo hablar contigo? —preguntó y luego miró a Noah—. En privado.

Le ofrecí una sonrisa de disculpa y a la vez nerviosa a Noah. Por mucho que odiara verlo marchar, no podía negarle a mi padre la audiencia que pedía. Además, Noah estaba aquí y se iba a quedar tanto tiempo como yo quisiera, según sus propias palabras. Esperaba que se diera cuenta de lo mucho que en realidad duraba toda una vida.

Como si me leyera la mente, Noah me acunó una mejilla y me besó suavemente en la frente.

—Te estaré esperando en el ascensor —dijo antes de seguir a sus amigos hasta fuera.

Respiré hondo para aplacar los nervios y luego me giré para enfrentarme a mi padre con una sonrisa estampada en el rostro.

—¿Qué pasa?

—¿Por qué has tardado tanto en venir a ver a tu madre?

—¿A qué te refieres? Vine en cuanto Dez me lo dijo.

Mack levantó el periódico que había estado leyendo antes y me lo tendió. Allí, en el artículo de portada de la sección de entretenimiento del *Chicago Times* de ese día había una imagen de mí y de Noah en la alfombra roja del baile de gala del Loto Escarlata. La leyenda rezaba: «¿El soltero más cotizado de Chicago ya no está disponible?»

—Papá, puedo explicar… —comencé.

Mack levantó las manos y me detuvo.

—No hace falta, Lanie. Todo lo que sé es que estabas en la ciudad, y aunque no hubiera visto ese artículo, ya me había estado preguntando cómo leches te las habías arreglado para haber llegado hasta aquí tan rápido desde Nueva York. He estado tan ocupado preocupándome por tu madre que no me di cuenta siquiera de lo sospechoso que era que justo ahora a última hora hubieras conseguido una beca completa y que te fueras volando a Nueva York en menos que canta un gallo. Y entonces un par de millones de dólares aparecen en la cuenta del banco sin ninguna pista de dónde han salido y el médico de tu madre abandona el caso para que un cardiólogo de prestigio, que da la casualidad de que es el padre de tu supuesta compañera de cuarto, que da la casualidad de que es la prima de… —volvió a señalar el periódico con la mano—, el soltero más cotizado de Chicago. El hombre tiene tanto dinero que no sabe ni en qué gastarlo, y mi hija, ¿una niña que era tan tímida que no pudo ir siquiera a su propia graduación, está saliendo con él y aparece en una foto publicada en un periódico?

Mack suspiró y sacudió la cabeza.

—No tiene sentido, pero ahora mismo no me importa. Nos han regalado un milagro, y sospecho que todas esas *coincidencias* —dijo, usando los dedos de las manos como comillas— tienen todo que ver con él, pero no cuestionaré ese milagro porque significa que puedo disfrutar de mi mujer un poco más. Pero no hagas que me arrepienta.

Una sonrisa tan amplia que hasta dolía se extendió por mi rostro.

—No lo haré, papi. —No lo había llamado así desde que tenía siete años. Fui hacia él y le di un enorme y fuerte abrazo porque se lo merecía y porque ambos lo necesitábamos—. Gracias.

—Sí, sí, sí. Sal de aquí y ve a por algo de comer. Estás demasiado delgada —dijo, echándome con el movimiento de una mano—. Y cuando todo esto se acabe y tu madre haya vuelto a casa, quiero que los dos vengáis a cenar y nos lo presentes como es debido.

Traducción: quería presentarle a Noah su Smith and Wesson.

Pese al hecho de que me estaba dejando a mi aire, le lancé mi mejor mirada de por-favor-no-saques-la-pistola-y-me-avergüences. Noah era importante para mí y lo último que necesitaba era que Mack se pusiera en modo padre protector. Tenía veinticuatro años y era más que capaz de cuidar de mí misma. Mack podría haber discutido conmigo sobre ese punto si supiera lo lejos que había llegado para ayudar a mi familia, pero vi que lo había hecho como una muestra de fuerza, no de debilidad. En cualquier caso, sabía que una vez que llegaran a conocer a Noah, los tendría a sus pies igual que me tenía a mí.

—Es una cita —le dije a Mack—. Volveré en un rato para ver qué tal está mamá.

En cuanto abandoné la habitación, solté un gran soplo de aire y suspiré de alivio antes de dirigirme hacia los ascensores. No había llegado lejos cuando un par de manos salieron de otra habitación y me agarraron para arrastrarme hasta dentro. No hubo grito de protesta, ni me quité de encima a mi supuesto atacante, porque lo olí incluso antes de verlo.

—Noah, ¿qué haces? —dije riendo mientras me pegaba de espaldas contra la pared y me apresaba con su cuerpo.

Él comenzó a devorarme el cuello a base de besos.

—Te dije que tenía hambre.

—No, no me lo dijiste. Yo fui la que dijo que tenía hambre —lo corregí con una risita.

Él se encogió de hombros y me colocó las manos por encima de la cabeza con una de las suyas.

—Lo mismo da.

Mi cuerpo se relajó bajo su contacto.

—Eres insaciable, señor Crawford.

—Ah, así que por fin te das cuenta, señorita Talbot —dijo mientras me agarraba el pecho derecho con su mano libre y empezaba a masajearlo.

—¿Y qué estamos haciendo aquí entonces?

—Creo que necesitas… ¿cómo lo llamaste? ¿Desestresarte?

Su mano bajó por mi costado hasta deslizarse bajo mi falda y por encima de las bragas. Gemí en el segundo en que sus dedos entraron en contacto con mi suave carne y comenzaron a toquetearme el clítoris. El Chichi se estremeció de placer.

—Mmm, sí. Lo necesitas, ¿verdad?

Su lengua me rodeó el lóbulo de la oreja y se lo metió en la boca.

El Chichi asintió con la cabeza de un modo exagerado y lloró por su contacto.

Intenté bajar las manos para poder hundirlas en su abundante pelo, pero él las mantuvo firmemente en su sitio.

—Ah-ah, Lanie. No se toca. Solo se siente.

Enfatizó la palabra hundiendo uno de sus largos y anchos dedos en mi interior; lo metió lánguidamente antes de volver a sacarlo con la misma parsimonia. El talón de su mano hacía presión contra mi clítoris, lo masajeaba con sus movimientos hasta que sentí que las rodillas iban a doblárseme e iba a caerme redonda al suelo. Pero aquello no sucedería porque Noah era muy capaz de mantenerme en pie.

Sentí en mi interior un segundo dedo y luego Noah acarició las paredes de mi coño hasta conseguir que empujara mi pelvis contra su mano. Sacó y metió los dedos una y otra vez, primero con una lentitud exasperante y luego rápidamente antes de ralentizar el ritmo otra vez. Era suficiente y a la vez demasiado, todo al mismo tiempo, y sentí cómo mi cuerpo hervía lleno de sensaciones, preparado para explotar con la caricia adecuada.

—Todavía no —susurró Noah contra mis labios y seguidamente reclamó mi boca con un beso abrasador.

Retiró los dedos y me dejó como si me faltara algo dentro. Cuando solté un quejido de protesta, él interrumpió el beso y me miró con esa sonrisa perversa que siempre hacía que mis partes femeninas comenzaran de pronto a cantar el aleluya.

—Paciencia, gatita. Sabes que siempre me encargo de ti.

Cierto.

Noah separó su cuerpo del mío y me bajó los brazos hasta que mis manos estuvieron pegadas contra la pared a cada lado de mi cuerpo. Gimió cuando me contempló y luego se mordió el labio inferior.

—Voy a soltarte las manos, Delanie, pero quiero que las dejes donde están. Si las mueves, no obtendrás tu orgasmo. ¿Me entiendes?

—De verdad que te odio por esto —dije, pero yo sabía que haría cualquier cosa que me pidiera. Y él también.

Noah sonrió con suficiencia otra vez.

—No. Ya me has dicho que me quieres, ahora no lo puedes retirar.

Me dio un beso en la punta de la nariz y luego poco a poco me liberó las manos.

Noah

Me puse de rodillas, deslicé las manos por debajo del vestido de Lanie y le subí la falda por encima de las caderas. No pude evitar la arrolladora urgencia de esconder mi cara entre sus piernas, así que saqué la lengua para degustar el dulce sabor de su flujo, que había empapado la tela negra de algodón.

—Mmm, entremeses. Creo que me los voy a guardar para luego.

Le quité las bragas de un tirón. Esas zorras habían estado prohibidas y no tenían permiso para crear una barrera entre yo y mi deseo.

Lanie ahogó un grito de sorpresa y yo le sonreí con suficiencia.

—Nunca se sabe cuándo puedo tener hambre otra vez —dije encogiéndome de hombros—. Y no he olvidado tu descarado desacato a la norma de las bragas, señorita Talbot. Pagarás por ello. Luego.

Me metí sus bragas en el bolsillo delantero de los vaqueros. Una vez bien guardadas, coloqué las manos en la parte interna de sus rodillas y le abrí bien esos cremosos muslos para dejar paso a mi invasión. No me tomé mi tiempo, no fui con parsimonia ni con sensualidad; enterré la cara entre sus muslos y ataqué. La espalda de Lanie se arqueó y sus rodillas cedieron, pero yo la mantuve en pie agarrándola firmemente de las caderas. No tenía escapatoria ni de mí ni de mi boca hasta que yo estuviera preparado para soltarla.

Me aparté mínimamente para mezclar la persuasión con la exigencia y vi de reojo que los dedos de sus manos se retorcían.

—Por favor, no muevas esas manos, gatita. Odiaría tener que parar antes de darte lo que quieres, pero soy un hombre de palabra, y lo haré, así que no me pongas a prueba —le advertí tocando su punto sensible con los labios.

—Por favor, Noah. Por favor, necesito...

Joder, me encantaba escucharla suplicar por lo que solo yo podía darle. Me ponía la polla más dura que una puta piedra y me vi abrumado por la urgencia de hundirla en su humedad.

En realidad no había ninguna razón por la que no pudiéramos aliviarnos los dos al mismo tiempo; matar dos pájaros de un tiro, o de una polla, más bien. Aunque era necesario primero llegar a los dientes, así que le mordisqueé el clítoris. Dejé que su gemido gutural durara y luego se convirtiera en algo mucho más brutal mientras devoraba ese tenso nódulo con un hambre vigorosa. Le di a su delicioso coño un último y largo lengüetazo, me puse de pie frente a ella y planté las manos en la pared a cada lado de su cabeza. Cuando presioné mi cuerpo contra el de Lanie, me aseguré de que pudiera sentir mi erección.

—Esto es lo que me haces. Es bastante doloroso, pero te aseguro que el placer también está ahí —le dije mientras me deleitaba en sus gemidos de apreciación y continuaba restregándome contra su conejo de lo más desnudo y húmedo.

El objetivo era volverla loca, y lo hice, pero yo también estaba igual y no quería esperar ni un momento más.

Retrocedí rápidamente y me desabroché el cinturón y los pantalones en cero coma segundos antes de bajármelos lo suficiente como para que mi verga saliera de su escondite. Luego deslicé las manos entre sus muslos hasta apoyarlas en la pared. La obligué a abrirlos a la vez que la levantaba hasta estar a la perfecta altura con las piernas dobladas por encima de mis antebrazos.

—Voy a tomarme mi tiempo contigo cuando volvamos a casa, pero por ahora tendrá que ser rápido. Agárrate a mí, gatita —dije, por fin dándole permiso para que me tocara.

Lanie enganchó los brazos bajo los míos y me agarró de los hombros, y yo la penetré… hasta el fondo. Cuando ambos gemimos de placer, tuve que amortiguar nuestros sonidos con la boca si no quería arriesgarme a atraer atención no deseada o que alguna enfermera cotilla —o, Dios no lo quisiera, su padre— viniera a investigar. Tenía clarísimo que no quería empezar mi relación oficial con la mujer que amaba con la amenaza de su padre de enviarme a la morgue. Aunque, aparentemente, el rigor mortis ya se había establecido, al menos en mi polla. Así de palote me ponía por ella.

Pero no había de qué preocuparse. Estaba bien enterrado en mi Lanie con los huevos en contacto con su piel, y eso fue más que suficiente para encargarse del asunto en toda su extensión. Me moví dentro de ella una y otra vez, cada vez yendo más y más profundo con cada urgente embestida. Ella me hincó las uñas en el hombro y yo pude sentir las pequeñas heridas a través de la camisa, pero aquello no me detuvo porque era un jodido gustazo saber que eso venía derivado del placer que le estaba dando. Los besos de mi chica se volvieron más desesperados, mis arremetidas se enajenaron hasta sentir sus paredes vaginales contraerse alrededor de mi polla cual latido palpitante y ella gimió contra mi boca. Su cuerpo se tensó y sus muslos intentaron cerrarse por su cuenta a la vez que se estremecía entre mis brazos y llegaba al orgasmo. Fue todo el permiso que necesité para dejarme llevar y derramar mi semilla en su interior con un gruñido estrangulado. Mis caderas se sacudieron ligeramente hasta que me quedé seco.

Sin lugar a dudas este había sido el mejor quiqui que hubiera echado nunca. Admitiré que me sentí como un cabrón por habérmela follado así la primera vez después de nuestras declaraciones de amor, pero se lo iba a compensar con creces luego. Una y otra vez, hasta que estuviera perfectamente satisfecha. Y luego empezaríamos de nuevo otra vez, porque tal y como mi chica había apuntado, era insaciable.

Me retiré del interior de Lanie y la bajé poco a poco por la pared hasta que tocara el suelo con los pies. Ella se bamboleó un poco entre mis brazos debido a su letargo, así que volví a estrecharla contra mí.

—Cuidado, gatita. ¿Estás bien?

Ella suspiró de satisfacción.

—Oh, sí. Estoy muy bien.

Me reí entre dientes de su respuesta. Ella provocaba el mismo efecto en mí, y no es que fuera ninguna sorpresa para mí porque había sido así desde la primerita semana que pasamos juntos, y siempre seguiría siéndolo.

¿Siempre? ¿Estaba pensando a largo plazo en referencia a nuestra relación?

Joder que sí. Era mía.

4

Envidiadme, zorras

Lanie

—¡No! —gritó mi madre.

Dez se rió de su reacción.

—Oh, sí. Deberías haberlo visto, Mamá Faye. Se puso en plan —Dez bajó la barbilla hasta tocar su pecho y extendió los hombros para imitar a mi padre—: «¡Esa es mi mujer, chaval, y que me zurzan si me voy a quedar aquí sentado mientras dejo que un celador con la cara llena de granos que apenas acaba de alcanzar la pubertad y que todavía está lleno de hormonas adolescentes bañe a mi mujer! ¡Yo soy el único que toca esas peras! Suelta la esponja y sepárate de la bañera, hijo, antes de que alguien salga herido».

Mi madre se estaba descojonando de risa para cuando Dez hubo acabado con su muy desacertada imitación. Aquellas carcajadas fueron música para mis oídos. No la había escuchado reír así desde hacía tantísimo tiempo que casi me había olvidado de cómo sonaba. Por supuesto, si mi padre hubiera escuchado la burla de Dez, él no la habría encontrado tan graciosa. Menos mal que estaba en casa preparándolo todo para cuando mamá volviera.

Habían pasado diez días desde el trasplante, y por ahora todo iba muy bien. El color de sus mejillas había regresado y ya se sentaba, se reía, comía, sonreía… vivía. La cicatriz que le había quedado en el pecho todavía estaba de un color rojo molesto, pero la herida también había curado considerablemente y ella aseguraba que solo le dolía un poco si tosía. Aquello podría o no ser cierto, pero el brillo había vuelto a sus ojos y estaba absorbiendo toda la información que podía sobre cómo mantenerse sana para que su cuerpo no rechazara el corazón nuevo.

La única fuente de preocupación que podía encontrar era la preocupación que sentía Faye por la familia de la muchacha que le había regalado otra oportunidad para vivir. Quería ofrecer sus condolencias y agradecérselo en condiciones, igual que todos, pero Daniel nos dijo que la familia no quería que se revelaran sus datos personales. Tal y como nos sugirió, me senté con mi madre y ambas les escribimos una carta que él accedió a entregarles. Esperábamos que algún día ellos encontraran paz con su pérdida. Yo también esperaba que mi madre encontrara paz con lo que había ganado, pero era una persona sentimental y sabía que la idea de que otro ser humano hubiera tenido que morir para que ella pudiera vivir la perseguiría durante el resto de su vida.

—Bueno, no fue exactamente así —se unió Polly a la conversación.

—Fue justo así —sostuvo Dez.

Yo sabía la verdad.

—Mack no dice «peras».

Mi madre nos interrumpió con una sonrisa traviesa.

—Eh… sí. Sí que lo dice.

—¡Ah, mamá! ¡Ugh!

No me hacía falta tener esas imágenes mentales. Ponderé la opción de ir a mirar si tenían lejía, o cualquier cosa que usaran los hospitales para mantenerlo todo tan estéril, y que pudiera usar para frotarme el cerebro. Iba a necesitar algún limpiador industrial y aun así todavía seguiría traumatizada de por vida.

Ella se mofó.

—Anda ya, Lanie, por favor. ¿Cómo te crees que llegaste al mundo? Te aseguro que no fue gracias al espíritu santo. —Tenía una expresión soñadora en el rostro, como si estuviera rememorando—. Nos divertimos un montón concibiéndote. Las cosas que tu padre sabe hacer con su…

Me tapé los oídos con los dedos y empecé a cantar para amortiguar su voz. No funcionó. Todavía podía escucharla por encima de mis espantosos chillidos.

—…tu padre sentía fascinación por la Estatua de la Libertad, así que yo tenía un disfraz…

—¡Para! ¡Para! ¡Para! ¡Por favoooor para! —supliqué.

Faye por fin se calló ante mi arrebato y me lanzó una mirada.

—No te hagas la inocente —dijo mientras estiraba la sábana que le cubría el torso—. Ya he visto a ese hombretón tuyo. Ninguno de los dos sois capaces de mantener las manos quietas. Apuesto a que también es bueno en la cama, ¿verdad? O sea, es Noah Crawford, el soltero más cotizado de Chicago.

—¿En serio? Voy a vomitar —dijo Lexi en un tono aburrido mientras se examinaba las uñas. Luego suspiró y se enderezó en la silla—. Quiero a mi primo y demás, pero de verdad que no quiero escuchar esto.

Mi madre hizo aquello que siempre hacía cuando intentaba ser menos como una madre y más como una de las chicas.

—Oh, cállate, nena. Quiero saberlo todo —le dijo a Lexi y luego se volvió a girar hacia mí—. ¿Cómo de grande la tiene el ricachón?

—No voy a responder esa pregunta —dije, avergonzada y sorprendida. Quería colocarme en posición fetal y chuparme el dedo pulgar hasta que todo desapareciera—. ¿Qué eres tú, una asaltacunas? ¿Necesitas que te recuerde que soy tu hija y que esta pregunta es más que inapropiada?

Dez salió en defensa de mi madre.

—Deja de ser tan mojigata, Sandra Dee, y haz que tu Cha Cha DiGregorio interior salga a la luz. Te has enfundado unos pantalones ceñidos de cuero, te has subido sobre unos tacones de punta abierta, te has pintado los labios de rojo y te has pillado a Danny Zuko.

Su obsesión con *Grease* rayaba en la locura.

—Déjanos vivir indirectamente a través de ti. O sea, te ha tocado el gordo, cariño, así que lo mínimo que podrías hacer es regodearte para las menos afortunadas. —Dez se cruzó de piernas y apoyó un codo sobre la rodilla y la barbilla sobre la palma de la mano—. ¿Con qué trabaja el hombre? Y no intentes mentir tampoco. He visto el tamaño de sus pies *y* de sus manos.

—Ay, Dios. No me puedo creer que esto esté pasando —murmuré pasándome las manos por la cara—. Os estáis quedando conmigo, ¿verdad? ¿Dónde están las cámaras?

Dez formó un puño con una mano y empezó a rotar la otra como si estuviera manejando una cámara de cine que me apuntaba justo a mí.

—Lanie Marie Talbot, esta es tu vida —dijo con el tono de voz de un presentador de televisión—. Así que cuéntanos… ¿Salchicha vienesa o camión Peterbilt?

—Dínoslo ya —añadió Polly.

Estaba impresionada. Lo había dicho como si estuviera a punto de desvelar el secreto de la vida eterna o algo parecido. Noah era su jefe y su marido probablemente fuera el amigo más cercano que Noah tenía, y aun así aquí estaba toda interesada en mis asuntos y queriendo saber lo grande que la tenía.

Lexi suspiró y puso los ojos en blanco.

—Díselo ya, por Dios, para que podamos cambiar este tema tan horrible de conversación.

—¡Vale! —grité mientras levantaba las manos a modo de rendición—. La tiene enorme, ¿vale? ¡Inmensa! ¡Y el sexo es épico! Se hace *home run* cada vez que le toca batear. Hace que hable en lenguas y que me dé vueltas la cabeza sobre los hombros como si estuviera poseída o algo así. Si el sexo más increíble y absoluto del universo se manifestara en forma humana, sería un clon de Noah Crawford. Es el mayor ejemplo de los orgasmos descomunales, y el alfa y la omega de todas las pollas. ¡Su falo tendría que estar colgado como un trofeo sobre una chimenea y expuesto tras un cristal antibalas y con alarmas que detecten el calor corporal y el movimiento en el Museo Smithsonian de los Mejores Penes! Es el santo grial de los penes, y solo él tiene la habilidad de utilizar todo su poder. En resumen, Noah Crawford es el epítome del sexo. Hace que los dedos de los pies se me enrosquen y se me sacuda el cuerpo. Ya está. ¿Felices?

La habitación estaba tan en silencio que hasta se podría escuchar caer a un alfiler. La mandíbula de mi madre estaba desencajada y a Polly se le salieron los ojos de las órbitas. Y luego estaba Dez…

—Pero si tuvieras que darle una medida específica, ¿cuál sería?

Escuché a alguien aclararse la garganta en el umbral de la puerta y giré la cabeza en esa dirección solo para encontrarme a Noah apoyado contra la jamba de la puerta y con las manos metidas en los bolsillos. A juzgar por la sonrisita arrogante que tenía plantada en la casa, diría que me había escuchado hablar lo suficiente como para hacerme la vida imposible durante el resto de mis días.

—Siento interrumpir, chicas —dijo mientras se enderezaba y entraba en la habitación—. Señora Talbot, tiene muy buen aspecto.

—Yo, eh… Bueno… eh… gracias —tartamudeó mi madre, imaginándose, aparentemente, a mi novio desnudo.

Una acción muy a lo Jerry Springer, el presentador de ese programa tan poco censurador que acaba siempre en desmadre.

Cuando vi a mi madre por primera vez en la sala de despertares hacía diez días, Noah había estado justo a mi lado, y me acuerdo de cómo casi se le cae la boca al suelo frotándose repetidamente los ojos con las manos como si no fuera posible estar viendo lo que estaba viendo en ese momento. Sonrió con ganas como si fuera la madre de una de las participantes de un concurso de belleza que acabara de barrer el suelo con las otras quiero-y-no-puedo. Tampoco es que mi madre me haya tratado nunca así, pero sabía quién era Noah Crawford y le encantaba que su pequeña estuviera saliendo con él.

—Te he echado de menos. —Noah se agachó detrás de mí y se inclinó para darme un beso muy dulce y casto en el cuello. Luego desde atrás me rodeó los hombros con sus brazos y se dirigió a mi madre—. He hablado con el señor Talbot cuando venía de camino hacia aquí y me ha dicho que todo el equipo médico llegó hoy y que ya está instalado. Parece que ya está todo preparado para que vuelva cuando Daniel le dé luz verde.

—En realidad, el doctor Crawford dijo que a menos que hubiera alguna complicación no prevista, puedo volver a casa mañana. —Faye sonrió con emoción—. Quiero darte las gracias por hacer que todo esto fuera posible. Sé que seguramente nunca te considerarás responsable, pero también sé que si no hubiera sido por ti, yo no habría estado aquí ahora mismo, y mi hija no sería ni la mitad de feliz de lo que por fin parece ser. Has cambiado la vida de cada miembro de esta familia, Noah, y nunca podremos compensarte lo suficiente por ello.

Él me abrazó con más fuerza.

—Haría lo que fuera por Lanie. Además, solo hice lo que cualquier ser humano decente haría si tuviera los recursos necesarios, señora Talbot. No soy ningún santo.

—Bueno, a mis ojos sí, y no me resultará fácil olvidar lo que has hecho —dijo mi madre con los ojos empañados. Respiró hondo y se tranquilizó antes de empezar de nuevo—. Y, Lanie, ¿qué planes tienes? ¿Vas a volver a la universidad?

Sí, ella y Mack todavía pensaban que estaba oficialmente matriculada en la Universidad de Nueva York. ¿Cómo iba a salir de este embolado?

Lexi vino al rescate.

—En realidad he tirado de contactos con la oficina del decano y he conseguido que acceda a que Lanie deje sus clases este semestre y se vuelva a matricular en el siguiente, sin que eso le afecte a la *beca* —dijo mirándome con una cara que decía que mejor le siguiera la corriente—. Así que puede quedarse aquí durante un tiempo.

Mi madre dio una palmada.

—¡Eso es genial! Entonces, ¿vendrás a casa?

—Eh…

Eso me pilló con la guardia baja. No había pensado en qué iba a hacer, o dónde iría una vez que le dieran el alta. Me giré para mirar a Noah, esperando que apareciera sobre su caballo blanco y viniera a rescatarme otra vez, pero su expresión derrotada no me ofreció ningún consuelo o esperanza de poder volver a casa con él. Pude deducir por el modo en que asintió y sonrió que él tampoco quería que nos separáramos. Pero al mismo tiempo tenía que haber sabido que esto ocurriría, señal de que se estaba sacrificando otra vez por mí y por mi familia. Ojalá hubiera sido egoísta y me hubiera exigido que me quedara con él, pero sabía que no lo haría.

Me giré de nuevo hacia mi madre para no tener que ver cómo esa preciosa cara suya esperaba que tuviera la fuerza suficiente como para decir lo que tanto él como yo sabíamos que tenía que decir.

—Sí, mamá, vuelvo a casa.

Le sonreí sin muchas ganas, pero esperaba que fuera lo bastante convincente.

¿En qué clase de hija me había convertido? Debería haber querido estar allí para ayudarla con la recuperación porque todavía le quedaba un largo camino por delante. Pero no concebía la idea de dormir en mi cama fría, la misma cama en la que había pasado noche tras noche preguntándome si mi destino era no saber lo que se sentía al tener un cuerpo caliente acurrucado junto a mí, no conocer nunca el fuego que hervía en mis venas bajo la caricia de un amante, no saber lo que se sentía cuando alguien bueno te adoraba.

Pude sentir el cálido aliento de Noah en él hélix de la oreja mientras su voz ronca hablaba justo por encima de mi hombro.

—Si le parece bien, señora Talbot, me gustaría robarle a su hija por esta noche. A menos que la necesite aquí, por supuesto.

Siempre el caballero considerado de los cojones.

Lánzame sobre tu hombro como un Neandertal, ¡joder! ¡Llévame corriendo a tu cueva advirtiendo a gruñidos a cualquiera que se atreviera a intentar alejarme de ti!

Dios sabía que no parecía tener ningún problema con comportarse así cuando decidía antes que sabía lo que era mejor para mí día sí y día también. Puede que fuera muy depravado, pero una parte de mía quería que ese Noah volviera. Al menos en aquel momento.

—No, no, no. Lanie ha estado con su vieja madre enferma cada día y cada noche desde que llegó —dijo Faye—. Necesita salir. Vosotros idos y… eh… pasároslo bien.

Intentó contener la risa, pero entonces Dez, Polly y Lexi empezaron a reírse disimuladamente y fue imposible.

Qué infantiles eran, pensé. Pero se había vuelto muy evidente que nunca me iban a dejar vivir en paz con el discursito que les había dado de «Noah es un dios del sexo». Me imaginé el episodio del *Show de Jerry Springer* en el que todos podríamos aparecer: «Mi madre quiere acostarse con mi novio, pero está demasiado ocupado tirándose a su prima, su asistente casada sueña con el tamaño de su pene y mi mejor amiga podría estar embarazada de su bebé».

En un intento de sacarle el mayor jugo posible a la situación y de hacerlos sufrir a todos por avergonzarme, me saqué aquellos molestos pensamientos de la cabeza y me puse de pie. Tras darle un beso en la mejilla a mi madre, agarré a Noah de la mano y lo arrastré conmigo a la vez que me giraba para dirigirme hacia la puerta.

—¿Adónde vas? —preguntó Polly.

Me paré de golpe, miré a mis amigas por encima del hombro y, con una sonrisa cómplice de suficiencia, les dije:

—Al Smithsonian. Envidiadme, zorras.

—El alfa y la omega de todas las pollas, ¿eh? —preguntó Noah mientras entrábamos en el ascensor vacío y las puertas se cerraban a nuestras espaldas.

Respiré hondo y dejé que el olor de Noah que había penetrado en el aire rodeara mis sentidos. Creo que ronroneé.

—Algo así.

Noah de pronto me atrapó contra la pared; su cuerpo presionaba con firmeza el mío y su boca se cerró sobre la mía en un beso abrasador. Sus manos estaban en todos sitios: acariciando mis pechos, cogiéndome el culo, tocándome ese dulce punto bajo la costura de la ingle de mis vaqueros. Su ataque fue tan brutal que ni siquiera había tenido tiempo de coger aire. El oxígeno estaba sobrevalorado, ¿verdad? Estaba bastante segura de que podría vivir sin él, porque mientras Noah siguiera haciéndome cosas que lograran que se me acelerara el corazón, aquello sería la prueba de que todavía me latía. Claro, era posible que saliera con un leve daño cerebral cuando terminara, dada la falta de oxígeno, pero merecería la pena.

La campanita sonó, señal de que el ascensor se había parado en otra planta. Antes de que las puertas se abrieran, Noah se separó y se quedó de pie a mi lado. Una enfermera entró con una bandeja de comida. A juzgar por el modo en que había abierto los ojos como platos cuando se fijó en mi aspecto, diría que supo exactamente lo que habíamos estado haciendo. El pecho me subía y bajaba de forma exagerada; estaba segura de que el pelo lo tenía tan desordenado como la ropa y pude sentir el rubor en mi piel. Cuando la Enfermera Observadora por fin dejó de mirarme, posó los ojos sobre Noah… y ahogó un grito. Me giré para saber cuál era la causa de su reacción, pero Noah me parecía perfectamente normal. Estuve a punto de achacarlo simplemente al efecto que su guapura tenía sobre las mujeres cuando de repente reparé en el enorme bulto que tenía en los pantalones. Rápidamente me coloqué delante de él para bloquear la vista que tenía la Enfermera Observadora de su polla colosal. Justo entonces otra enfermera entró en el ascensor y las dos comenzaron a entablar una conversación, lo cual significaba que no iba a tener que sacarle los ojos a esa perra por quedarse mirando a mi hombre embobada.

Noah me rodeó la cintura con un brazo y tiró de mi cuerpo hacia el suyo para que mi culo estuviera completamente pegado contra su erección. Me rozó la oreja con la nariz y se restregó contra mí.

—¿Celosa, Lanie? —susurró.

Yo negué con la cabeza.

Él se rió entre dientes y en silencio y me dio un beso suave en el cuello desnudo.

—Sí que lo estás. —Su cálido aliento me acarició la oreja—. Quiero follarte. Ahora mismo. Aquí. En el ascensor. Con esas dos mirándonos.

Mi corazón literalmente se saltó un latido. Nunca me había considerado una pervertida, pero no me sorprendió del todo que el exhibicionismo me pusiera cachonda. Noah ya me había mostrado las múltiples facetas que yo misma guardaba en realidad en mi interior; era una persona que no había sabido que existiera antes. Mentiría si dijera que no quería que lo hiciera tanto como él. Y sabía que tampoco era solo para que a esas picaronas les quedara claro que me pertenecía.

El ascensor por fin paró en la planta baja y Noah me guió hasta la entrada principal donde Samuel nos estaba esperando con la limusina. Una vez dentro, me pegó contra él y me metió la lengua hasta la campanilla.

—Te he echado de menos —dijo rompiendo el beso.

Noah había estado a mi lado durante toda la dura prueba que había tenido que superar mi madre y no habíamos estado ni un solo día sin vernos, pero sabía a lo que se refería. Con la excepción de aquella vez, no habíamos podido escaquearnos para aliviarnos. Ambos estábamos bastante unidos y parecía que otra separación estaba a la vista con eso de tener que irme a casa para quedarme con mis padres. Aunque esperaba que tuviéramos mucho más tiempo a solas pese a eso, porque no me importaba ni un poquito tener que escaparme al bosque con él y hacerlo a escondidas como un par de adolescentes.

—Yo también —susurré mientras le acariciaba la mejilla.

Una sonrisa pícara se instaló en su rostro.

—Y no pienses que me he olvidado de tu castigo.

Suspiré y puse los ojos en blanco.

—Otra vez el tema de las estúpidas bragas no.

—Oh, sí —dijo él, agarrándome del pelo con fuerza y obligándome a mirarlo, un gesto que me puso cachondísima. ¡Vaya que sí!—. Ha sido un golpe bajo, y lo sabes, así que te mereces un castigo.

—¿Y qué castigo va a ser ese, señor Crawford? —pregunté siguiéndole la corriente con impaciencia.

—Puede que tenga una idea. ¿Tienes hambre? —preguntó y yo asentí—. Bien, porque tengo algo para ti justo aquí.

Escuché el tintineo de la hebilla de su cinturón y luego el sonido de metal contra metal al bajarse la cremallera.

—He echado de menos tus labios —dijo al tiempo que me daba un casto beso. Luego suspiró con pesadez—. Y he echado mucho de menos tu boca.

No se estaba refiriendo a mis comentarios sarcásticos, y aquello casi me atolondró por dentro porque sabía que me ocuparía de él más que encantada.

Con la mano todavía bien agarrada a mi pelo, me bajó la cabeza hasta su ingle, donde su polla ya estaba erguida y saludándome con un «¡Hola! ¿Cómo estás? Soy el trozo de carne que está a punto de meterse en tu garganta cuando mi machote, Noah, te sujete la cabeza en su regazo para que pueda follarte toda la boca. Ay que ver… no tendrías que haberte puesto las bragas, mujer».

Reprimí una risita porque la verdad era que no estaba ni un pelín intimidada por la amenaza. ¿Cómo podía considerarse castigo algo que yo realmente quería? Eso estaba chupado. O más bien él era el que iba a estar chupado. Y quizás eso era lo que él había pensado.

—Te quiero —gimoteé esperando que cambiara de parecer si, de hecho, no tenía ninguna intención de dejar que yo me corriera.

—Ajá. Yo también te quiero, gatita. Ahora chúpamela —dijo mientras me bajaba la cabeza hacia su regazo.

Me encantaba que Noah no hubiera perdido ese punto dominante solo porque nos habíamos declarado el uno al otro. No habría sido lo mismo. Él no habría sido el mismo, y yo no quería que cambiara su verdadera forma de ser.

El ángulo desde el que me estaba acercando no es que fuera de lo más idóneo, así que me deslicé hasta el suelo, entre sus piernas, y lo agarré con la mano. Su piel estaba caliente y la sentí suave como la seda; no obstante, también estaba dura como el mármol y no pude evitar admirar su miembro. Era tal y como había alardeado de él, y también lo había echado mucho de menos.

Me lo llevé a la boca y gemí al tenerlo por fin de nuevo allí. Noah tenía razón; sí que disfrutaba un poco en exceso teniendo su polla en la boca.

—Joder, sí. Te encanta, ¿verdad? A las chicas malas les encanta chupar pollas, ¿no es cierto? Déjame ver.

Gimió mientras me recogía todo el pelo con la mano para poder tener una mejor vista de lo que le estaba haciendo.

Yo gemí de nuevo a modo de respuesta y moví la cabeza más en serio; quería hacerlo feliz. La saliva chorreaba por toda su longitud, así que me fue más fácil exagerar los movimientos y acogerlo más adentro.

Noah siseó.

—Joder… eres buena de la hostia. Me encanta oír esos sonidos mojados cuando me chupas la polla así de bien.

Empecé a moverme con más velocidad animada por sus palabras pervertidas y un gruñido salió de algún lugar recóndito de su pecho. Noah me tiró del pelo con fuerza y me inmovilizó. Luego empezó a mover las caderas para que su verga entrara y saliera de mi boca con rapidez. Pude sentirlo en la campanilla con cada estocada, y se retiraba casi por completo antes de volver a introducirse hasta dentro. Yo hice todo lo que pude por controlar las arcadas, pero me encantaba cuando me follaba la boca.

—Ojalá todo el mundo pudiera ver lo jodidamente guapa que estás cuando me chupas la polla —gruñó.

No tengo ni idea de qué se adueñó de mí; quizá fue aquello de lo que me percaté en el ascensor, o del hecho de que quería que todo el mundo viera lo bien que hacía que se sintiera este hombre, pero fuera cual fuere la razón, alargué la mano y presioné el botón que controlaba la ventana. El cristal tintado bajó y le regaló a la genial Chicago unos asientos en primera fila para nuestro pequeño *show*. Me sentí como una estrella del porno que acabara de ganar la Verga de Oro, aunque lo único que la gente podía ver era mi cabeza subiendo y bajando y la cara de Noah con esa expresión de placer orgásmico. Pero no te confundas, cualquiera que se parara a nuestro lado sabría perfectamente lo que estábamos haciendo en la parte de atrás de la limusina.

—Ah, joder, te quiero mucho, mujer.

Noah gimió. Las luces de la ciudad entraban a través de la ventana abierta y creaban sombras momentáneas en su cincelado rostro.

Lo acogí dentro de mi boca todo lo que pude. Tragaba saliva con la cabeza de su polla enterrada en mi garganta antes de volverlo a soltar.

—Eso es, nena. Sigue mamándomela así y cuando lleguemos a casa te daré lo que has estado queriendo. —Noah gruñó, echó la cabeza hacia atrás y luego levantó las caderas antes de relajarse de nuevo para dejar que yo volviera a lo mío—. Voy a hacerte el amor por ese coñito tuyo y luego voy a follarte ese culo tan precioso que tienes.

Juego, *set*, partido. Agujero en uno. *Touchdown*. En *Swish*… nada que no sea ganar. Gol. *Home run*… Lo que fuera. Todo lo que supe es que le había echado el ojo al premio y quería ganar.

Le di a él y a esa polla colosal todo lo que tenía. Succioné a ese chico malo como si no hubiera comido en días y me hubiera topado con un bufé libre. Todo mi trabajo duro —sí, claro… había sido un placer— había merecido mucho la pena. Noah movió las caderas hacia arriba mientras me empujaba la cabeza hacia abajo de manera que su verga se quedara atascada en mi garganta, y luego se corrió y derramó su semen caliente en mi boca como en una erupción volcánica. Tragué lo más rápido que pude; en realidad no quería saborear la sustancia salada, pero sí que me encantaba escuchar igualmente los salvajes gemidos de éxtasis que salían disparados de sus suculentos labios.

—Joder, mujer. —Todavía jadeaba cuando su cuerpo por fin se relajó y yo liberé su polla—. Te habría follado de una forma u otra, pero ¿eso? Madre del amor hermoso, no tengo palabras.

Solté una risilla.

—¿Eso quiere decir que ya estoy perdonada por lo de las bragas?

Él sonrió mientras se guardaba la verga.

—Sí, estás perdonada. Pero que no vuelva a ocurrir, porque entonces estaré más que encantado de volverte a castigar.

—Promesas… promesas… —arrullé a la vez que me limpiaba las comisuras de los labios.

El coche se paró y miré a través de la ventanilla bajada y me di cuenta de que ya habíamos llegado a casa. De repente me puse un poco mala del estómago al no saber cuánto tiempo iba a tener que estar sin él o si la separación iba a tener algún efecto en lo que sentía por mí. Me refiero a que él tenía su trabajo y su casa en Chicago, y yo estaría en Hillsboro, y a tomar por culo. En realidad no está en otro estado, pero con su horario de trabajo, ¿con qué frecuencia podía esperar verlo realmente?

—Eh… ¿qué pasa? —preguntó Noah, levantándome la barbilla para poder mirarme a los ojos.

—No sé si puedo hacerlo.

—¿Hacer qué?

—Estar separada de ti.

—No me voy a ninguna parte, Lanie.

—No, pero yo sí —dije, soltándome de su agarre e irguiéndome—. Y tú estás cachondo todo el tiempo, que es justo la razón por la que me compraste, para empezar…

Me detuve de repente cuando vi que contorsionó el rostro como si le hubiera dado una bofetada.

—Lo siento, no quería decir eso. Es solo que… Dios, me está matando, ¿sabes?

Noah suspiró.

—Sí, lo sé —dijo en voz baja—. Pero siempre nos quedan los fines de semana, y yo iré a Hillsboro a cada oportunidad que tenga.

Me crucé de brazos con un puchero.

—Sí, será así durante un tiempo, y luego te cansarás y los viajes se volverán más esporádicos hasta que termines haciéndolo muy de vez en cuando por hábito. Empezarás a estar resentido conmigo y antes de que te des cuenta, ya no irás más porque habrás pasado página.

Apreté los brazos, abrazándome y ya empezando a sentir el agujero que se abría en mi corazón.

—No —dijo, todo serio.

—No, ¿qué?

—No empieces sentenciándonos ya. —Se pasó una mano por el pelo con exasperación—. Te quiero, Lanie. Me ha llevado bastante tiempo ser capaz de abrirme así otra vez, y no voy a dejarte escapar tan fácilmente. Soy tuyo y tú eres mía, y vamos a sacarle el mayor partido posible al tiempo que podamos estar juntos. Ahora sal del puto coche.

Noah abrió la puerta, salió y me tendió la mano. Mis pensamientos se desviaron hasta la primera noche que pasé aquí, cuando nunca habría sido capaz de imaginarme en lo que nos convertiríamos el uno para el otro desde entonces. Cogí su mano, la prueba de que estábamos en esto juntos y de que juntos encontraríamos la manera de hacer que funcionara.

En cuanto pisé el suelo, Noah me levantó en brazos, me lanzó por encima del hombro y subió las escaleras que llevaban hasta la puerta principal. Me reí, ya no sentía las punzadas de separación y estaba contenta de vivir en el momento. Si los pequeños momentos robados era todo lo que teníamos por ahora, iba a vivirlos al máximo y a esperar que todo fuera bien.

Una vez dentro, Noah me llevó hasta su oficina, abrió un cajón y sacó algo que no pude ver hasta que no estuve colgando bocabajo, cara a cara con su culo. Toda la sangre se me estaba subiendo a la cabeza, pero la vista era fabulosa, así que no me quejé.

—¿Qué estás haciendo? —dije riéndome.

—Ya verás —contestó, y luego se giró para salir de la oficina.

Me llevó hasta la primera planta y luego por el pasillo. Me conocía ese camino bien; me estaba llevando hasta el dormitorio para disfrutar de un buen rato de jueguecitos. Cuando por fin me dejó de pie en el suelo, la sangre se me bajó de la cabeza y comenzó a fluir por el resto de mi cuerpo, lo cual hizo que de pronto me mareara.

—Primero lo primero —dijo Noah manteniéndome sujeta. Tenía una regla en la mano—. Si vas a estar alardeando de mí, creo que deberías tener pleno conocimiento de los hechos.

—¿Una regla? —le pregunté.

Él sonrió con suficiencia.

—Cierto. A lo mejor un metro es más apropiado.

¿Quería que le midiera el pene?

Y así comienza la egomanía...

Me encogí de hombros. Si no puedes vencerlos, únete a ellos. Además, yo misma me moría de curiosidad por saber la cifra exacta.

Cogí la regla y me acerqué a sus pantalones.

—¡Eh, eh, eh! —Noah me detuvo y dio un paso atrás—. No puedes medirla estando flácida. Tienes que esperar a que esté dura.

—Oh... ya veo —dije, y luego volví a cerrar la distancia que se extendía entre nosotros—. Bueno, veamos si podemos ocuparnos de eso. Por el bien de la ciencia, claro.

Lo pegué contra la pared y comencé a besarlo en el cuello. Al mismo tiempo, lo agarré a través de los vaqueros y le masajeé la polla. Incluso relajada ya tenía un tamaño considerable, pero no pasó mucho tiempo hasta que el bulto en sus pantalones ganó grosor y dureza bajo mis manipulaciones. No pude contener la sonrisa de autosatisfacción que se extendió por mi rostro.

Noah gimió.

—Tienes... mucho talento.

—Tengo un gran profesor. —Retrocedí y me deshice de sus pantalones en un periquete—. Creo que ya podemos ir al lío, hombretón.

El Vergazo Prodigioso se liberó y yo lo rodeé con la mano para dejarlo quieto y poder medirlo en condiciones. Estaba impresionada. Muy, muy impresionada. Noah medía unos veintitrés centímetros y todo eso había estado en mi interior y en breve iba a estar dentro de mi culo. Debía admitir que estaba un poco intimidada.

—Ahí lo tienes —dijo con una sonrisa arrogante y un brillo en los ojos—. La prueba de que la polla de tu novio de verdad es el santo grial de todos los penes.

Puse los ojos en blanco y arrojé la regla a un lado.

—¿Cuánto escuchaste de ese discursito?

—Todo.

Dio un paso hacia mí y agarró la parte inferior de mi camisa y me la quitó por la cabeza.

—Y ahora se te ha subido a la cabeza, ¿eh? —pregunté, desabotonando su camisa.

Lo besé en la piel recién expuesta, inhalé su olor y memoricé cada hendidura de los músculos de su pecho.

—Bueno, creo que acabamos de demostrarlo, ¿no? —Se quitó los zapatos de una patada y estiró los brazos para desabrocharme el enganche frontal del sujetador antes de que los tirantes me cayeran por los brazos—. Y es todo tuyo, nena —dijo antes de agarrarme los pechos y de mamar uno de los pezones—. Joder, te deseo tanto.

No nos llevó mucho más tiempo a ninguno de los dos desnudarnos por completo el uno al otro, y antes de que nos diéramos cuenta siquiera, me encontré abierta de piernas sobre la cama con la cabeza de Noah entre mis muslos.

—Mmm… que dulce, gatita —murmuró contra mi carne húmeda.

Su lengua se movió sobre mi clítoris con rapidez antes de cubrirlo con la boca y de succionarlo con suavidad, todo eso a la vez que seguía manipulándolo con su lengua prodigiosa. Levanté las rodillas y cerré los muslos alrededor de su cabeza, gimiendo ante la sensación de su barba desaliñada contra mi piel sensible mientras me lamía entera. Introdujo dos dedos en mi interior al mismo tiempo que con otros dos seguía jugueteando con mi ano. Estaba preparándome para la invasión, así que me relajé todo lo que pude y disfruté de las otras sensaciones que me estaba dando como distracción. No mucho después fui yo misma la que movía las caderas para buscar la fricción con sus dedos. Quería incluso más.

—Sí, tú también lo quieres, ¿verdad? —Solo pude gemir como respuesta—. No te preocupes, gatita. Voy a dártelo. Solo necesito asegurarme de que estés bien preparada primero.

Me corrí con mucha fuerza. Moví las caderas adelante y atrás y luego me tensé cuando el orgasmo se apoderó de mi cuerpo y me dejó incapaz de moverme. Noah retiró los dedos con cuidado y se subió a la cama para tumbarse de costado a mi lado. Me dio besos tiernos en el hombro y en el cuello hasta que la respiración por fin se me reguló y pude volver a ver bien otra vez. Entonces me estrechó entre sus brazos y me giró de modo que mi espalda estuviera en contacto con su pecho. Y luego me penetró desde atrás, en el sentido tradicional.

Me hizo el amor con parsimonia, abrazándome fuerte mientras me susurraba palabras de admiración y de amor al oído.

—Te quiero mucho —le dije, besándolo en la palma de la mano porque era una de las poquísimas partes de él a las que tenía acceso.

—Ya lo sé, nena. —Acercó su nariz a la piel sensible de mi nuca—. Yo también te quiero. Dios… qué gustazo.

Pero podía darle más.

—Noah, estoy lista —le dije al percatarme de que estaba esperando mi permiso antes de ir más allá.

—¿Estás segura? —Me besó en el hueco entre el cuello y la oreja—. Yo quiero… me estoy muriendo de ganas, pero no quiero hacerte daño.

—Tanto tú como yo sabemos que nunca podrías hacerme daño —lo tranquilicé—. ¿Por favor?

Noah alargó el brazo por delante de mí y cogió el bote de lubricante que se había traído de la oficina. No se retiró de mi interior cuando se echó un poco en la yema de los dedos y luego lo extendió por mi ano. Entretanto, él todavía seguía moviéndose en mi interior.

—Esta también será una primera vez para mí —susurró y luego depositó un beso en mi hombro. Se salió de mi cuerpo y empezó a cubrirse él también de lubricante.

—¿Nunca has hecho esto antes? —pregunté, estupefacta.

—No. Así que si te duele mucho, necesito que me lo digas. ¿Vale?

Podía sentir la cabeza de su miembro en mi ano ejerciendo un poco de presión.

Asentí conteniendo la respiración porque estaba nerviosa, pero sí que quería que esta fuera nuestra primera vez juntos. Por fin algo que él y yo tendríamos que nadie más podría quitarnos nunca.

Sentí cómo poco a poco ejercía más presión conforme fue moviéndose hacia adelante. Y luego, con un movimiento muy rápido y seco, me penetró. Ahogué un grito ante la sensación de ardor, me tensé, contuve la respiración una vez más y deseé que el fuego del dolor de su invasión remitiera. Las lágrimas se me acumularon en los ojos sin darme cuenta siquiera, como una niña pequeña que acabara de caerse y de hacerse daño en la rodilla, pero esto era mucho más grande que eso. El instinto natural de mi cuerpo era expulsarlo de mi interior, pero, en cambio, me quedé quieta y cerré los ojos con fuerza, dispuesta a no moverme ni respirar por miedo a que solo empeorara la sensación.

—Respira, gatita. Tienes que respirar. —La voz tensa de Noah fue casi un suspiro mientras sus manos temblorosas me acariciaban los brazos con cariño y depositaba tiernos besos en mis hombros—. Solo respira e intenta relajarte. Mejorará.

Solté una larga exhalación e intenté relajar los músculos del cuerpo todo lo que pude. Tenía razón, una vez que intenté relajarme, el dolor remitió un poco.

—Sigue —le dije.

La voz de Noah era rasposa, y su cuerpo temblaba.

—¿Estás segura? Todavía no estoy dentro del todo. Eso solo era la cabeza.

¿¡Qué!?

Asentí rápidamente con la cabeza. Mi mandíbula sentía la presión de mis dientes apretados. Inhalé profundamente y luego volví a soltar el aire a modo de preparación para sentir más dolor. Podía hacerlo. Podía hacerlo por él.

—Pero ve… lento —dije, incapaz de deshacerme de la tensión en la voz.

—Te estoy haciendo daño. No lo vamos a hacer —dijo y lo sentí retroceder como si estuviera a punto de retirarse, cosa que no podía dejar que ocurriera bajo ningún concepto.

—¡No! Yo quiero. Por favor, Noah, déjame darte esto. Dámelo a mí —le supliqué y luego me moví contra él ligeramente para demostrarle lo mucho que lo deseaba.

Lo escuché gemir. Un gemido de placer, no de frustración. Yo le hacía eso. Luego sentí sus labios cálidos, suaves y húmedos en mis hombros otra vez cuando comenzó a moverse una vez más en mi interior muy, muy despacito. No fue tan doloroso como antes, solo incómodo. Pero cuanto más se movía, cuanto más profundo llegaba, más me relajaba y empezaba a disfrutar de las sensaciones. Un gemido involuntario se me escapó de los labios y sentí cómo sus brazos se tensaban a mi alrededor y su respiración se volvía más pesada. Quería saber que él también estaba disfrutando; quería oírselo decir.

—¿Cómo es? —le pregunté—. ¿Te gusta?

—Ah, joder, gatita. No tienes ni idea —gimió con esa voz ronca y su cálido aliento se desperdigó por la piel de mi nuca—. Qué gusto.

—Más. Dame más —le urgí, sabiendo que se estaba conteniendo por miedo a hacerme daño.

Pero quería que disfrutara de la experiencia al completo, y la verdad fuera dicha, a mí también me gustaba, más o menos. Sabía que no me correría esta primera vez, pero eso también me parecía bien.

Noah me mantuvo quieta con firmeza cuando movió las caderas y se enterró todavía más adentro y con más rapidez.

—Eso es, nene —lo animé—. Haz lo que te haga sentir bien. Quiero que te corras y te derrames como nunca antes.

—¡Mierda! Me encanta cuando me dices cosas guarras —se las apañó para decir entre respiraciones, apenas sin aliento.

Eso fue todo lo que necesitó decir. Si le gustaba, le iba a dar más.

—Noah, tu enorme polla está en mi culo —gemí. Quería que también tuviera el efecto mental al igual que el físico—. Ay, Dios, nene. Me estás follando por el culo, poseyéndome por completo.

Eso debió de haber dado en la diana.

—¡Joder, joder, joder! —gruñó a través de su mandíbula apretada—. No puedo… parar. Ay, Dios. Me voy a… Joder, me voy a correr, gatita.

Noah me embistió, sus caderas chocaron contra mi trasero y su mano me agarró de la cadera con tanta fuerza que supe que por la mañana tendría un moratón. Me mordió en la parte de atrás del cuello y gruñó mientras se vaciaba con tanta ferocidad que pareció un auténtico animal. Todo lo que yo pude hacer fue esperar mientras sonreía cual gato que se acabara de comer un canario. *Yo* conseguía aquello en él. Yo le di lo que nadie le había dado nunca, ni se lo iban a dar tampoco si es que yo tenía algo que decir en el asunto. Y lo haría mil veces más. Porque podía.

Dolió como un puto condenado. Pero la incomodidad que experimenté mereció la pena al final, porque fue una conexión que solo él y yo compartimos. Pude sentir todo el placer que le di, y me deleité en el hecho de que un hombre que aparentemente siempre tenía el control no lo tuviera en lo referente a mí. Era una libertad que se merecía y yo siempre quise que se sintiera así.

Llegué a Noah como una virgen en todos los sentidos de la palabra, física y emocionalmente, y él me introdujo en un mundo de indecible placer. Puede que hubiera pagado dos millones de dólares por mí, pero yo le debía muchísimo más que eso por lo que me había dado a cambio. Le debía mi corazón, mi alma, mi cuerpo… y todos eran suyos.

—Te quiero mucho, Noah Crawford. —Mi voz apenas fue un susurro. Alargué la mano y le acaricié el trasero desnudo con la palma de la mano—. Gracias.

—Yo también te quiero, Delanie Talbot —me devolvió también entre susurros. Pude sentir su corazón latiendo con fuerza contra mi espalda mientras su pecho subía y bajaba debido a su respiración dificultosa—. No me imagino compartiendo nunca algo tan íntimo con nadie que no seas tú. Gracias por confiar en mí.

5

Las flores rojas

Noah

Hacerle el amor a Lanie era lo más fácil del mundo, porque la quería con todo lo que era y siempre sería. Pero hacerle daño solo para encontrar yo el placer fue una auténtica tortura.

Lo había querido con muchísimas ganas. Estaba prohibido, y eso lo hacía mucho más atrayente. Pero cuando la penetré por allí por primera vez y escuché cómo contenía la respiración con fuerza y cómo se tensaba… bueno, había esperado que le doliera al principio, pero obviamente no había estado completamente preparado para lo mucho que le dolería, y no podía hacerle esto a ella. Había tenido toda la intención de dar marcha atrás, pero entonces ella prácticamente me suplicó que continuara. Fue una súplica para que la dejara tener este momento, esta primera vez conmigo, mi primera vez, aunque ella no estuviera recibiendo más que dolor a cambio. Eso cerró el acuerdo y me hizo continuar pese a mis reservas.

Le habría dado cualquier cosa que me pidiera. Le habría bajado la luna del cielo nocturno y se la habría puesto a sus delicados pies, le habría guardado el universo entero en una pequeña pelotita y se la habría colocado sobre sus diminutas manos. Lo que quisiera. Porque se merecía todo eso y más, y me sacrificaría toda la puta vida para asegurarme de que lo tuviera todo.

Pero nunca sería capaz de compensarla por tratarla como una puta; por tratarla como si no fuera nada más que un trozo de carne que solo estaba allí para satisfacer mis antojos de coño; por tratarla como si no fuera nada más que otro juguete que había comprado, una propiedad. Por robarle la inocencia. ¿Cómo íbamos a funcionar siquiera cuando nuestra relación había nacido, para empezar, de las putas entrañas de muchas intenciones impuras?

Tenía que tener fe en que sí lo haríamos, porque si lo que teníamos estaba mal, entonces no quería estar bien. Sí, una frase muy cursi, pero las palabras llevaban una verdad innegable. ¿Ves? Me estaba volviendo un auténtico calzonazos, un bragazas integral.

Déjame que lo demuestre…

Durante el acto sexual, fui un puto manojo de nervios. Mi cuerpo se sacudió tanto por miedo de hacerle daño a Lanie como por tener que contenerme para no abrirme paso en su interior de golpe. Así de bien me había sentido. No es que su coño no fuera igual de bueno, sino que la experiencia de bailar con ella ese baile prohibido era lo que me había puesto cachondísimo. Solo se comparte algo así con alguien en quien confías, alguien con quien planeas pasar el resto de tu puta vida juntos, alguien con quien tienes un vínculo sagrado.

Lo que me encontré cuando descubrí a Julie y a David no había sido nada ni remotamente parecido a la intimidad del momento que Lanie y yo acabábamos de experimentar juntos. Lo que ellos hicieron no fue más que dos puteros follando simplemente por follar, por pegarme una puñalada y dejarme desangrándome en el suelo. Podrían quedarse buscando durante el resto de sus patéticas vidas y nunca se acercarían siquiera a encontrar lo que yo tenía con mi Lanie. Mi Lanie.

Lo necesitábamos, ese nivel de intimidad, antes de la separación. Y aunque sabía que necesitaba permanecer fuerte por ella, me estaba matando por dentro saber que no estaría allí cuando volviera a casa por las noches, que no estaría tumbada a mi lado, desnuda, en la cama cada noche, que no vería esa mirada en sus ojos cada día. Esa mirada que decía más de lo que miles de palabras podrían decir nunca. Esa mirada que decía que yo era su mundo, al igual que ella era el mío. Los labios eran capaces de decir cualquier cosa, pero los ojos nunca mentían. Y lo que vi en ellos reflejaba lo que yo sentía en cada fibra de mi ser. Me quería. Me quería de verdad. No a mi dinero ni a mi estatus. A mí. Y pasara lo que pasase, iba a lograr que funcionásemos. De alguna manera.

Delanie movió su culo contra mí y me recordó que mi polla todavía seguía dentro de ella, flácida pero excitándose cada vez más cuanto más tiempo permaneciera allí, y como siguiera moviéndose así, iba a ponérseme más y más difícil poder retirarme de su interior. Aunque me hubiera encantado tener otra ronda, sabía que ya iba a estar dolorida y no quería aprovecharme de su necesidad de darme incluso más de ella misma. Su presencia en mi vida era suficiente y ya era hora de que le diera yo algo a cambio a ella, para variar. Así que antes de que mi verga engordara demasiado y le hiciera incluso más daño, me retiré… y esperé que el rápido movimiento lo hubiera hecho más soportable.

Sentí un ramalazo de culpa en el pecho cuando ella hizo un gesto de dolor y mi mente se puso de inmediato en modo cuidador total. Veneraría a esta mujer, le mostraría mi aprecio y cuidaría de ella para variar, al igual que ella cuidaba de todos los que la rodeaban, incluido yo.

—Lo siento, gatita —dije, dándole la vuelta y estrechándola contra mí—. Joder, siento mucho haberte hecho daño.

Mi chica podría haber llorado contra mi pecho, podría haberme dado una paliza con mi permiso, podría haber hecho lo que hubiera querido o necesitado en represalia por el dolor que le había infligido. Pero no hizo nada de eso. En cambio, Lanie metió su muslo entre los míos, me rodeó la cintura con el brazo para darme una palmadita en el culo y luego me atacó el cuello.

—Cállate, Noah —murmuró entre besos—. Estás sacando las cosas de quicio y me estás cortando el rollo. Y para que lo sepas, eso quiero volverlo a hacer.

Ya lo había dicho antes, y lo diría otra vez: quería tanto a mi chica que hasta me dolía en el puto pecho.

Echó la cabeza hacia atrás para mirarme; había un atisbo de intenciones perversas en sus ojos. Estaba claro que había creado un monstruo. Pero no era un cabrón insensible. Mi mujer estaba dolorida y estaba intentando enmascarar su dolor para que no me sintiera mal, cosa que era una estupidez porque por supuesto que me sentía como un cabronazo. ¿Cómo no?

Me incliné hacia adelante y me apoderé de esos suculentos labios. Profundicé el beso con todo el amor y la adoración de los que pude hacer acopio. Fue cuando sentí que me ponía duro otra vez cuando rompí la conexión. Ella se lo tomaría como un signo de que quería poseerla otra vez, y era cierto. No obstante, sus necesidades eran mucho más importantes que las mías, y justo en ese momento ella necesitaba que cuidara de ella, lo quisiera admitir o no.

Me costó mucho hacerlo, pero por fin conseguí separarme de ella y bajarme de la cama.

Lanie gimió en protesta y estiró los brazos para agarrarme de la mano.

—Noooo. ¿Adónde vas?

Sabía exactamente cómo se sentía; yo tampoco soportaba estar separado de ella durante un segundo siquiera. La mera idea me hacía sentirme vacío por dentro y ya la echaba de menos. ¿Cómo iba a poder separarme de ella? Mi lado egoísta sacó su cabecita temporalmente y casi le pedí que no se fuera. Sabía que se quedaría conmigo si se lo pedía, pero no pude lograr hacerlo. Ya le había quitado demasiadas cosas.

—No lejos. Nunca lejos.

Con un último tierno beso, me separé y rompí nuestra conexión física, pero la atadura invisible que existía desde la cama donde estaba recostada hasta mi corazón nos mantuvo unidos. Nunca me había sentido así antes, tan conectado, tan absorbido por una sola persona, y era un enigma al que no quería encontrar solución.

Me daba esperanza.

Preparé corriendo el baño para ella y me aseguré de que el agua no estuviera ni demasiado caliente ni demasiado fría. Di gracias al ver que

Polly había llenado el cuarto de baño de jabones para mujeres y elegí uno cuya etiqueta prometía una calma tranquila y reconfortante. Mejor que fuera verdad o iba a demandar a los hijos de puta por publicidad engañosa. Solo lo mejor para mi chica.

Me las arreglé para regresar andando hasta ella solo porque correr podría hacerme parecer todavía un mayor calzonazos de lo que ya era. Mi polla estaba morcillona y se movía de un lado a otro entre mis muslos a la vez que me acercaba a la cama donde Lanie estaba tumbada. Se quedó mirando ese trozo de carne como si fuera una salchicha expuesta en el escaparate de una carnicería y ella fuera un cachorrito abandonado buscando su siguiente comida.

—Estoy intentando mostrar un poco de control. Ya sabes, ser un novio cariñoso y amable. Todo un Príncipe Encantador. Pero si sigues relamiéndote los labios así, el príncipe puede que se convierta en un ogro. Y de verdad creo que no sería una muy buena idea ahora mismo —dije, apartándole las sábanas de su cuerpo desnudo y levantándola en brazos.

Mientras caminaba con ella en brazos, Lanie me rodeó los hombros con los suyos y escondió el rostro en el hueco de mi cuello.

—Puedo soportarlo —dijo levantando la barbilla ligeramente para que su voz sensual surcara por el hélix de mi oreja. Un escalofrío me recorrió la espina dorsal y se fue directamente hasta mi polla, cosa que no ayudó nada de nada en mi propósito.

Cogí aire profundamente y lo solté poquito a poco para tranquilizarme.

—No sé por qué, pero no lo dudo —dije a la vez me adentraba en la bañera con su ligero cuerpo entre mis brazos.

Lentamente me agaché hasta quedarme sentado con Lanie apoyada en mi regazo. Cuando empezó a retorcerse mientras me besaba por todo el cuello y gemía, supe que solo era cuestión de tiempo antes de que deslizara mi polla en su interior, y aquello era lo último que ella necesitaba en estos momentos. Así que manejé su pequeña figura de modo que estuviera sentada entre mis piernas estiradas. De ese modo mejoraba bastante las posibilidades de poder sobrevivir al baño sin follármela otra vez.

Delanie se estaba volviendo una ninfómana. La culpa era mía por corromperla, pero quería que supiera que lo que había entre nosotros ya no era solo follar y follar. Rememoré lo molesta que había estado antes en el coche, lo insegura que parecía estar de que todo fuera a salir bien, dada la separación y demás. Necesitaba hacerle saber que aunque tuviéramos que estar separados por un tiempo, lo que sentía por ella no iba a cambiar. Lanie tenía que tener fe en mí, en nosotros.

—Te quiero —le susurré al oído mientras le rodeaba la cintura con mis brazos y la estrechaba contra mí—. Muchísimo. ¿Lo sabes?

Ahora que aquellas dos palabras habían encontrado el modo de salir de mi boca, no podía dejar de decirlas.

—Yo también te quiero —susurró. Las yemas de sus dedos me acariciaban los brazos por debajo del agua.

—Eso no es lo que te he preguntado —la corregí—. ¿Sabes que te quiero? Porque si vamos a tener que estar separados ya sea durante más o menos tiempo, necesito que no haya dudas sobre lo importantísima que eres para mí. Y si lo que dicen sobre la ausencia, que hace que el corazón se vuelva más cariñoso y todas esas chorradas cursis, es cierto, entonces lo que siento por ti solo va a intensificarse incluso más. No voy a dejar que nadie se interponga entre nosotros.

—¿Estás intentando decirme que eres uno de esos acosadores que se esconden en el armario, Noah? —bromeó a la vez que ladeaba la cabeza y dejaba expuesta la cremosa piel de su cuello.

—Te lo digo completamente en serio —le dije y luego comencé a dejarle un reguero de besos por toda la longitud de su elegante cuello. Paré cuando alcancé su oreja y susurré—: Cada momento que estemos separados, estaré pensando en ti. Cada noche que no estés tumbada a mi lado en la cama, estaré soñando contigo. Cada vez que huela el puto beicon —continué refiriéndome a aquella vez en la que hice todo lo que quise con ella mientras me preparaba el desayuno—, estaré duro por tu culpa y me tocaré mientras grito tu nombre. Te llamaré sin más razón que para escuchar tu voz. Me pasaré por tu casa sin avisar solo para poder ver cómo se te ilumina la mirada cuando me ves. Y te robaré solo para poder probarte. Porque estaré hambriento de ti, Lanie. Muy, muy hambriento.

Ella cogió aire con fuerza y luego separó los labios ligeramente para dejar salir un gemido. Cerró los ojos y abrió las piernas como si mis palabras le hubieran ordenado hacerlo.

—Si a eso lo llamas acosar, entonces sí, supongo que estaré acosándote. —Moví una mano sobre su abdomen hasta llegar al monte que residía justo debajo y ella movió las caderas ante mi contacto a la vez que se le escapaba otro gemido de los labios.

—Soy un gran creyente de las tres pes: proclamar, proteger y proveer. Te daré todo lo que necesites. Todo —dije y deslicé los dedos en su interior mientras mi dedo pulgar ejercía presión sobre su dulce botón—. Yo soy el que tiene que cuidar de ti. Así que como encuentre a otro tío husmeando lo que me pertenece, iré a por él, e infligiré dolor. ¿Estás segura de estar preparada para ese nivel de compromiso, Delanie?

—Oh, Dios. Sí, Noah —gimió cuando doblé los dedos una y otra vez en su interior.

—Soy un dios, el rey de mi mundo, y *tú* eres mi mundo —le dije mientras movía la otra mano hasta su busto y toqueteaba su pezón enhiesto—. Puedo y te daré todo lo que necesites para hacerte sentir bien. Pero soy un dios vengativo y celoso, Lanie.

Ella colocó una mano sobre la mía entre sus piernas mientras me la follaba con los dedos, y la otra la dejó sobre mi nuca.

—Soy… joder… soy tuya, Noah. Solo… ay, Dios… tuya.

—Bien. Me alegro de que estemos de acuerdo —dije a la vez que la penetraba todavía más con los dedos y con más resolución—. ¿Quieres correrte?

Ella asintió.

—Umm, no estoy muy seguro de eso —dije para jugar con ella—. Suplícame.

—Por favor —pronunció sin aliento.

—Oh, vamos. Seguro que lo puedes hacer mejor —contesté mientras giraba sus pezones entre mis dedos—. Convénceme.

Ella arqueó la espalda, me clavó las uñas en el cuello y me empujó la mano que tenía entre sus piernas.

Mis dedos trabajaban a una velocidad rápida y constante, pero cuando sus paredes vaginales empezaron a contraerse, retrocedí y puse un alto a mis esfuerzos.

—De eso nada, gatita. No hasta que me convenzas.

Ella gimoteó.

—Por favor, Noah. Dámelo. Deja que me corra sobre tus dedos.

Joder, la deseaba. Pero necesitaba su orgasmo para llenarme, para sustentarme hasta que pudiera tenerla de nuevo.

—Oh, te correrás, Lanie, pero no en mis dedos.

Me retiré solo para levantarla y girarla de manera que su culo quedara sentado en el filo de la pared de azulejos de piedra que rodeaba toda la bañera. Una toalla gruesa y cómoda ya estaba allí para que no estuviera muy incómoda dado lo que le había hecho hacía un ratito.

Estaba tan ansioso por darle lo que quería, por saborearla, que no tuve mucho cuidado al separarle las rodillas para darme acceso a ese precioso conejito. Pero no hubo gritos de protesta, solo uno de placer cuando enterré mi cara entre sus muslos y comencé a lamerle los labios aterciopelados con la parte plana de mi lengua. Ella me agarró del pelo con fuerza —y vaya si lo puto-adoraba cuando lo hacía— y luego enganchó las piernas sobre mis hombros con las rodillas cayendo de lado y me otorgó completo acceso a su carne.

Levanté la mirada hasta ella y vi que me estaba observando, así que le di un buen espectáculo en el que pudiera ver como mi lengua, larga y gruesa, se movía sobre su jugoso y pequeño clítoris.

—Joder —susurró y luego se mordió el labio inferior. Con cariño me pasó los dedos por entre los mechones de pelo que tenía en los laterales de la cabeza—. Qué bien. Es increíble. ¿Te gusta mi sabor, Noah?

Cerré los ojos y solté un «Mmm…» antes de darle tiernos besos sobre su hendidura.

La escuché coger una bocanada de aire y volví a levantar la mirada hasta ella para asegurarme de que todavía seguía observándome. Sí, lo hacía. Enrosqué un brazo alrededor de su muslo y utilicé los dedos para quitarle la capucha de piel que tenía sobre su cima y dejar a la vista esa carne rolliza que había escondida debajo. Lanie necesitaba tener una vista al completo para poder apreciar de verdad lo que le estaba haciendo, y se la di.

Volví a inclinarme hacia adelante y succioné su hinchado botón. Eché la cabeza hacia atrás y lo solté antes de volverlo a hacer una y otra vez.

—Dios santo —siseó—. Ven aquí y fóllame, Noah. Te necesito dentro de mí.

La ignoré, estaba completamente cautivado por el efecto que estaba teniendo sobre ella no solo físico, sino mental y emocional también. Mis ojos estaban fijos en su rostro, observando cada pequeña y detallada expresión de placer, porque saber que la estaba haciendo sentir bien… joder, me hacía cosas por dentro.

Ella también estaba cautivada por lo que le estaba haciendo; sus ojos seguían con pura fascinación cada movimiento que realizaba. Dejé los dientes a la vista y le rocé el clítoris con ellos antes de que la punta de mi lengua se moviera lentamente y sin descanso sobre aquella deliciosa y pequeña protuberancia. Lanie respiró entrecortadamente y me agarró del pelo con mucha más fuerza cuando atrapé ese botón respingón entre mis labios y yo le guiñé un ojo.

Quería volverla loca y al parecer estaba yendo por muy buen camino.

—Oh, Dios. Tienes que parar, nene. Vas a hacer que me corra y quiero tener tu polla dentro.

No. Ni de coña iba a privarme del dulce néctar que sabía que me esperaba como recompensa. No paré. En cambio, la llevé hasta el abismo, moviendo la lengua de un lado a otro sobre su pequeño botón de placer a la velocidad del rayo y succionándolo y acariciándolo con mis labios para hacer que llegara al clímax.

—No. Para —dijo mientras maldecía por lo bajo y me tiraba del pelo en un vano intento de hacer que me detuviera.

Me comí ese coño como si nunca pudiera obtener la oportunidad de volver a hacerlo, aunque sabía demasiado bien que ese no sería el caso. Ya me aseguraría yo de ello.

—Vas a hacer que me...

Me empujaba y me tiraba de la cabeza en un intento de que la soltara, pero no cedí ni un milímetro. Su cuerpo iba a darme el resultado que estaba buscando y no iba a parar hasta conseguirlo.

—¡Joder! No... —soltó medio gimiendo, medio gruñendo y luego me empujó la cabeza para que mi cara estuviera completamente enterrada en su tesoro.

Cerró los muslos de golpe y me dejó la cabeza enganchada como un tornillo cuando su cuerpo se tensó y sus fluidos bañaron mi lengua. Lamí, chupé y tragué. Todo. Mío, todo mío.

Cuando el orgasmo que le regalé remitió, me soltó el pelo y sus muslos se relajaron. Me puso una mano en cada mejilla y me obligó a mirarla.

—Eres exasperante —dijo entre pesadas respiraciones.

—Estoy seguro de que ya hemos hablado de esto antes. Soy insaciable. Nunca intentes negarme lo que quiero, porque siempre lo conseguiré al final —dije con una sonrisa de suficiencia mientras su pecho subía y bajaba con dificultad y la volvía a meter en la bañera.

Lanie me sorprendió al empujarme en el pecho hasta que quedarme empotrado contra la pared opuesta de la bañera.

—Y no intentes negarme tú lo que yo quiero, Noah Crawford. Porque al final, lo conseguiré —dijo y luego trepó a mi regazo, me agarró la polla y...

—Lanie, para. Estás...

Demasiado tarde. Se sentó sobre la punta de mi verga, que estaba tan dura como el titanio, y me acogió entero en su interior.

—Joder —gruñí.

Eché la cabeza hacia atrás cuando sentí sus estrechas paredes.

Lanie se rió ante mi reacción, un sonido un poco arrogante. Levanté la cabeza de golpe y solo me encontré con una sonrisa igual de petulante a juego. *Mi* sonrisa petulante. Era casi como si me estuviera mirando al espejo. No sabía cómo cojones sentirme respecto a eso, pero supongo que yo tenía la culpa. Sí, definitivamente había creado un monstruo. Ojo por ojo, y diente por diente, tal y como había sospechado desde esa primera noche que pasamos juntos sobre ese respecto, la noche que le robé la virginidad. Supe entonces que tendría un buen reto por delante, y Lanie me lo estaba confirmando. Era tan cabezona que rayaba lo imposible, siempre teniendo que llevar la razón. No podía culparla por eso porque yo era exactamente igual y había estado aprendiendo de mí. Así que lo deje pasar y dejé que hiciera lo que quisiera. Dejé que me hiciera sentir bien porque al final, de un modo u otro, siempre iba a salirse con la suya.

Y me parecía de puta madre.

El olor a jacintos me rodeaba gracias a una brisa fresquita que envolvía la fragancia alrededor de mi cuerpo. Pude oír la melodía proveniente de un cuarteto de cuerdas y la risa animada de amigos y familiares mientras se reunían. El sol golpeaba cálido mi rostro y mis manos. Habría sido sofocante de no ser por la ligera brisa que soplaba.

Era feliz. Este era un momento trascendental en mi vida, aunque no terminaba de saber exactamente qué era lo que estaba aconteciendo.

—Oh, Noah, es espectacular. Justo la clase de chica que siempre esperé que conocieras —arrulló una voz suave desde detrás.

Yo conocía esa voz. Me giré rápidamente y allí estaba: mi madre, entre la hierba alta y con ramitos de flores moradas, blancas y amarillas floreciendo alrededor de todo su vestido rojo. Su brazo estaba ligado al de mi padre, quien se encontraba a su lado con una sonrisa llena de orgullo dibujada en el rostro; su pelo todavía seguía siendo negro por encima y blanco a la altura de las sienes. Mi madre tenía razón, aquello lo hacía parecer muy eminente.

—¿Mamá? ¿Papá? ¿Qué estáis haciendo aquí? —pregunté, confuso.

Y mientras una parte de mí sentía como algo normal que estuvieran aquí, otra certificaba que no deberían estarlo.

—Y es muy atrevida también. Me recuerda un poco a tu madre.

Mi padre miró a mi madre con adoración.

Mi madre se rió y luego lo besó en la mejilla.

—Eso es bueno. Vosotros, los hombres Crawford, necesitáis una mujer fuerte para que os mantenga a raya.

De pronto aparecieron justo delante de mí. No me había dado cuenta siquiera del movimiento. Mi madre se giró hacia mí y me sonrió con cariño mientras me acunaba el rostro con una mano.

—Es una entre un millón, Noah. Nunca la dejes escapar. Recuerda: «La flor roja florece del barro y de la oscuridad, derrotándolo todo y creciendo hasta la luna llegar».

Recordé que lo solía decir todo el tiempo cuando era más pequeño, pero por aquel entonces no había tenido ni idea de lo que significaba, y todavía seguía sin saberlo.

—El loto escarlata —susurré.

Ella asintió y sonrió de oreja a oreja, claramente feliz de que me acordara.

—Te queremos, Noah. Estamos muy orgullosos de ti.

Mi padre carraspeó a su lado y yo me giré hacia él.

—Nos tenemos que ir ya, hijo. No podemos quedarnos.

¿Ir? ¿Ir adónde?

—Solo queríamos darte la enhorabuena. —Me rodeó los hombros con un brazo y me abrazó—. Ah, y gracias por la copa —me susurró al oído.

Mi madre me besó en la mejilla y yo cerré los ojos e inhalé el olor de ese perfume floral tan familiar. Cuando los volví a abrir ya no estaban. Me giré a izquierda y a derecha, en círculos, buscándolos, pero no estaban por ninguna parte. Me paré en seco cuando a lo lejos vi a una mujer vestida de blanco, de espaldas a mí. Tenía el pelo recogido y le caía un velo por delante y movía la cabeza hacia un lado mientras jugueteaba con su vestido. Tenía un ramo de flores rojas en una mano. La brisa arreció de nuevo, me trajo su olor y confirmó lo que yo ya sabía que era cierto. Podía decir de quién se trataba por el modo en que el corazón comenzó a latirme en el pecho, como si estuviera a punto de estallar. Una sonrisa enorme se extendió por mi cara, expectante. Era ella.

—¿Delanie?

La llamé pero no me respondió. Ella me miró y, aunque no pude ver su sonrisa, la sentí en mi corazón. Pero entonces dio media vuelta y salió corriendo. Su tenue risa me hacía cosquillas en la oreja.

—¡Lanie! —la llamé y seguidamente comencé a correr tras de ella, confuso—. ¿Por qué huyes de mí?

Corrí y corrí aunque sentía las piernas pesadas y arrastraba los pies como si de ladrillos de cemento se trataran. Cuando pensé que la había alcanzado, estiré el brazo para agarrarla, pero la frágil tela de su vestido de deslizó entre mis dedos y ella volvió a desaparecer.

Soltó otra tenue risita. Estaba jugando conmigo, retándome.

—Vamos, Noah. Atrápame.

Con toda la fuerza de la que pude hacer acopio, salté hacia adelante y agarré a Lanie por la cintura y la estreché entre mis brazos. Incluso a través del velo de gasa podía verle los ojos, ardientes y llenos de felicidad cuando me miraban. Echó la cabeza hacia atrás y soltó unas carcajadas alegres que se instalaron en el cálido aire que nos rodeaba. Su cuerpo era suave y flexible a la vez que se derretía contra el mío.

—¿Adónde te crees que vas, gatita? —pregunté pegándola a mí.

Podía sentir la calidez de su mano sobre mi bíceps y el delicado hormigueo de sus dedos mientras los enterraba en mi pelo.

—Bésame, Noah. Hazme tuya para siempre —susurró.

Alargué la mano para levantarle el velo y así poder contemplar su absoluta belleza y buscar mi premio. Cuando mis labios tocaron los de ella, Lanie desapareció.

—Noah, despierta. Despierta, Noah, estás soñando.

Me desperté de golpe, aunque todavía sentía los retazos de sueño en mi cuerpo parcialmente paralizado. Abrí los ojos y ahí estaba ella, con su cuerpo pegado al mío y con una mano sobre mi brazo mientras sus dedos me masajeaban con suavidad el cuero cabelludo por un lado.

Era solo un sueño.

Bajó la mirada hacia mí con una sonrisa cariñosa iluminando su rostro perfecto.

—¿Estás bien?

—Sí —grazné con una voz aletargada. Me froté los ojos—. Estoy bien. ¿Te he despertado?

—Algo así —dijo con una sonrisa juguetona—. Me estabas abrazando con tanta fuerza que me era un poquito difícil respirar. La falta de oxígeno por lo visto tiende a despertarte. Creo que se llama instinto de supervivencia.

Se rió.

Le aparté un mechón de pelo de la cara y se lo coloqué detrás de la oreja, luego le di un beso en la punta de su nariz de garbanzo.

—Lo siento.

—Eh, no me estoy quejando. En realidad me gusta tu lado posesivo —dijo tocándome la barba incipiente—. ¿Quieres contarme lo que estabas soñando?

No era que el sueño hubiera tenido nada malo; de hecho, no había sido una pesadilla. Pero parecía real y eso me acojonó un poco. Necesitaba tiempo para procesarlo por mí mismo antes de compartirlo con ella, si es que lo hacía alguna vez. No tenía sentido asustarla a ella también. Así que, pese a lo poco comunicativo que pudo haber sido, negué con la cabeza. Quería aferrarme yo solito a ese sueño durante un rato más.

Justo entonces el despertador de la mesita de noche saltó y su ensordecedor berreo atravesó el silencio de la habitación y dio por terminado el momento. Lanie apoyó su frente contra mi pecho y ambos gemimos en protesta porque sabíamos que era la prueba de nuestra separación. Yo tenía que ir al trabajo y ella se tenía que ir con su familia. Ninguno de los dos estaba muy contento con aquello, pero era lo que teníamos que hacer hasta que pudiéramos estar juntos de un modo más permanente.

Golpeé el despertador para hacer que se callara de una vez y se cayó al suelo con un golpe seco. No necesitábamos el recordatorio, pero ahí estaba, acercándose como una guillotina frente a un prisionero en el corredor de la muerte. Porque así era como lo sentía. Estar sin ella sería exactamente igual que hacer que me decapitaran. O quizá que me arrancaran el corazón sería más apropiado, porque al fin y al cabo se lo iba a llevar consigo.

—Te quiero —murmuró contra mi pecho mientras le frotaba la piel de satén de su espalda desnuda.

—Lo sé —respondí y la besé en la coronilla—. Yo también te quiero.

Ella levantó la cabeza y me miró a los ojos con convicción.

—Lo sé —dijo, y el peso del mundo se desvaneció mientras sellábamos nuestra declaración con un beso.

No era un beso de despedida y no era un beso que tuviera por objetivo excitarnos el uno al otro, aunque estaba clarísimo que me había empalmado y que llevaba una erección de proporciones épicas. Ese beso era una promesa. Decía que sabíamos que estaríamos juntos, que sentíamos todas las palabras que habíamos pronunciado, que estábamos enamorados y que venceríamos cualquier y todo obstáculo que se interpusiera en nuestro camino pese a lo que la vida tuviera preparado para nosotros. Porque por muy retorcida que hubiera sido nuestra situación al empezar, del barro y de la oscuridad la flor roja florecerá.

Por fin lo entendí.

6

¡Pillados!

Lanie

Hice todo lo que pude para mantener las lágrimas a raya cuando terminé de empaquetar mis últimas cosas. Sabía que volvería, pero aun así seguía siendo duro. Había hecho otro viaje hasta el armario para coger mi último par de vaqueros cuando vi la camisa blanca que había llevado la noche que Noah decidió comerme a mí. Dejé que mis dedos bailaran junto a la manga y recordé la expresión de su cara cuando entré llevando nada más que eso puesto. Lo había odiado por aquel entonces, pero ni yo misma pude negar la atracción sexual que recorría el aire que había entre nosotros. El Chichi estaba completamente de acuerdo y me animó a que descolgara la camisa de la percha y la guardara también. Y lo hice. Noah no la echaría de menos. Tenía un montón de ropa y para él esa camisa no era más que un simple copo de nieve entre una avalancha de otros. Para mí, no tenía precio.

Noah salió del cuarto de baño con una camiseta de cuello en uve, un par de vaqueros y unas deportivas. Todavía tenía el pelo húmedo de la ducha que nos habíamos dado, y en punta, aunque cada mechón iba en una dirección distinta. Obviamente había pasado de afeitarse, pero no me quejaba. Me encantaba ese toque desaliñado.

—¿Vas un poco mal vestido para ir a la oficina, no crees? —le sonreí mientras guardaba su camisa y las últimas prendas de mi ropa dentro de la bolsa y la cerraba.

Él me rodeó la cintura con los brazos desde atrás y me abrazó con fuerza. Podía oler el ligero aroma de su colonia y gel de baño, así que respiré hondo para guardarme cada pequeño matiz en la memoria. Como si se me fuera a olvidar alguna vez.

—Sí, pero es el perfecto atuendo para llevar a mi chica a casa de sus padres.

Cubrí sus brazos con los míos y giré la cabeza para mirarlo.

—¿Vas a escaquearte del trabajo?

—Ajá... —Me besó en la punta de la nariz—. Quiero pasar cada último segundo que pueda a tu lado. En la oficina se las pueden apañar sin mí otro día más. —Noah apoyó la barbilla en mi hombro y bajó la mirada hasta la bolsa—. ¿Cómo leches has podido meter toda tu ropa ahí?

—No lo he empaquetado todo —dije encogiéndome de hombros—. La ropa extravagante no es muy necesaria que digamos en Hillsboro. Solo es una ciudad pequeña. No tenemos centro comercial siquiera. ¿Me ves caminando por el supermercado con tacones de aguja y minifalda?

Noah hizo como que se lo pensaba con un «Umm...» y pegó las caderas contra mi trasero. Me lo tomé como un sí, al igual que el pequeño conejito entre mis piernas. El Chichi ronroneó e intentó como pudo restregarse contra su polla como un gatito en busca de atención. Él se la habría dado, claro, lo cual habría sido contraproducente si queríamos volver a salir del dormitorio pronto. No es que tuviera aprensión alguna a tener otra ronda con el Vergazo Prodigioso, pero mi madre necesitaba tener a alguien en casa que la ayudara y mi padre se merecía un descanso.

—No vamos a conseguir salir nunca de aquí si sigues haciendo cosas como esa —le advertí.

El Chichi no dejaba de repetir: «Sí, esa es la cosa, idiota. ¡Fóllatelo hasta que pierda la cabeza, por Dios!»

Me percaté de que en realidad no había guardado muchas cosas, y queriendo meterme un poco con Noah, exageré un suspiro.

—Al final tendré que ir de compras porque me tiraste todas las cosas que traje conmigo desde un principio.

Noah escondió su rostro en mi cuello y gimió, cosa que solo logró que yo soltara una risilla. Estaba claro que se sentía como un cabrón por haberlo hecho, y aquello me pareció de lo más adorable. Me giré entre sus brazos y le acuné el rostro con las manos.

—Te quiero —le recordé.

Noah me miró con adoración.

—Y nunca me cansaré de escucharte decir esas palabras. Toma —dijo, llevándose la mano al bolsillo trasero y sacando la cartera. Cogió una tarjeta negra de metal y me la tendió—. Quiero que la tengas para comprar ropa o cualquier otra cosa que puedas querer o necesitar.

—¿Una tarjeta de crédito, Noah? ¿No crees que ya me has dado bastante?

—Eh —dijo levantándome la barbilla con los dedos—. Pensé que ya habíamos hablado de eso. Eres mi mujer. Yo cuido de lo que es mío, y tengo intención de cuidarte y mimarte todo lo que pueda y más. No quiero escuchar ninguna queja.

Me dio un casto beso en los labios y luego cogió la bolsa del asa y se la colgó al hombro.

—¿Lista? —me preguntó tendiéndome la mano.

Acepté la mano que me ofrecía porque siempre lo haría. No tenía ni idea de qué nos depararía el futuro, pero sabía que siempre y cuando me agarrara de la mano, yo lo seguiría a través de la noche más oscura porque al final de nuestro viaje habría luz en algún lugar.

Noah se paró de golpe en la puerta y se giró.

—¿Qué? —pregunté cuando no me dio ninguna pista de lo que tenía entre manos.

Caminó hasta la mesita de noche, abrió el cajón y luego metió la mano dentro. Con el ceño fruncido por la desaprobación, sacó el vibrador que me habría regalado, que habíamos bautizado como «vibrador Crawford».

—Te olvidas algo, ¿no?

—Bueno, no pensé que lo fuera a necesitar —respondí, confusa.

Él sonrió con suficiencia y me lo metió en la bolsa.

—Oh… sí que lo vas a necesitar.

Noah era feliz, y eso me recordó que era yo la que lo ponía así. El Chichi me recordó que él también tenía algo que ver con eso, cosa probablemente cierta, pero yo le recordé mentalmente que lo que había entre Noah y yo ya no era solo sexo. No es que le estuviera exigiendo que colgara los tacones de guarrilla ni donara el modelito de Súper Chichi a la beneficencia. Pronto, algún día, nos serían útiles. De eso estaba segura.

Cuando mi bolsa estuvo guardada en el maletero del coche y Noah y yo sentados en los asientos traseros, salimos. Vi como la casa desaparecía de mi vista. Al notar mi tristeza, Noah me rodeó con los brazos y me pegó a su costado para que pudiera apoyar la cabeza sobre su hombro.

Me besó en la coronilla.

—No será más que un enorme espacio desaprovechado hasta que vuelvas, y entonces volverá a ser un hogar.

Yo me sentía igual. Mi hogar estaba donde fuera que estuviera Noah, ya fuera una mansión gigantesca rodeada de esculturas hechas por Eduardo Manostijeras o una caja de cartón en un callejón. No importaba. Todo lo que importaba era si estaba o no conmigo.

Me quedé dormida en algún punto del largo viaje a Hillsboro. Todo lo que recordaba era a Noah acariciándome el pelo con cariño y luego animándome a que pusiera la cabeza sobre su regazo. Al principio pensé que era su forma de dejarme caer que quería una mamada, al igual que pensó el Chichi, pero al final pareció que solo quería ponerse mimoso. No me malinterpretes, fue genial, pero sentí que estaba conteniendo una parte de sí, el lado dominante y contundente que hacía que el Chichi se volviera tan loco por el chico malo. Quizá fuera porque pensaba que eso era lo que se suponía que tenía que hacer tras habernos vuelto unos sentimentaloides con las declaraciones de amor y demás. Habría protestado contra su insistencia en que descansara un rato —o mostrado un poco más firme con la oferta de hacerle una mamada—, pero la verdad fuera dicha, me había agotado por completo la noche anterior y sí que podría venirme bien dormir un poco más. Supongo que mi cansado cerebro ganó la batalla después de que el Chichi montara en cólera, porque antes de que me diera cuenta siquiera caí redonda.

Noah me despertó un buen rato más tarde. Se quejó de que al tener mi cara todo el rato en su regazo, se había empalmado a lo basto y sus pelotas ya no lo soportaban más. Se lo tenía bien merecido. Se colocó bien los pantalones mientras yo miraba fuera para ver dónde estábamos. Estábamos en la periferia de Hillsboro. Reconocí los alrededores porque había viajado por esa carretera con mis padres muchísimas veces. De pequeña solía quedarme mirando por la ventana e imaginarme todo tipo de historias diferentes sobre el paisaje. Mi favorita era suponer que era una pobre doncella a la que habían encerrado en una casita de campo, obligada a pasar los días sola mientras esperaba a que mi Príncipe Encantador llegara cabalgando sobre su semental blanco y me hiciera enamorarme completamente de él.

Resoplé por dentro. ¿Qué niña pequeña no tenía esa fantasía?

El recuerdo estaba tan vívido en mi mente que todavía lo revivía con detalle. De hecho, justo detrás de esa curva debería estar…

—¡Para el coche! —grité y luego comencé a golpear el cristal divisorio que nos separaba de Samuel.

—¿Por qué? ¿Qué pasa? —preguntó Noah asustado.

—¡Tenemos que parar! Por favor, Noah, ¡hay que parar! —dije un poco más alto de lo necesario porque estaba sentado justo a mi lado.

Aunque se encogió ante mis chillidos, entendió la urgencia.

Noah pulsó un botón y la ventana se bajó.

—Samuel, pare.

Su voz era toda formal. Normalmente eso me excitaría al mismo tiempo que me enfadaría, pero ahora no era el momento.

En cuanto el coche se paró en el arcén de la carretera, agarré torpemente la manilla, abrí la puerta y salté fuera.

—¡Lanie! —Noah me llamó desde atrás mientras me seguía hasta fuera—. ¿Por qué huyes de mí?

No me pude parar para responderle. Estaba allí, la pequeña casita de campo que siempre imaginé que era mía. Tenía una chimenea de piedra, macetas de flores con jacintos bajo las ventanas en forma de arco y una puerta de madera nudosa, y además se erguía en medio de un prado. El césped era alto y verde con un montón de flores moradas, blancas y amarillas, y el aire olía a fresco y a limpio. Era perfecta… y, tal y como acaba de percatarme, estaba en venta.

Corrí lo más rápido que mis piernas me permitieron. Tenía que tocarla, saber que era real y no una mera parte de mi imaginación. El viento soplaba entre mi cabello y de repente me sentí como aquella niña pequeña otra vez, llena de júbilo y alegría. En serio, las mejillas me dolían de sonreír tanto.

Sentí los dedos de Noah cuando estiró el brazo y apenas me rozó la piel del brazo, pero seguí corriendo, riéndome como una tonta. Me giré para mirarlo por encima del hombro, y con otra risilla lo llamé.

—Vamos, Noah. ¡Atrápame!

Justo cuando llegué al porche de la casita, sus brazos se engancharon a mi cintura y me atrajo hacia él. Me reí. Ay, Dios… me reí. Todo era perfecto. Estaba frente a la casita de campo y envuelta entre los brazos de mi propio caballero de brillante armadura.

Mi caballero me sonrió.

—¿Adónde te crees que vas, gatita?

Su cabeza, con su fantástico pelo hecho para el sexo, bloqueaba el sol a sus espaldas, creando el efecto de un halo y ensombreciéndole levemente el rostro. Era guapísimo. Levanté una mano y lentamente le pasé los dedos por entre su pelo. Mi corazón se hinchó con todo lo que era bueno y justo en el mundo.

—Bésame, Noah.

Él abrió los ojos como platos y su cuerpo se tensó.

—Guau… *déjà vu*.

Su voz apenas fue un susurro y la expresión de su cara era rara.

—¿Qué?

Noah sacudió la cabeza ligeramente.

—Nada.

Se inclinó y tocó sus labios con los míos.

Normalmente nuestros besos estaban llenos de fuego y pasión, de hambre. Pero ¿este? Este era dulce y delicado, controlado. Y me puso cachonda a más no poder.

—Umm… —suspiré de perfecta felicidad y luego abrí los ojos y lo vi mirándome fijamente con una expresión en el rostro que no le había visto nunca antes.

Siempre había escuchado que los ojos eran el espejo de nuestra alma, y justo entonces lo creí.

—¿En qué piensas? —le pregunté.

Noah sonrió y negó con la cabeza.

—En barro y flores floreciendo. Dejémoslo ahí.

Bueno, era un comentario un tanto extraño, pero Noah era estrafalario a su modo y yo era una niña pequeña dando saltitos por dentro en ese momento, así que no ahondé en el tema.

—Vamos —dije cogiéndolo de la mano y tirando de él para mirar a través de las ventanas.

—¿Qué estamos haciendo aquí? ¿Qué es este lugar?

—Cuando era pequeña, solía imaginarme que vivía aquí —le dije mientras miraba a través de la ventana y veía que la habitación al otro lado estaba vacía. Tiré de su mano para arrastrarlo hasta el lateral de la casa para poder hacer lo mismo allí—. Es mágica, ¿no crees?

—¿Mágica? —preguntó.

—Sí, como si la hubieran sacado directamente de un cuento de hadas. —Me acuné la cara con las manos para bloquear el reflejo del sol sobre la ventana y ahogué un grito cuando por fin conseguí tener una vista clara—. Ay, ¡la chimenea es impresionante!

Nada dentro parecía moderno. Era de un estilo pintoresco y rústico, como si hubiera salido del catálogo de *Country Living* más que de *Modern Home*: entradas en forma de arco, suelos de madera, ventanas de cristales ondulados. Me podía imaginar perfectamente a Noah y a mí acurrucados en el sofá o haciendo el amor sobre la suave alfombra a la luz de la chimenea. Claro que me estaba adelantando a los acontecimientos. Me había perdido en mi propio mundo de fantasía otra vez.

Eres muy soñadora, Lanie Talbot.

Noah inspeccionó el lugar con el ceño fruncido.

—Está un poco destartalada, ¿no?

—¡Noah Crawford! —Lo golpeé en el brazo—. ¿Cómo te atreves a hablar así de la casa de mis sueños? Además, no es nada que un poco de amor y de esfuerzo no puedan arreglar.

Noah tenía razón, pero no estaba tan mal. Faltaban algunas de las tablillas del tejado, todo estaba lleno de polvo y de mugre, y a juzgar por como el viento silbaba a través de los cristales de las ventanas, probablemente necesitaran cambiarse también. Pero en general seguía siendo perfecta.

—¡Oh! Siempre he querido ver el patio de atrás —chillé y tiré de él otra vez.

Cuando llegamos hasta la parte de atrás de la casa, me paré en seco. La vista era impresionante. Había un pequeño estanque a cuarenta y cinco metros más o menos de la casa con una familia de patos nadando en el agua. Un pequeño cenador se alzaba junto al estanque con un columpio blanco de madera balanceándose adelante y atrás en el centro. Un jardín de flores lo rodeaba y un caminito de piedra llevaba de vuelta hasta la casa. Y como estaba orientada hacia el oeste, era el lugar perfecto para contemplar la puesta de sol.

Sin previo aviso, Noah me pegó la espalda contra la pared de piedra de la casa. Una mano aterrizó en las piedras de mi derecha, mientras que la otra me agarró el culo y me atrajo hacia él. Con nuestros cuerpos pegados el uno contra el otro y nuestras frentes tocándose, Noah me miró a los ojos y dijo:

—Esa expresión de tu cara… Joder, cómo te deseo ahora mismo.

Me besó en el cuello mientras me amasaba el trasero y se restregaba contra mí. No iba de coña. Podía sentir su miembro endurecido contra mi abdomen, y me pregunté cómo leches era capaz de evitar que estallaran los apretados vaqueros que llevaba.

Su mano apareció de repente en mi cintura y me abrió el botón de los pantalones antes de deslizarla dentro. Cuando sus dedos encontraron al Chichi, ambos gemimos y eché la cabeza hacia atrás hasta apoyarla contra la casa.

—Noah, no podemos... —dije sin convicción mientras tiraba de su brazo hacia arriba en vano—. Samuel...

—Está en el coche. No vendrá hasta aquí —murmuró contra mi cuello al tiempo que seguía asaltándolo a besos sensuales.

—Los vecinos —intenté de nuevo, divisando la casa que había detrás de los árboles al este de la casita.

—Deja que miren. Te deseo. Ahora.

Escuché el inconfundible sonido de metal contra metal cuando se bajó la cremallera.

—Seré rápido. Te lo prometo —me susurró al oído—. Date la vuelta, gatita.

Volví a echarle un ojo a la casa del otro lado y, al ver que no había moros en la costa, hice lo que me pidió. Tenía que admitir que me excitaba la precaria posición en la que nos encontrábamos, en la que nuestra necesidad por obtener una satisfacción en ese mismo momento primaba por encima de la posibilidad de que pudieran pillarnos.

El aire fresco me golpeó la piel desnuda cuando Noah me bajó los pantalones hasta los muslos. Su cuerpo cubrió el mío y su mano vagó por mi culo turgente y por entre mis piernas.

—Maldita sea, Delanie. Siempre tan mojada para mí —dijo, y seguidamente hincó las rodillas en el suelo.

Yo tenía las manos pegadas contra la pared de la casa, las piernas atrapadas en los vaqueros y no había nada que pudiera hacer para detenerlo. Tiró de mis caderas hacia fuera para separarlas de la pared al mismo tiempo que sacaba la lengua para buscar mi coño.

—Ay, Dios, Noah.

Gemí, cerré los ojos y me mordí el labio inferior.

Todo lo que él quería era una simple degustación. Su lengua se abrió camino entre mis labios empapados y encontró el pequeño botón de placer. Jugueteó con él durante un momento antes de desviar la atención a otro lugar. Me lamió el coño de delante a atrás, pero luego no se quedó allí, sino que siguió hasta…

—¡Joder! —Sentí su lengua arremolinarse alrededor de mi ano, lamiéndolo con una increíble presión. Gemí como una desvergonzada mientras arqueaba la espalda y me pegaba más contra su boca, suplicando que me diera más. Noah le dio a mi nueva parte favorita del cuerpo un sensual beso con lengua antes de volverse a poner de pie.

Su voz ronca apareció junto a mi oído.

—Te ha gustado, ¿verdad?

Sentí cómo restregaba la cabeza de su polla adelante y atrás entre mis piernas en busca de mi hendidura.

¿Se suponía que me tenía que gustar? Ay, Dios, me gustó muchísimo. «Ajá» fue todo lo que pude pronunciar.

Noah me penetró. Su verga se deslizó poco a poco en mi interior hasta estar completamente enterrado. Movió las caderas para retirarse un poco antes de volver a arremeter hacia adelante otra vez. Solo estaba palpando y probando el ángulo, pero a mí me estaba volviendo completamente loca.

—¿Preparada, gatita?

—Ajá.

Obviamente mi vocabulario había decidido irse de vacaciones y mi voz sonó como si se me hubiera cortado la respiración.

Noah se rió entre dientes ante mi reacción y me besó en la piel justo de debajo de la oreja. Luego me agarró de las caderas y comenzó a moverse adentro y afuera de mi cuerpo a un ritmo constante.

—Puta gloria… —gimió—. Es como si metiera la polla en un tarro lleno de miel. Tan suave, tan caliente, tan dulce. ¿Qué he hecho para merecerte?

Claro que sabía que debería haber sido yo la que formulara esa pregunta, y él ya debería haber conocido la respuesta a la suya, pero aunque se lo dijera un millón de veces, nunca terminaría de creérselo de verdad.

—Salvaste la vida de mi madre… y la mía —le respondí. Como me sentía un poco atrevida, añadí—: Además, me encanta como me comes el coño.

Oí resonar en su pecho ese gruñido que tanto me encantaba. Una mano se afincó en mi hombro para mantenerme bien sujeta y sus embestidas aumentaron en ritmo y en rudeza.

—En ese caso, supongo que sí te merezco.

Me giré hacia el pequeño bosque que había al este justo a tiempo para ver salir a un hombre de las puertas de cristal deslizantes de la casa de al lado. Llevaba una bandeja de algo hacia lo que parecía una barbacoa y levantó la tapa.

—Noah —susurré—. Un tío acaba de salir de la casa de al lado.

—Entonces supongo que más te vale no hacer ruido, ¿eh? —Sus gruñidos eran más discretos de lo normal, pero siguió follándome sin parar—. Si lo haces, atraerás su atención. A menos que *quieras* que te escuche.

Noah encontró mi clítoris y comenzó a toquetear ese botoncito de placer supremo a un ritmo experto. Me chupó el lóbulo de la oreja y lo mordió. No pude contener el gemido resultante y apoyé la cabeza sobre su hombro.

—Shh, te verá. —No ayudó ni una pizca al asunto que la voz de Noah fuera de lo más erótica—. Y una vez que haya visto lo sexy que estás cuando te follan por detrás, va a querer tenerte para sí. ¿Recuerdas que te dije que no me obligaras a hacerle daño a nadie, Lanie?

Giré la cabeza hacia un lado y le mordí la mano que tenía en el hombro para amortiguar los sonidos. Lo haría; estaba completamente segura. Noah era posesivo e inflexible, y a juzgar por lo que había tenido que pasar en el pasado, no me cabía duda de que haría lo que fuera necesario para asegurarse de que nunca tuviera que soportar ese tipo de aflicción otra vez. Y yo no me sentía asustada por ese hecho ni un ápice. De hecho, codiciaba su naturaleza posesiva porque quería ser poseída. A la mierda la gente que dijera que no teníamos una relación sana. Si a nosotros nos funcionaba, ¿qué les importaba a los demás?

—Solo un poco más, gatita. Solo un… poco… más —me susurró Noah al oído mientras sus caderas chocaban contra mi trasero.

Podía sentir cómo mis paredes vaginales se contraían y estrujaban su polla a la vez que esa increíble presión en la boca de mi estómago seguía creciendo y creciendo, casi a punto de explotar. Sabía que tenía que correrme pronto porque Noah contendría su propio orgasmo hasta que yo no me hubiera corrido primero, y aquello solo incrementaba las posibilidades de que nos pillaran. De hecho, era un amante muy altruista. Y tampoco es que le importara que nos pillaran, pero a mí sí.

Mantuve mi cuerpo alejado de la implacable pared de piedra de la casa con una mano y me las arreglé para bajar la otra hasta donde estaba la de Noah. Trabajamos juntos para llevarme hasta mi punto álgido e inmediatamente después ya estaba preparada para dejarme llevar.

Mordí la mano de Noah con más fuerza y solté un gemido que no era nada discreto, pero dadas las circunstancias no pude hacerlo mejor. El vecino aparentemente escuchó algo, porque miró en derredor aunque no en nuestra dirección. Supongo que el hecho de que la casa estuviera vacía jugaba en nuestro favor, porque obviamente no esperaba que el ruido proviniera de la casita de campo.

—Joder, me encanta cuando me muerdes. Más fuerte, gatita —me urgió, y yo le obedecí.

Podía oír sus gruñidos junto a mi oreja; la urgencia de sus acometidas igualaba la intensidad de mi mordisco. Estaba listo, el control se le estaba escapando de las manos.

—Vamos, gatita —gruñó cerca de mi oído—. Dámelo. Córrete sobre mi polla.

Eso fue todo lo que necesité. Mis paredes vaginales se cerraron a su alrededor y se contrajeron a ritmo con mi orgasmo, y no podía decir con total seguridad si no estaba derramando sangre debido a la fuerza de mi mordisco. Noah se corrió con fuerza pero en silencio. Sus caderas se sacudieron adelante y atrás y yo pude sentir cómo su polla palpitaba en mi interior con cada descarga orgásmica. Y entonces el peso de su cuerpo me aprisionó la espalda.

—¡Eh! ¿Qué estáis haciendo vosotros dos ahí? —escuché gritar a una voz masculina. Tanto yo como Noah giramos la cabeza en la dirección de la casa de al lado y vimos a un hombre mirándonos fijamente con una mano colocada sobre los ojos para protegerse del sol.

—¡Ay, Dios! —aullé.

—Supongo que ya es hora de irse.

Noah se rió mientras su verga abandonaba rápidamente mi interior y ambos corríamos para subirnos los pantalones.

En cuanto tuve el culo a buen recaudo tras los vaqueros, salí pitando en dirección a la limusina y a la seguridad que esta proporcionaba mientras me colocaba bien la ropa y rezaba para que no me cayera de boca al suelo. Noah se partía el culo a mis espaldas. Si no hubiera estado tan acojonada por que el vecino nos persiguiera para ver quiénes éramos, me habría girado y lo habría encarado por haber hecho que casi nos pillaran.

Menos mal que la otra casa estaba lejos. Hillsboro era una ciudad muy pequeña, una ciudad donde todo el mundo se conocía. Eso significaba que el vecino muy probablemente conociera a mi padre. No creo que Mack apreciara el hecho de que Noah estuviera echándole un polvo a su hija a plena luz del día. Y en público, nada menos. Mi madre probablemente se pondría a gritar como una chiquilla, pero ¿mi padre? Él tenía muchísimas armas de fuego en casa… armas de fuego que hacían bum y te paraban el corazón.

Así que allí estaba, corriendo por mi vida sin haber podido limpiarme tras nuestro quiqui, lo que significaba que los vaqueros se me iban a quedar pegados como con Super Glue y que tendría que quitármelos a tiras luego. Samuel se encontraba de pie junto a la puerta abierta de la limusina con una expresión en la cara que decía claramente: «Sé lo que estabais haciendo, guarrindongos». Noah se reía a mis espaldas, y un hombre que era perfectamente capaz de chivarse a

mi padre y de terminar con la vida de Noah tal y como ambos la conocíamos —o al menos, de causar la decapitación del Vergazo Prodigioso, algo que no me parecía nada bien, el Chichi lo secundaba,— se
encontraba posiblemente persiguiéndonos. El corazón me latía a mil
por hora, algo que estaba bastante segura de que no era normal. En
cuanto llegué al coche, evité los ojos cómplices de Samuel y me metí
en el asiento trasero. Me llevé la mano al pecho en un intento vano de
calmar el latido frenético de mi corazón.

Necesitaba hacer más ejercicio, y un poco más de religión en mi
vida probablemente tampoco me habría hecho ningún daño.

Noah se dejó caer en el asiento junto al mío incapaz de recuperar
el aliento porque se estaba riendo como una estúpida hiena. Le di un
golpe en el hombro y él cruzó los brazos para protegerse la cara como
si supiera que aquel era mi objetivo número dos, todo mientras seguía
riéndose.

—¡Para ya! ¡No tiene gracia, Noah!

—Lo… siento… —Se las apañó para decir entre profundas respiraciones—. Estabas tan asustada… y corriendo… y fue de lo más adorable.

Me crucé de brazos y le di la espalda. Sí, hice un puchero, un hecho del que no me sentía muy orgullosa, pero lo hice igualmente.

—Ayy… ven aquí, gatita —arrulló Noah mientras envolvía mi implacable cuerpo con sus brazos y me estrechaba contra él—. Te quiero.

—Mi padre te cortaría los huevos y se los comería para desayunar,
y me he encariñado un poco de ellos —lloriqueé.

Sí, has escuchado bien, lloriqueé. Pero se trataba de Noah
Crawford y de su polla colosal. Haz la cuenta y dime si tú no habrías
lloriqueado también ante la posibilidad de decirle adiós.

—Sí, yo también siento un cariño especial por ellos.

Se rió entre dientes otra vez, pero se calló de golpe cuando le lancé
una mirada de odio.

—Ja, ja, ja —solté impávida—. Quizá debería contarle a Mack lo que acabas de obligarle a hacer su preciosa hijita. Apuesto a que no lo encontrarías tan gracioso entonces.

—Umm… no recuerdo haberte obligado a hacer nada que no quisieras hacer —replicó Noah—. Querías hacerlo, Lanie. Querías mi *polla*. —Enfatizó la última palabra, lo que consiguió que mi acelerado corazón me diera un vuelco—. Admítelo.

—No.

—Admííítelo —arrastró las letras juguetonamente mientras sus dedos encontraron mi caja torácica y me hicieron cosquillas.

Me reí involuntariamente e intenté deshacerme de él, pero Noah me sentó sobre su regazo y me abrazó para que no pudiera moverme.

—Somos dos adultos, Lanie. Y un día, pronto, tu papaíto va a tener que dejar que su nena se vaya —dijo con una expresión seria en el rostro. Me acarició la mejilla con uno de sus largos dedos con delicadeza y suspiró—. Porque ahora eres *mi* nena.

No pude evitar sonreír. ¿Quién no estaría feliz porque Noah Crawford le murmurara esas palabras de infarto al oído?

Satisfecho con mi reacción, Noah ladeó la cabeza hacia arriba y me besó con dulzura.

Nunca teníamos momentos aburridos entre nosotros, y rezaba porque nunca los tuviéramos. Pero aunque envejeciéramos juntos, sentados sobre un pequeño columpio blanco de madera bajo un cenador, alimentando a una familia de patos mientras el sol se ponía frente a nosotros, todavía seguiría estando feliz.

7

¿Qué me dices?

Noah

Habían pasado casi dos semanas desde la última vez que la vi. Dos larguísimas e insoportables semanas desde que llevé a Lanie de regreso a Hillsboro. Como poco, me mostraba irritable. La ausencia de la mujer a la que se ama lograba eso en un hombre.

No obstante, había hablado con ella todos los días. La normalidad había vuelto más o menos a su casa. Su madre se levantaba y andaba y parecía estar muy bien, y su padre había vuelto a la fábrica, una noticia bastante buena. Hasta yo tenía que admitir que Mack se merecía el descanso. Y, según Lanie, ya no se mostraba tan gruñón, pero seguía odiando tener que dejar a su esposa. Aunque era por razones completamente distintas, yo entendía cómo se sentía el hombre; yo mismo odiaba no estar junto a Lanie.

Como si la primera semana sin ella no hubiera sido lo suficientemente mala, me convocaron de fuera de la ciudad por negocios y tuve que perderme nuestro fin de semana juntos. Habría mandado a tomar por culo el puto viaje de los cojones y habría ido hasta ella igualmente, pero se acercaba una reunión con los miembros de la junta directiva y ya me había perdido demasiado trabajo. Aquello no pintaba nada bien para mí, especialmente si teníamos en consideración lo pegado que tenía a David Stone al cogote.

Había estado comportándose de un modo incluso más arrogante que de costumbre, si eso era posible siquiera, y yo ya empezaba a sospechar. Era como si supiera algo de mí. Algo gordo. Lo achaqué a la

amenaza que me había soltado de acusarme a los miembros de la junta
directiva por el pequeño rifirrafe que tuvimos la mañana de después
del baile de gala del Loto Escarlata. No me preocupaba. La junta directiva sentía un enorme respeto por mis padres, respeto que pasaba
por defecto hacia mí. Era más que probable que dijeran que al fin y al
cabo se lo merecía.

Se me había pasado por la cabeza la idea de ir y venderle mi mitad
de la compañía al hijo de perra para así poder mudarme más cerca de
Lanie, pero no podía hacerles eso a mis padres. El Loto Escarlata había sido su sueño, y aunque sabía que mi felicidad habría significado
más para ellos, no podía ser tan egoísta.

Sí, lo sé; así de repente me había convertido en un santo. Pero
desde que le confesé mis sentimientos a Lanie, quería ser el hombre
que ella merecía, un hombre igual de altruista que ella.

Lanie era muy comprensiva e insistía en que me fuera a ese viaje e
hiciera mi trabajo, pero yo sabía que era todo una fachada, una que se
ponía porque sabía que era algo que yo debía hacer. Aun así, la alegría
con la que tapaba su desgarradora voz resquebrajada me sonaba más
a que Polly iba a morir muy pronto, prueba de que nuestra dura separación la afectaba igual que me afectaba a mí. Era una tortura. Una
tortura total y absoluta. Pero la expectación de lo increíble que sería
cuando por fin estuviéramos juntos de nuevo fue suficiente para hacer
que ambos siguiéramos adelante.

Había intentado mantenerme ocupado con el trabajo para evitar
pensar en el hecho de que Lanie no estaba, pero tampoco me funcionó
mucho. Debía admitir que me estaba comportando un poco borde
con los empleados, Mason, Polly y Samuel incluidos. Polly me devol-
vía los comentarios, una idea no muy buena a decir verdad, pero la
respetaba por ello. No estaba dispuesta a soportar mis estupideces
cuando sabía que no había ningún motivo que las respaldara. Le concedí una prórroga porque sabía que ella echaba de menos a Lanie
tanto como yo. Su amiga se había ido, y no tenía muchas. Ser tan molesta y chulesca limitaba bastante el número de gente dispuesta a so-

portarla. Además, se podía decir que obligué a Mason a venir conmigo en ese viaje de negocios. La mujer me odió mucho por aquello, pero ya se le había pasado el cabreo. Creo.

Dos días más.

Quedaban dos días insoportables y horribles para que llegara el fin de semana, cuando volvería a verla de nuevo. A estrecharla entre mis brazos, a saborear sus deliciosos labios, a sentir el tacto de su piel suave. Con eso tendría suficiente para seguir funcionando por lo menos unas pocas horas más.

Sí, era un cabrón optimista.

Terminé de revisar los informes que Mason me había preparado con respecto a los nuevos clientes que conseguí que firmaran con nosotros pese a tener la cabeza en otra parte, y recogí las cosas para el día de hoy.

Mason entró en mi oficina con la agenda para la reunión.

—¿Te vas, jefe?

—Sí, ya es suficiente por hoy. Por cierto, buen trabajo con los informes. Están genial.

Mason echó la cabeza hacia atrás y abrió los ojos como platos al escuchar mis amables palabras. No se las creía. El pobre hombre había estado recibiendo regañinas por mi parte durante todos esos días y no estaba bien. No se las merecía. Así que puse a prueba mi recién descubierta teoría sobre ser altruista y le ofrecí una disculpa.

—Eh, siento haber sido tan duro contigo últimamente, es solo que con Lanie fuera y tal…

—No te preocupes, hombre. Polly ha estado igual —me interrumpió y me liberó de la culpa.

—Lo has estado sufriendo por partida doble, ¿eh?

Mason asintió.

—Supongo que no reparé en el efecto que la muchacha ha tenido sobre tantas vidas.

Yo tampoco, pero tenía razón. Incluso Lexi me había estado llamando mucho más últimamente, algo nada típico en ella, y siempre era para ver qué tal estaba Lanie. Yo le dije que la llamara directamente a ella, que a Lanie le encantaría tener noticias suyas, pero Lexi no quería ser intrusiva. Ya, eso parecía contener una pizca de verdad.

—Bueno, no te mereces toda la mierda que te está cayendo encima. —Me puse el abrigo y le di una palmada en el hombro antes de salir por la puerta—. Buenas noches, tío.

El tiempo se había vuelto más frío desde hacía dos días, justo para ponerse acorde con la estación, pero parte de mí se preguntaba si no se me había hecho más obvio a mí porque Lanie no estaba para mantenerme caliente. En serio, era como si todo el calor hubiera desaparecido del espacio que me rodeaba. Mi propio sol personal se encontraba a kilómetros de distancia y me sentía desolado y frío.

—¡Eh, Crawford! —me llamó David Stone mientras me dirigía hacia el ascensor. Hablando de frío y desolación…

No me paré para ver qué mierdas quería porque en realidad no tenía nada que decirle. Además, tenía una cita telefónica con mi chica y ninguna intención de perdérmela.

—¿Qué quieres, Stone? —le espeté.

—Solo quería asegurarme de que vas a estar en la siguiente reunión de la junta directiva, eso es todo.

Las palabras de David eran de simple curiosidad, pero no fue difícil ver la mirada mordaz que sus oscuros ojos reflejaban, o la mueca desdeñosa que tenía puesta en los labios. Mi mano derecha comenzó a cerrarse en un puño. Quería darle una buena paliza y borrarle esa sonrisa engreída de la cara a base de restregársela contra el suelo.

—¿Por qué no iba a estarlo? —suspiré, molesto, y le di un puñetazo al botón para llamar al ascensor personal imaginándome que era su cara.

—Bueno, como has estado muy desaparecido últimamente, no estaba seguro. No querrás perderte esta reunión, Crawford. Va a ser de lo más entretenida.

Me dedicó una gran sonrisa y luego me guiñó un ojo antes de apartarse de mi vista, por fin.

Entretenida. ¿El idiota de verdad pensaba que me iban a destituir por haber amenazado con matarlo? La gente decía cosas así todos los días. Y aunque no fuera apropiado para el lugar de trabajo, estaba claro que tampoco era suficiente como para hacerme perder mi propia compañía en su favor. Además, era su palabra contra la mía, y dudaba mucho que tuviera alguna prueba de aquello.

Regresé a casa como un loco de rápido. Bueno, tan rápido como un loco podía ir con un tráfico espeso y los coches pisando huevos. Estar sentado en la parte de atrás de la limusina durante tanto rato me volvió tarumba. Juraba que todavía podía oler el exquisito aroma de Lanie de todos los encuentros amorosos que habíamos mantenido allí.

Una vez dentro de la creciente mansión a la que había llamado hogar durante toda mi vida, el vacío y el anhelo volvió a hacer mella en mí. Lanie llenaba de algún modo toda la habitación con una presencia que era más grande que la misma vida y a la vez tan íntima que parecía que ella y yo fuéramos las dos únicas personas que quedaban vivas en el planeta. Y me parecía perfecta la idea de hacer todo lo que tuviéramos en nuestras manos para repoblar el puto lugar. Ya sabes, por el bien de la raza y demás. Y fue entonces cuando se me pasó por la cabeza: quería tener hijos con ella. Muchos, muchos hijos.

Cuando hablamos Lanie y yo por última vez, ella me avisó de que iba a darme un buen meneo la próxima vez que nos viéramos. Tuve que reírme ante la mera idea. Se había convertido en la insaciable de esta relación. La que una vez había sido una gatita asustada bajo mi atenta mirada, ahora se había transformado en una leona, una depredadora preciosa cuya necesidad por saciar su hambre la convertía en desesperada y atrevida. Las tornas se habían cambiado; ahora ella era la cazadora y yo el cazado.

Bueno, en realidad no, pero no me disgustaba la idea de dejar que se lo creyera si eso quería decir que iba a ser mucho más intrépida. La admiraba por tener muy claro lo que quería y por no avergonzarse de tomarlo, aunque yo fuera un participante de lo más dispuesto.

Piqué algo de comer y me duché en un santiamén mientras esperaba su llamada. Acababa de salir del cuarto de baño cuando el teléfono sonó. Tiré la toalla para lanzarme a cogerlo desde el otro lado de la habitación y acabé estampado sobre la cama completamente desnudo y en una posición un tanto incómoda. Joder, había dolido.

—¡Me cago en…! ¡Joder! —Sí, esas fueron las primeras palabras que salieron de mi boca cuando respondí a la llamada—. Hola, gatita.

—¿Qué pasa? —preguntó Lanie con la preocupación patente en su voz.

—Creo que me he partido la polla —le dije mientras me daba la vuelta para tumbarme de espaldas.

Lanie intentó reprimir la risa al otro lado de la línea.

—¿Estabas haciendo pollarobic?

—Sí. —Me reí entre dientes y le seguí la corriente—. Pero se niega a doblarse de esa forma.

—Ay, pobrecita mía —arrulló ella—. ¿Quieres que le dé un besito para que se cure?

Si mi verga no hubiera estado pegada a mi cuerpo, estaba completamente seguro de que habría intentado atravesar el teléfono para llegar hasta ella.

—Eres una malvada picarona. Sabes de sobra que nada me gustaría más que follarte la boca. Ahora estoy empalmado de solo haberlo pensado, y no hay nada que pueda hacer para remediarlo.

—Oh, yo no estoy tan segura. —Su voz sonó toda profunda y sensual y… joder, no estaba ayudando—. ¿Qué llevas puesto?

—Estoy en la cama. ¿Qué crees que llevo puesto? —le pregunté con la voz ronca, sabiendo de sobra que ella sabía que dormía en cueros.

—Umm… enséñamelo.

—¿Qué? —pregunté, confundido.

—Mira el teléfono.

Mi teléfono vibró sobre la mesita de noche, así que estiré el brazo por encima de mi cabeza y lo cogí. Había un mensaje de texto de mi chica. Cuando lo abrí, casi me caigo de la cama. Ahí estaba, desnuda como el día que la trajeron al mundo, sin dejar absolutamente nada a la imaginación. Estaba apostada contra el cabecero de la cama, con ese suntuoso pelo suyo cayéndole por los hombros, los pechos completamente a la vista y los pezones tiesos. Tenía las rodillas dobladas y las piernas abiertas a los lados, regalándome una vista gloriosa de la carne tierna y rosa que tenía entre los muslos. Y sus ojos. Dios santo, tenía los párpados caídos y se estaba mordiendo ese suculento labio inferior como si ansiara mis caricias.

—Yo te he enseñado la mía. Ahora enséñame tú la tuya —ronroneó prácticamente al teléfono.

—Ah, así que quieres jugar, ¿no? —le pregunté con una sonrisa de suficiencia que sabía que podía escuchar aunque no pudiera verla.

—¿Te suena esto a que quiero jugar? —Escuché el clic tras haber pulsado un botón y luego la inconfundible vibración del vibrador Crawford que le había regalado—. Te necesito. No puedo esperar más. Haz que me corra, Noah.

—Dios santo… —Estaba más que encantado de hacer que se corriera, aunque fuera gracias a una asquerosa pieza de metal en vez de cualquier parte real de mi cuerpo—. ¿Ese es mi vibrador, gatita? —le pregunté, ya seguro de la respuesta.

—No, pero este sí.

Otra vibración más aguda se unió al grave zumbido de la anterior, y levanté una ceja.

—¿Y qué es esa otra cosa que tienes ahí, Lanie?

Ella soltó una risita.

—Dez me obligó a ir hoy a una tienda con ella. Un sex shop. No sabía que existía. Probablemente porque estaba encerrada en mi mundo.

—¿Te has comprado un vibrador?

Esperaba por su bien que hubiera utilizado mi tarjeta de crédito para comprar lo mejor que tuvieran, aunque esa cosa iba a ir a la basura tan pronto como volviera a tenerla en mi cama, a donde pertenecía. Ninguna polla, ya fuera de verdad o de mentira, iba a acercarse a mi coño cuando yo era perfectamente capaz de hacerme cargo solito de sus necesidades. El vibrador Crawford era una excepción porque era solo un potenciador, no el sustituto de ningún pene.

—Ajá. Claro que no es ni la mitad de grande que la cosa de verdad, pero como no puedo tenerte, esto tendrá que valer.

Sí, la cabeza me creció diez veces su tamaño natural. Ambas.

—Dime qué hago con él, Noah. Dime cómo puedo hacerme sentir bien. ¿Qué me harías tú si estuviera allí contigo ahora mismo?

Me quedé mirando la imagen en el móvil con deseo y supe exactamente lo que habría hecho.

—Te tiraría de espaldas en la cama y enterraría la cara entre esos dos muslos preciosos para darme un banquete contigo. Eso es lo que haría si estuvieras aquí, gatita.

Ella gimió al otro lado del teléfono y mi polla se sacudió sobre mi abdomen. Joder, esta mujer me volvía loco.

—Pero como no estás despatarrada, desnuda sobre mi cama, tendremos que apañárnoslas. Ese vibrador se hará pasar por mí por esta noche. Lo llamaremos miniyo. Quiero que lo pongas a un lado y cojas el vibrador Crawford, gatita. Muévelo hacia abajo por tu cuerpo y déjalo sobre tu clítoris. No en él, sino por encima.

Ella gimió otra vez, aprobando claramente las ligeras vibraciones que jugueteaban con sus terminaciones nerviosas.

—Déjalo ahí. Por mucho que quieras moverlo hacia abajo, no lo hagas —le ordené—. Ahora, tócate esas preciosas tetas y masajéatelas. Dios, tienen un tacto increíble, ¿verdad? Chúpate los dedos, Lanie. Junta las dos tetas y luego usa esos dedos húmedos para pellizcar y tirar de esos pequeños pezones respingones. Esa es mi boca, caliente y húmeda, chupando y provocándote. Alterno entre uno y otro. Mi lengua se mueve rápido en línea y en círculos, y luego hago lo mismo con los dos a la vez. Aráñate los pezones con las uñas. Son mis dientes. Joder, me muero por mordértelos. ¿Me estás sintiendo, gatita?

—Oh, Dios, sí.

—Joder, cuando lo dices así…

Cerré los ojos y casi pude ver en mi mente cómo sus manos tocaban su propio cuerpo. Me escribí una nota mental para hacer de aquello una realidad en un futuro cercano. Quizá hasta también la observara dándose placer con su juguetito. Debería reconsiderar el que se lo quedara después de todo.

—Tócate. Desliza los dedos entre los labios de tu coño y siente lo suave y caliente que estás —continué jugando con ella—. ¿Estás húmeda, Lanie?

Ella gimió.

—Empapada.

Mi voz, para mis propios oídos, era profunda y ronca, y la sangre me corría por las venas y se iba derechita hasta mi verga hinchada.

—Muy bien, gatita. Coge al miniyo y póntelo en la boca. Quiero que me chupes la polla. Lubrícame y prepárame para deslizarme dentro de ese apretado coñito.

El zumbido que venía desde el otro lado de la línea se amortiguó, y supe que había hecho exactamente lo que le había pedido. Los sorbidos y los sonidos a mojado se mezclaron con sus ávidos gemidos de satisfacción, y quise sentir qué cojones estaba haciendo de verdad, no solo en mi imaginación.

—Ya vale, Lanie. No querrás ponerme celoso, ¿verdad?

—¿Hará eso que me folles sin piedad?

Lanie gimoteó al otro lado de la línea y mi respiración se aceleró solamente de escucharla. Tenía la polla dura como el puto acero y temía que de verdad pudiera reventarme un vaso capilar si no aliviaba pronto un poco la tensión. Mi mano a esas alturas ya tenía mente propia y comencé a acariciarme.

—Me encanta cuando mi coño te hace sentir tan bien que no puedes controlarte.

Cuando mi nena dijo *coño*, me entró de todo por el cuerpo. Un gruñido brotó de mi pecho y se escapó por entre mis dientes apretados.

—Dilo otra vez.

—¿Decir el qué?

Ella sabía perfectamente qué cojones quería oír. Estaba jugando conmigo y eso me molestó un poco. Sobre todo porque ella estaba allí y yo no, y estaba más cachondo que un sátiro en pleno *set* de rodaje de una peli porno.

—Ya sabes qué. Dilo otra vez.

—Cooooooooñoooo.

—Maldita sea, mujer. Si estuvieras aquí ahora mismo, no tendría piedad ninguna contigo. Te follaría con tanta fuerza que verías hasta las estrellas.

Y lo decía completamente en serio.

—¿Ahora quién es el que está provocando? Dime qué hacer ahora, Noah.

Oh, cierto. Tenía un dildo entre manos. Mi mente podría haberse ido a tantos sitios con ese pensamiento…, pero estaba a punto de llegar a al menos uno de ellos.

—Enciéndelo, gatita. Siénteme vibrando entre tus manos. Quiero que te restriegues la cabeza de mi polla por esos pliegues húmedos. Empápame con tu humedad.

—Mmm… qué gusto…

Agarré el teléfono con el hombro y alargué la mano hacia atrás para buscar torpemente el lubricante dentro del cajón de la mesita de noche. Luego me eché una cantidad bastante generosa en la palma de la mano antes de arrojar el bote a un lado para poder ver cómo esta trabajaba sobre mi polla.

—Siénteme ahí, mi polla está jugando con tu abertura. Estoy listo. Quiero follarte rápido y sin piedad. Quiero hacerte gritar mi nombre.

—Dios, sí —gimió, su respiración era tan pesada como la mía.

—Ponte de rodillas, gatita. ¿Puedes hacerlo por mí? Quiero que pongas el manos libres, ponte de rodillas y agárrate al cabecero con la mano libre.

Escuché cómo se movía al otro lado de la línea y luego su voz otra vez un poco más distante que antes.

—Vale, ¿ahora qué?

—Vas a cabalgarme, Lanie. Coloca una almohada entre tus piernas y pon esa cosa encima, de pie. Ahora desliza las rodillas hacia los lados hasta que estés a la altura suficiente para sentirlo en tu entrada.

—Te quiero dentro de mí, ya —gimoteó.

—Entonces hazlo. Baja sobre mi polla y cabálgame fuerte, justo como a ti te gusta.

Como quería sentir aquella sensación con ella, apreté la cabeza de mi verga entre mi pulgar y dedo índice antes de mover las caderas hacia arriba para deslizar el resto de mi polla entre la sujeción de mi mano.

Cerré los ojos cuando la imagen mental de estar penetrándola se mezcló con el recuerdo de saber cómo se sentía.

—Ah, joder, Lanie. Qué bien… ¿Te gusta?

—Eres tan… grande —enunció la última palabra.

—Gatita, tienes que dejar de decir cosas así antes de que me meta en el puto coche y vaya derechito a Hillsboro para secuestrarte.

Y estaba a punto de hacerlo.

—¿Te traerás tu enorme polla?

Sus palabras me enviaron directo a un estado de frenesí total. Mis manos se apretaron alrededor de mi verga a la vez que me la acariciaba más rápido, y hasta el lubricante se calentó debido a la fricción. Cerré los ojos y me imaginé que era su coño el que me envolvía, estrechándose y dilatándose al mismo tiempo que sacudía sus caderas sobre mí.

Quería verla mirándome desde ahí arriba, con la boca abierta ligeramente e hincándome las uñas en los músculos del pecho. Su pelo creando una cortina a nuestro alrededor. Sus caderas ondulándose contra las mías mientras restregaba ese botoncito contra mi ingle.

Ella gimió y gimoteó quedamente al otro lado de la línea para no molestar al resto de las personas en la casa, pero estaba tambaleándose y supe que necesitaba más.

—Cabálgame, Lanie. Más fuerte.

Me imaginé sus cachetes del culo estrellándose contra mis muslos mientras sus tetas botaban debido a sus movimientos. Mi mano aumentó la velocidad y me mordí el labio con tanta fuerza que pensé que me lo había arrancado de cuajo.

—Qué bien, Noah —gimió en voz baja. Podía escuchar sus respiraciones y el suave golpeteo de la cabecera mientras cabalgaba el dildo que tenía debajo.

—Espera, gatita. —la urgí; yo estaba casi al borde del precipicio.

—Noah, te necesito. ¿Por favor? —suplicó. Buscaba su orgasmo—. Dame más.

—Te prometí que te daría todo lo que necesitaras. ¿Recuerdas? ¿No te lo prometí? Suéltate del cabecero, Lanie. Usa los dedos. Encuentra el lugar, ese lugar que necesita un algo más. Acarícialo con los dedos y cuando te diga, quiero que lo pellizques.

Respiraba jadeando, un sonido voraz que fue creciendo al otro lado de la línea hasta ponerse gutural.

—Ahora, gatita. Pellízcalo ahora.

—¡Ah, joder! —exclamó.

Su voz salió como un susurro ronco al intentar no hacer mucho ruido. Casi podía verla echar la cabeza hacia atrás y ponerse rígida bajo el poder del orgasmo.

Y esa imagen me llevó a mí también a donde necesitaba llegar.

—Justo ahí. Justo… joder… ahí.

Gruñí cuando me corrí y sacudí las caderas contra mi puño. Me estrujé la polla con fuerza y presioné el dedo gordo sobre la punta, que desembocó en un montón de semen saliendo disparado cual lava espesa y derretida en una erupción volcánica y aterrizando sobre mi abdomen. Me ordeñé y sacudí las caderas a intervalos irregulares hasta que el trabajo estuvo terminado.

—Noah, ¿sigues ahí? —dijo Lanie, cogiendo el teléfono y apagando el altavoz.

Todavía seguía jadeando, pero su voz era profunda y calmada.

Me tapé la cara con el brazo y luché por recuperar la compostura.

—Sí, gatita. Estoy aquí.

—Te echo de menos.

Sí, yo también la echaba jodidamente de menos.

Se tardaba unas cuatro horas en llegar hasta Hillsboro, ocho horas ida y vuelta. Lo cual quería decir que tenía tiempo suficiente para llegar y volver a tiempo para ir a trabajar. Había hecho la cuenta al menos una docena de veces en mi cabeza mientras estaba ahí tumbado sobre la cama observando los minutos pasar en el reloj para llegar a medianoche. Pese al orgasmo que había tenido hacía dos horas, me fue imposible conciliar el sueño… otra vez. Había una fina línea que separaba el amor de la obsesión, y yo temí estar peligrosamente cerca de cruzarla, aunque bien podría haber sido esa cosita molesta llamada falta de sueño la que me hizo pensar así. Necesitaba una cura y rápido, pero sabía que me quedaban todavía dos días para conseguirla. El problema era que no tenía intención alguna de malgastar el par de días que tuviera con ella durmiendo, así que el ciclo se iba a estar repitiendo hasta que se nos ocurriera una forma mejor de estar juntos. O hasta que me volviera loco, lo que viniera antes.

Me bajé de la cama y me puse un par de vaqueros antes de bajar hasta la cocina para beberme un vaso de leche o un chupito de Patrón, lo que más efecto me hiciera para quedarme sopa. Pero me distraje en cuanto llegué a la planta baja, porque a cada cosa que miraba, veía una imagen de ella. Lanie de rodillas frente a la puerta; Lanie saliendo como una furia por dicha puerta tras haberle prendido fuego a la lencería que obviamente no quería; Lanie bajando las escaleras como Cenicienta de camino al baile; Lanie en las escaleras, con las lágrimas empapándole el rostro tras habérmela follado allí, enfadado. Cerré los ojos ante aquella imagen y me recompensé con una de Lanie en la ducha inmediatamente después, con su precioso cuerpo mojado y temblando mientras me abrazaba bajo la alcachofa.

Caminé por la casa hasta llegar a la habitación del piano, y también

estaba allí, abierta de piernas sobre mi piano de cola, sentada a horca-
jas en mi regazo y en la banqueta mientras hacíamos el amor. Allí estaba Lanie en mi oficina, con nada puesto encima excepto mi corbata de
seda mientras me esperaba de pie en la puerta.

La echaba muchísimo de menos. El corazón me dolía cuando mi
mente repasaba incontables imágenes sobre ella, algunas inocentes,
otras no tanto: sus preciosas sonrisas, sus muecas sexys de cuando me
odiaba, la expresión erótica de su rostro mientras se corría una y otra
vez gracias a mí, la mirada de alegría que tenía cuando me dijo que me
quería… Todo. Quizá pudiera sobrevivir sin ella a mi lado, pero estaba más que seguro de que no quería hacerlo.

A la mierda la distancia; necesitaba verla.

Descalzo y sin camisa, me precipité hacia la entradita, cogí las llaves y la cartera de la bandejita de la mesa de al lado y salí corriendo
hacia mi Lamborghini. Unas pocas gotas de lluvia me mojaron el para-
brisas cuando lo saqué del garaje y emprendí mi viaje rumbo a Hillsboro, hacia ella.

Corrí como un maníaco. Las carreteras mojadas no es que fueran
el mejor terreno donde conducir un cochazo deportivo, pero no me
importó. Tenía que llegar hasta ella con tiempo de sobra para estrecharla entre mis brazos antes de tener que regresar y volverla a dejar,
y el Lamborghini era mi medio de transporte más rápido en aquel
momento. Tomé nota mental para invertir en un helicóptero al mismito día siguiente.

La lluvia empezó a caer con más fuerza a lo largo del camino, y con
cada chapoteo de agua bajo mis ruedas, con cada movimiento del lim-
piaparabrisas, me perdí más y más en pensamientos de Lanie.

Me atormentaban las fantasías, y la realidad que se desplegó el día
que la llevé de regreso a casa de sus padres dos semanas atrás. Aquella
casita de campo, el prado, su risa, la sonrisa en su rostro… Fue como
un sueño hecho realidad frente a mis ojos.

Aún podía escuchar el sonido de su voz, triste y solitaria, cuando
me dijo que me echaba de menos. Se repetía una y otra vez en mi men-

te y provocó que se me formara un nudo en el pecho. Yo también me sentía triste y solo. Y no me importaba una mierda si aquello significaba que era un bragazas. No se me ocurrían ningunas otras bragas a las que prefiriera estar sometido.

Pisé el acelerador y obligué al Lamborghini a correr incluso más rápido por la carretera rumbo a mi destino.

La noche me envolvía mientras recorría flechado las carreteras vacías; hasta las luces delanteras reflejaban el asfalto mojado delante. Ya casi había llegado. Unos cuantos kilómetros más y la tendría entre mis brazos.

Para cuando llegué a su calle, la lluvia se había vuelto torrencial. Apagué las luces del coche, ya que no quería alertar a Lanie o a sus padres de mi presencia, y aparqué un poco más abajo de su casa. Había una luz tenue y titilante que procedía de la ventana de su cuarto y proyectaba sombras que bailaban por toda su pared; obviamente una vela. El resto de la casa estaba sumido en la oscuridad y no había ni un alma por la calle.

Salí del coche y cerré la puerta lo más silenciosamente que pude, pero al parecer incluso así hice demasiado ruido. Primero un perro y luego otro comenzaron a ladrar hasta que aquello sonó como si una manada entera de aquellos cabrones me tuviera rodeado.

La fría lluvia me bombardeó la piel desnuda mientras que el viento cruel la convertía en cortinas de agua. En cuestión de segundos estaba empapado de los pies a la cabeza y tenía los huevos congelados, pero no me importó una mierda pinchada en un palo. Mi cuerpo comenzó a temblar bajo los elementos, pero solo tenía una cosa en mente: mi chica. Claro que, si hubiera usado una mínima parte de esa energía en darle unas cuantas vueltas más a mi plan, habría sabido cuál sería mi siguiente movimiento. No podía llamar al timbre porque me recibiría el cañón de la pistola de Mack apuntando a mis chicos.

Examiné el árbol que crecía justo bajo la ventana de Lanie y calculé las posibilidades de poder escalarlo para llegar hasta su habitación. Había un par de ramas de baja altura, así que me imaginé que la probabilidad era bastante alta. Eso fue hasta que intenté escalarlo de verdad.

Gracias a mis pies descalzos y al tronco cubierto de musgo, no pude mantenerme sujeto a la maldita cosa. Agarré la rama que tenía encima y me propulsé hacia arriba, y estuve casi a punto de lograr sentarme a horcajadas sobre ella cuando se rompió bajo mi peso y me envió derechito al suelo con un golpetazo. Me quedé sin aire durante un breve instante, pero no había conducido cuatro horas para rendirme tan fácilmente. Justo cuando me puse de pie para volverlo a intentar, vi que las cortinas tras la ventana de guillotina se movieron y que esta se abrió para dejarla a ella a la vista.

—¿Noah? —me llamó la voz confusa de Lanie, quien aparentemente se despertó debido al ruido que hizo la rama al partirse—. ¿Estás loco? ¿Qué estás haciendo aquí?

Giré la cabeza hacia el cielo oscurecido. Las gotas de lluvia me caían sobre los ojos, pero parpadeé contra ellas para poder seguir observándola. Me la quedé mirando con asombro, era incapaz de apartar los ojos de la mujer de mis sueños. Tenía el pelo recogido en una desordenada coleta de caballo, aunque unos cuantos mechones estaban sueltos para acunar su rostro, y sus ojos estaban ligeramente hinchados por el sueño. Tenía un aspecto perfectamente imperfecto, y quise hacerla mía para siempre. Y luego dos palabritas salieron de mis labios, espontáneas e incesantes.

No fueron una pregunta. Ni tampoco una orden. Joder, fueron una súplica.

—Cásate conmigo.

8

La burbuja se rompe

Lanie

Me quedé allí de pie en la ventana y mirando a Noah. Estaba medio desnudo. No llevaba camisa, ni zapatos, solo un par de empapados vaqueros que se habían amoldado a su exquisita figura. Tenía el pelo pegado a la frente, sus largas pestañas lucharon contra las gotas de lluvia y su lengua salió para capturar una de aquellas perfectas gotas que colgaban peligrosamente de su labio inferior. Y me miraba como si fuera la imagen más preciosa del mundo, aunque yo supiera que tenía un aspecto de lo más espantoso.

—Cásate conmigo.

Sus palabras vagaron hasta mí y atravesaron el implacable viento que amenazaba con aporrearlo hasta dejarlo todo golpeado y hecho un Cristo.

Sentí el corazón como si alguien hubiera usado desfibriladores conmigo. Las rodillas me temblaron y el suelo bajo mis pies pareció desvanecerse, así que me agarré con más fuerza al alféizar para intentar mantener el equilibrio.

Lo intenté y fracasé.

Me balanceé hacia delante hasta casi caerme por la ventana abierta, pero me agarré a la rama que tenía delante justo a tiempo.

—¡Lanie!

Noah me llamó con el miedo claramente patente en su voz ronca.

Tenía que llegar hasta él, saltar a sus brazos y envolverme en él. Bajar por las escaleras me llevaría demasiado tiempo y, maldita sea, era demasiado tradicional para nosotros. A la mierda, me dije. Ya que tenía medio cuerpo agarrado a la rama, gateé hasta ella con las gotas heladas pinchándome la piel desnuda y empapándome la camisa blanca que llevaba, la de Noah, la que me había traído conmigo.

—¡Vuelve a entrar por esa puta ventana, Lanie, antes de que te partas el cuello! —me ordenó Noah.

Pero ¿desde cuándo escuchaba lo que me decía?

Conseguí pasar de esa rama a la otra inferior; ya solo me quedaba una antes de poder saltar a sus brazos. Fue entonces cuando la patosa que vivía en mi interior decidió hacer acto de aparición. Sí, ahí estaba yo intentando hacer una gran hazaña, y esa loca asquerosa se dispuso a partirse la crisma, fea y deforme.

—¡Ah, mierda! —grité y perdí el equilibrio.

Imagina mi sorpresa cuando mi cuerpo no tocó el suelo duro y frío, sino una pared de piel. Noah había evitado mi caída con su cuerpo, pero el impacto hizo que ambos nos tambaleáramos.

Me puse de pie y bajé la mirada hasta él todavía fascinada por que estuviera allí de verdad. Un trueno rugió en la distancia, pero nosotros no compartimos ni una palabra. Nos quedamos allí tumbados en el barro mirándonos el uno al otro. Su mirada estaba absorta sobre la mía, y yo busqué sus ojos para ver si podía encontrar algún ápice de arrepentimiento con respecto a su inesperada proposición.

No lo vi.

Lo que sí vi fue un anhelo que competía con el mío, una certeza que disipaba cualquier duda, una verdad que reflejaba la mía propia. Amaba a ese hombre, y él me amaba a mí, y todo tenía sentido.

Tensó los músculos de la mandíbula. Alargó las manos y me acunó el rostro con ellas. Luego exhaló lentamente y me apartó un mechón de pelo mojado que tenía sobre la frente.

—No quiero volver a estar separado de ti. No *puedo* hacerlo.

Su voz estaba rota, abatida.

Yo me sentía de la misma forma, pero las palabras se me quedaron estancadas en la garganta, sepultadas tras una miríada de emociones insondables. Así que como mis habilidades de comunicación verbal habían dejado claramente de funcionar, hice todo lo que pude para expresar mis sentimientos a través de otros medios. Lo besé como nunca lo hube besado antes. Me perdí en Noah Crawford. Todo lo demás en el mundo dejó de existir: la implacable tormenta, el hecho de que eran las cuatro de la mañana, los ladridos de los perros de los vecinos.

Noah nos giró hasta estar retorciéndome debajo de él, haciendo todo lo que podía por acercarme más y más a él. Al sentir mi desesperación, enganchó mi pierna desnuda a su cadera. La empapada tela de sus vaqueros presionaba justo contra mi sexo y gemí contra su boca. Él siempre sabía lo que necesitaba, y siempre se ocuparía de mí tal y como me había prometido.

Mis manos deambularon por su pecho desnudo, sus hombros musculosos, sus gruesos bíceps. Cada centímetro de piel que tocaba estaba mojado y resbaladizo. Lo rodeé con la otra pierna para mantenerlo cautivo, reticente a dejarlo escapar otra vez.

Noah me agarró el culo con una mano y movió sus caderas; su beso se volvió pasional y exigente. Cuando sus labios por fin se separaron de los míos, su boca prodigiosa dejó un reguero de besos por la parte inferior de mi mandíbula hasta llegar a ese punto sensible bajo mi oreja.

Y luego se detuvo y se apartó y me miró a los ojos. Tenía el ceño fruncido y los labios abiertos, y su mirada reflejaba confusión. La lluvia caía cual lágrimas de las puntas de su pelo, y una gota lo hizo sobre mi mejilla y se deslizó hacia un lado de mi cara. Qué extraño que miles y miles de otras gotas estuvieran aporreándonos y solo esa hubiera hecho que me estremeciera y que la piel me vibrara.

—¿Qué pasa? —pregunté, no muy segura de por qué había parado.

—No has respondido a mi pregunta.

Me reí tontamente y puse los ojos en blanco.

—Noah, he bajado por una ventana y me he caído de un árbol,

caída en la que casi me parto el cuello, para llegar hasta ti. ¿De verdad necesitas que te lo diga?

—Bueno, sí, la verdad es que sí. —La expresión en su cara era muy sincera—. Te estoy pidiendo que seas mi mujer, la madre de mis hijos, que envejezcas conmigo a tu lado. Te estoy pidiendo que te cases conmigo, Delanie Marie Talbot, en lo bueno y en lo malo, en la salud y en la enfermedad, en la riqueza y en la pobreza, hasta que la muerte nos separe. ¿Crees que puede ser algo que quisieras hacer para el resto de tu vida?

Me mordí el labio inferior para detener la sonrisa de imbécil que se me estaba dibujando en la cara y me encogí de hombros.

—A lo mejor.

Él me sonrió; sus dientes eran blancos y perfectos. Quería lamerlos—. ¿Solo a lo mejor?

—Estoy loca por ti, Noah Crawford. Y estoy bastante segura de que es porque estoy enamorada de ti y no porque me vuelvas loca de verdad. Así que sí, creo que puede ser algo que quisiera hacer para el resto de mi vida.

—¿Eso es un sí?

Me reí ante su persistencia.

—Sí, Noah.

Pareció aliviado, y su sonrisa se volvió celestial.

—Vale, bien.

Le pasé los dedos por entre su pelo húmedo.

—Muy bien.

Mis ojos vagaron sobre los rasgos de su cara. Sus ojos color avellana contenían muchísimo amor y adoración. Era feliz, y yo era la causante de su felicidad.

Le recorrí su prominente mentón con un dedo y noté cómo se tensaba bajo mi caricia hasta que avancé para sentir la suavidad de sus labios. Noah cerró los ojos y me besó los dedos. Arqueó el cuello mientras seguía mi camino hacia su barbilla y más abajo todavía, hacia su nuez. Su cuello era ancho y musculado; la arteria que residía bajo la piel palpitaba con la esencia de vida que fluía por todo su cuerpo perfecto. Casi no era justo lo guapo que era. Pero no me quejaba, porque iba a ser mío para siempre.

—¿Me haces el amor?

Noah abrió los ojos y con una incuestionable certeza dijo:

—Siempre, pero tengo que sacarte de debajo de la lluvia. —Se puso de pie y me ayudó a hacer lo mismo—. Mack seguramente me arranque las pelotas por esto.

Pese a mis protestas, me rodeó los hombros con sus brazos para que estuviera apiñada contra su costado y me llevó hasta la puerta principal. Pero entonces, cuando él intentó girar el pomo, caí en la cuenta: había bajado por la ventana y la puerta principal estaba cerrada con llave.

—Eh… está cerrada con llave —le dije, afirmando lo obvio.

—Bueno, no vas a volver a subir por el maldito árbol, eso está claro. —Miró en derredor otra vez y encontró otro camino—. ¿Y la puerta de atrás?

—Cerrada.

Noah volvió a mirar hacia su coche.

—Tendrás que llamarlos para que te dejen entrar. Iré a por mi teléfono… —Su voz se apagó y blasfemó mientras se pasaba las manos por el pelo mojado—. ¡Mierda! Soy un idiota. Me he dejado el teléfono en casa.

—¿Has conducido todo el camino hasta aquí sin teléfono?

—Sin teléfono, ni zapatos, ni camisa —dijo con un brillo travieso en los ojos—. Si no hubiera tenido los pantalones puestos, me los habría dejado también. ¿Ves lo loco que me vuelves?

Me puse de puntillas y lo besé en la punta de la nariz.

—Vale, analicemos la situación. Los dos estamos medio desnudos, es de noche, está lloviendo, no tenemos forma alguna de entrar y te deseo… *ahora*. Ven conmigo.

Lo cogí de la mano y lo guié por los escalones del porche en dirección al bosquecillo que había junto a mi casa.

—¿Adónde vamos?

—Ya lo verás —dije y le sonreí con picardía.

Una vez que nos adentramos entre los gruesos árboles, lo llevé hasta un claro que había en el centro. Me paré y alcé la mirada, que solo consiguió atraer su atención hasta el frondoso follaje que teníamos encima y que formaba una barrera que nos protegía contra los elementos.

—¿Y ahora qué? —preguntó mientras me acercaba hacia él.

—Ahora —le dije tirando del botón de sus vaqueros—, vamos a quitarte esos pantalones mojados antes de que cojas una pulmonía.

Noah suspiró y llevó las manos hacia el botón superior de mi camisa.

—Sí, no podemos permitirlo, ¿verdad?

Negué con la cabeza y luego me estiré para chuparle la piel que cubría la vena palpitante de su cuello a la vez que ambos nos despojábamos el uno al otro de las prendas que nos quedaban. En cuanto eliminamos todas las barreras, Noah me levantó en volandas para que pudiera rodearle la cintura con las piernas y nuestros labios volvieron a encontrarse otra vez. Lentamente volvió a bajarnos hasta el suelo hasta estar él apoyado contra el tronco de un árbol y yo sentada cómodamente en su regazo.

Mientras mi lengua buscaba la suya, mi mano viajó en dirección sur por su pecho y abdomen hasta encontrar su miembro acuñado entre nuestros cuerpos. Noah siseó y echó la cabeza hacia atrás cuando por fin lo toqué, movimiento que me dio un amplio acceso a su cuello y a sus hombros. No desperdicié ni un solo segundo de tiempo y bañé su deliciosa piel con mi lengua, mis labios, mis dientes. Su polla tenía la tersura del titanio en la palma de mi mano, y yo la presioné contra mí para cubrirla con mi humedad.

A continuación sus manos me agarraron del culo y me levantaron para poder guiarlo hacia mi hendidura. Noah me llenó por completo, tal y como siempre había hecho, tal y como siempre haría. Ambos gemimos ante la sensación de unir nuestros cuerpos como si fueran piezas de un puzle perfectamente alineadas la una con la otra. Por primera vez en un par de semanas pude cabalgar al verdadero él y no a una versión sintética que nunca podría llegar a comparársele de verdad.

Noah me soltó el pelo de la goma que lo mantenía en su sitio y luego agachó la cabeza para capturar uno de mis pezones con su boca. Sus dientes me arañaban el botón enhiesto a la vez que sus labios lo succionaban y su lengua se movía de arriba abajo a un ritmo exasperante. Arqueé la espalda y lo acogí por completo dentro de mí mientras lo cabalgaba. Hicimos el amor despacio y con ternura susurrándonos al oído palabras de amor eterno.

No nos costó mucho a ninguno de los dos llegar a nuestro clímax. El haber pasado tanto tiempo separados nos había dado mucha cuerda. Además, el giro que nuestra relación había dado —la promesa de pasar tantos años en la compañía de la persona a la que amábamos, nuestra alma gemela— nos había puesto tan cardíacos que solo queríamos consumirnos mutuamente.

La consumación tenía sus ventajas.

Antes de que pasara mucho tiempo, Noah me acurrucó entre sus brazos; el calor de nuestros cuerpos nos proporcionaba todo el calor que necesitábamos. Estábamos completamente agotados, innegablemente satisfechos.

—Tengo que irme. —La voz de Noah fue un susurro reluctante—. No quiero, pero Stone está tramando algo y no puedo arriesgarme a perder otro día de trabajo antes de que tengamos la reunión con la junta directiva el lunes.

Me enderecé y le di un besito.

—No pasa nada. Lo entiendo.

Me apartó el pelo de los hombros y luego me acunó el rostro para darme otro beso mucho más profundo. Yo hasta gimoteé cuando se apartó.

—¿Cómo lo vamos a hacer para que vuelvas a entrar?

Me encogí de hombros.

—Tú te vas y yo echo la puerta abajo.

—¿Y qué, mujer de Dios, es lo que le vas a decir a Mack cuando te pregunte cómo te has quedado encerrada fuera, vestida con nada más que mi camisa? Que te queda cojonuda, por cierto.

—No te preocupes por mi padre. Puedo manejarlo —le dije. No tenía ni idea de cómo iba a explicárselo, pero ya se me ocurriría algo—. Eh, soy la futura señora Delanie Crawford. Algo de tu ingenio se me tiene que haber pegado, ¿verdad?

Noah se mordió el labio; sus ojos estaban fijos en mi boca.

—Dios... eso suena muy bien.

Me abrazó y luego me robó el aliento con un beso hambriento.

Momentos después, tras mucho convencer a Noah para que levantara el culo del suelo o llegaría tarde al trabajo, me encontré sola en el porche delantero de la casa de mis padres golpeando la puerta con el puño como si me fuera la vida en ello. Tal y como esperé, Mack abrió la puerta aletargado. Abrió los ojos como platos cuando me vio allí de pie.

—¿Lanie? ¿Qué leches estás haciendo fuera bajo la lluvia y en medio de la noche?

Entré y él cerró la puerta justo antes de girarse en busca de una respuesta.

Mi madre apareció en el pasillo; estaba claro la había despertado a ella también.

—¿Qué está pasando aquí? —preguntó y se restregó los ojos.

Allí de pie contra la jamba de la puerta parecía la perfecta imagen de la salud.

—Yo mismo estaba a punto de averiguar la respuesta a esa pregunta —le dijo Mack sin dejar de mirarme ni una sola vez—. ¿Lanie?

Así que les conté la verdad.

—Noah vino y me pidió que me casara con él.

—¿Que qué?

Los ojos de Faye se abrieron como platos de la emoción, y una sonrisa enorme se dibujó en su rostro.

—¿Que qué? —preguntó también mi padre, aunque su voz no sonó ni la mitad de contenta que la de mi madre.

Me giré hacia él y levanté la barbilla con determinación.

—Me pidió que me casara con él, y le dije que sí.

—¡Eso es maravilloso! —gritó mi madre acercándose para abrazarme.

Mack se pasó las manos por la cara, exasperado.

—¿Y cómo leches has acabado tú encerrada fuera bajo la lluvia?

—Bajé por el árbol para llegar hasta él —le dije como si nada.

—Oh, qué romántico.

Mi madre tenía un deje soñador en la voz.

—¡Qué estupidez! —rebatió Mack—. Te podrías haber partido el cuello, jovencita. ¿Dónde está?

—Oh, para el carro, Mack —dijo mi madre, viniendo en mi rescate—. Esta es una noticia fantástica y no voy a dejar que nos la arruines.

Sabía que mi madre nunca tuvo una proposición de matrimonio muy romántica que digamos. Tal y como me contó la historia, Mack la recogió para una cita, se giró para mirarla y le dijo: «¿Quieres pasar por el altar?» Ella le dijo que vale, y él le respondió «Vale, muy bien» antes de volver a girarse para arrancar el coche. Ella no se quejaba, los dos eran así. Igual que la proposición de Noah y mi aceptación fueron tal y como nosotros éramos.

—Vamos a hacernos un café —dijo mi madre arrastrándome hasta la cocina—. Me lo tienes que contar todo.

Mi padre suspiró, resignado, y puso los ojos en blanco.

—Me vuelvo a la cama.

Faye y yo todavía nos encontrábamos sentadas en la cocina cuando la tormenta por fin remitió y el sol sacó la cabecita por el horizonte. Le conté toda la historia, incluso la parte donde hacíamos el amor bajo la fronda de árboles de al lado de casa. Ella escuchó cada palabra con atención cual niña que escuchara el cuento de Papá Noel.

—Déjame ver el anillo —dijo tras levantarme la mano y no ver nada allí.

Me encogí de hombros.

—Fue muy espontáneo. Además, no me hace falta ningún anillo.

—Lanie, es Noah Crawford. Va a asegurarse de que tengas uno.

—Como sea, no me importa. Solo con saber que me quiere ya es suficiente.

Y lo era. Yo nunca había sido ostentosa, pero mi madre tenía razón: Noah se aseguraría de que tuviera un anillo. Solo esperaba que no fuera nada demasiado enorme y que costara un riñón. Por Dios, si hasta podía regalarme un anillo de juguete de los que regalaban con las patatas y a mí me parecería perfecto. Polly y Lexi se pondrían echas una furia por aquello, pero a mí me daría igual.

—Nena —me dijo mi madre con sinceridad al tiempo que me cogía de la mano—, tienes que irte con él. No puedes quedarte aquí.

—Mamá, a él le parece bien —dije, cortándola—. Cuando estés mejor, entonces me iré.

—Ahora escúchame, Delanie Talbot —me dijo con ese tono de voz de madre autoritaria—. Yo estoy bien. De hecho, nunca me he sentido mejor. Ya es hora de que dejes de vivir a expensas mías y de tu padre y de que te vayas a vivir tu propia vida. Ese hombre está loco por ti, y tú estás igual por él. Ve, insisto.

—¿Me estás echando de casa? —le pregunté como indignada.

—Sí —me respondió para seguirme el juego—. Recoge tus cosas y sal de mi puñetera casa.

Ambas compartimos unas risas y nos abrazamos. Estaba toda atolondrada por dentro al saber que por fin Noah y yo podríamos estar juntos sin que nada nos separara. El Chichi también estaba sumamente emocionado ante aquella perspectiva. Él y el Vergazo Prodigioso volverían a reunirse, y lo único que se interponía en su camino hacia la felicidad era la obsesión del Chichi con el culo de Noah. No obstante, yo no tenía duda alguna de que al final solucionarían las cosas para que pudiera tener lo mejor de ambos mundos.

Noah me llamó para avisarme de que había llegado bien y de que iba de camino al trabajo. Decidí no decirle nada sobre lo de volver a casa con él, ni de que les había contado a mis padres lo de nuestro compromiso. Quería ver la expresión de sorpresa en su cara cuando me presentara allí y se lo contara en vivo y en directo.

Llamé a Dez a esa casa de sus padres y levanté a la pedazo de vaga para contarle la buena noticia. Cuando pasaron tres minutos completos en los que no había hecho más que escucharla quejarse por haberla despertado, la corté y le solté las palabras de sopetón.

Y lo primero que me dijo fue:

—¿Y supongo que quieres que sea tu dama de honor?

Me reí de su despreocupación.

—Si no estás muy ocupada, me encantaría.

Dez suspiró.

—Supongo que sí que puedo hacerlo, pero que sepas que habrá, seguro, strippers en la fiesta de matrimonio.

—¿Te refieres a la despedida de soltera?

—Sí, eso también.

Me reí.

—Eh, ¿te hacen descuento por haberte acostado con todos ellos?

—Que te jodan, bonita, y espero que sí. —Se rió conmigo y luego nos pusimos serias—. Me alegro mucho por ti, Lanie. Pero todavía sigo dispuesta a prenderle fuego a sus huevos si la caga.

—Ay, eres adorable. Ahora mueve el culo hasta aquí. Necesito que me lleves hasta Chicago.

—Tienes suerte de que no tengo que ir a trabajar hasta esta noche —soltó enfadada—. Estaré allí en menos de lo que se tarda en decir «polla».

Había acabado de empaquetar mis cosas y de colocarlas junto a la puerta de la calle cuando entré como si nada en la cocina y vi a mi padre sentado allí, almorzando. Levantó la mirada para mirarme con los ojos llenos de tristeza, y luego volvió a centrar su atención en el sándwich.

Sabía que estaba molesto y que se estaba conteniendo la lengua por el bien de mi madre.

—¿Papá? —dije mientras me adentraba en la cocina y me sentaba a su lado.

Él carraspeó y apoyó la espalda sobre el respaldo de la silla; estaba intentando parecer despreocupado.

—¿Qué te pasa, cariño?

—Sabes que voy a estar bien, ¿verdad?

—Deja que te diga lo que sé —me dijo, cruzándose de brazos a la defensiva—. Nada, eso es lo que sé. Te vas a la universidad, el dinero aparece de la nada en nuestra cuenta, tu madre consigue al mejor cirujano del estado, qué digo, del país; te presentas con ese ricachón que tiene más dinero de lo que puede gastar, y así de repente mi niña se va para casarse con él. Joder, si ni siquiera me ha pedido tu mano en matrimonio. Ahora dime tú, Lanie, ¿no tengo nada de lo que preocuparme?

—Tienes que confiar en mí. Ya no soy una niña pequeña. Sé lo que me hago.

Él giró la cabeza para mirar por la ventana y luego volvió a suspirar.

—¿Lo quieres?

Le puse la mano en el hombro y él se volvió para mirarme otra vez.

—Más de lo que nunca creí posible. Y él me quiere también, muchísimo.

El silencio se instaló entre nosotros antes de que él por fin dijera:

—¿Sabes? Cuando te tuve por primera vez en brazos, juré que te protegería y mantendría a salvo de todo lo que este mundo tan cruel tiene que ofrecer. Pero también me prometí no ser tan sobreprotector como para apartarte de la felicidad.

—Noah me hace feliz, papi —declaré, intentando expresar mi sinceridad a través de los ojos—. Me deprimo sin él. Quiero pasar el resto de mi vida queriéndolo y dejando que él me quiera a mí. Pero no puedo ser verdaderamente feliz sin tener tu bendición. Quiero que me lleves de tu brazo al altar y que me entregues a Noah sabiendo que estaré segura con él. Así que, ¿tenemos tu bendición?

Mack bajó la mirada hasta la mesa, cogió una patata y se encogió de hombros.

—Supongo. Pero si se pasa de la raya aunque sea un milímetro, voy a estar respirándole en el cogote —dijo y luego se metió la patata en la boca.

Le arrojé los brazos al cuello y lo abracé con fuerza.

—¡Gracias, papá! Siempre te querré más a ti.

—¡Madre del amor hermoso!

Dez ahogó un grito cuando cruzamos las puertas principales del Loto Escarlata.

—Guau, es… impresionante —dije yo admirando la decoración del vestíbulo—. Al hombre con el que me voy a casar le va muy bien.

—De verdad que te odio ahora mismo —dijo Dez mirándome de par en par y celosa perdida—. Solo acuérdate de que lo que es tuyo es mío.

—Esto no será mío, Dez. —Localicé a Polly y ella nos indicó que nos acercáramos con la mano—. No quiero nada de Noah más que su amor. Y quizá… no, de quizá nada. Y su cuerpo.

—¡Enhorabuena! —gritó Polly cuando llegamos hasta ella y luego me lanzó los brazos al cuello para darme un buen abrazo de oso.

Ofú, que mujer tan fuerte para lo pequeña cosa que era. Supongo que era verdad eso que decían de que las hormigas eran capaces de transportar cincuenta veces su propio peso.

Pensé que Dez le iba a sacar un cuchillo a Polly cuando le hizo lo mismo a ella, pero por suerte Polly fue demasiado rápida. Cuando se apartó, la mujer tenía ese brillo de emoción en los ojos.

—Vamos. Vamos arriba a ver a tu prometido.

Ella nos guió hasta un ascensor y entramos mientras ella pulsaba el botón de la planta en la que se encontraba la oficina de Noah. Durante todo el camino, no paró de preguntarme cosas de la boda; quién iba a prepararla, cuál iba a ser el *catering*, la fecha, y la lista seguía y seguía. Pude ver el agravio en su cara cuando mi respuesta para cada pregunta fue «no lo sé».

—Polly, me ha pedido que me case con él hace unas horas. ¿Cuándo he tenido tiempo para preparar la boda?

—Meh —dijo a la vez que movía la mano con un gesto desdeñoso—. Cielo, yo tenía mi boda planeada desde que tenía, eh, tres años.

No sabía por qué, pero no lo dudaba.

El ascensor repicó para señalar que habíamos llegado a nuestro destino y las puertas se abrieron para que pudiéramos salir. Seguimos a Polly por un pasillo y reparé en que todo el mundo se paraba y se nos quedaba mirando como si estuviéramos en un escaparate. Reconocí algunas de las caras del baile de gala, pero todavía seguían haciéndome sentir ligeramente incómoda.

—¡Eh, esposa mía! ¿Qué estás haciendo aquí? —preguntó Mason, sorprendido, cuando entramos en su oficina. Y luego los ojos casi se le salieron de las órbitas cuando salí de detrás de Polly—. ¡Hostia puta! ¿Qué estás haciendo *tú* aquí?

—Shh —le instó Polly a la vez que le tapaba la boca con la mano—. ¿Está aquí?

Mason asintió solamente porque era todo lo que podía hacer.

—¿Y bien? ¿A qué estás esperando? Ve a por él —me ordenó Polly con un gesto de la cabeza en dirección a la oficina de Noah.

Me acerqué y abrí la puerta. Estaba sentado a su mesa, de espaldas a la puerta y mirando por la ventana como si estuviera a millones de kilómetros de distancia y no allí. Tenía el pelo despeinado y la barba ligeramente más desaliñada que de costumbre. Al parecer su improvisado viajecito a Hillsboro lo había dejado sin tiempo para afeitarse.

Cerré la puerta a mis espaldas.

—¿Te estás arrepintiendo?

Noah se dio la vuelta en la silla con las cejas levantadas y los ojos abiertos como platos.

—Sorpresa —le dije acercándome a él.

—¿Lanie? ¿Qué estás haciendo aquí?

—Supongo que dos pueden jugar a ese juego de las visitas sorpresa —le respondí mientras tomaba asiento sobre su regazo—. Solo que yo no me voy a ir. Me quedo. Mi madre jura y perjura que está bien, y mi padre… bueno, tenemos su bendición.

Sentí su cuerpo relajarse junto al mío, como si cada ápice de tensión provocada por nuestra separación se hubiera desvanecido de repente gracias a mis palabras. Me abrazó con más fuerza cuando me incliné hacia delante y le acaricié la oreja con la nariz.

—Me parece que no te vas a librar de mí —susurré.

Noah me rodeó la cara con las manos, y sus labios casi se tocaban con los míos cuando me dijo:

—Bienvenida a casa, gatita.

Y luego me besó con pasión.

Me fundí con él, en él, a la vez que sus palabras me atravesaban la piel y se convertían en una parte de mí. Había vuelto a donde pertenecía, a los brazos del hombre que me había robado el corazón para siempre. Mi madre se estaba curando, mi padre había vuelto al trabajo, y todo estaba bien en el mundo. Nadie podía irrumpir en nuestra pequeña burbuja de felicidad en la que me encontraba.

—¡Oye, Crawford!

La puerta de la oficina de Noah se abrió, interrumpiendo así nuestro momento de «felices para siempre» mientras una voz que deseaba haber podido olvidar contaminaba nuestro aire puro con su oxígeno repulsivo.

—¿Qué quieres, Stone? ¿Y qué cojones haces entrando de esa forma en mi oficina y sin llamar? —gruñó Noah.

La ira en su voz era más que evidente.

—Oh, guau. ¿Ibais a montároslo aquí? Porque estoy muy seguro de que va contra la política de la empresa. Siempre podemos preguntárselo a la junta directiva el lunes en la reunión para asegurarnos.

Me giré para mirarlo con todo el asco del mundo y él incluso retrocedió un paso.

—¿Vienes a por tu cena, perdedor? —pregunté.

—¡Delanie! —dijo sonriéndome de oreja a oreja como saludo—.

¿Otra vez de paseo por los barrios bajos? ¿Cuándo vas a dejar a Crawford y a darle una oportunidad a la Madre de las Pollas?

Noah intentó lanzarse a su cuello desde la silla, pero me las arreglé para sujetarlo, aunque por los pelos. Por mucho que me hubiera encantado ver cómo Noah le daba una paliza, no merecía la pena perder el Loto Escarlata en favor del segundón de David Stone.

—Pasa de él. No merece la pena. Solo tiene envidia de tu pene.

—Au, eso me ha dolido —se quejó David con la mano sobre el corazón y el labio inferior vuelto en un puchero.

Lo ignoré y me puse de pie de cara a Noah.

—Me voy a casa a deshacer la maleta. Te veré cuando llegues. —Con toda la intención de la que pude hacer acopio para asegurarme de que David supiera quién me estaba llevando a la cama, le di a Noah un beso tan candente que hasta mis propios dedos de los pies se estremecieron—. Te quiero —le dije a Noah y luego me caminé hasta la puerta.

—Muévete —le ordené a David.

Fue lo bastante inteligente como para echarse a un lado, pero no sin regalarme una sonrisa sarcástica.

—Te quiero, amorcito.

Dez, Polly y Mason acababan de volver a entrar en la oficina de este, cada uno con un café recién hecho en la mano.

Mason suspiró cuando vio la espalda de David antes de cerrar la puerta.

—Ah, mierda.

—Espera un segundo. ¿Quién es ese espécimen alto, moreno y… oh-la-la? —preguntó Dez dándole un repaso.

—Es lo que a nosotros nos gusta referirnos como «pedazo de escoria» —respondió Polly.

—No, en serio. ¿Quién es? —preguntó Dez otra vez—. Creo que lo conozco.

—Pues esperemos que no —dije yo—. Es David Stone. Es el dueño de la otra mitad del Loto Escarlata.

—¿Estás segura? Porque me resulta extremadamente familiar.

Mason se sentó en una esquina de su mesa de escritorio y colocó a Polly entre sus piernas.

—No te ofendas, Dez, pero dudo que él ande relacionándose con los mismos círculos que tú.

—Bueno, olvidadlo. No importa —dijo, restándole importancia. Luego se giró hacia mí—. ¿Lista? No tengo mucho más tiempo antes de tener que irme a trabajar.

—Sí, estoy lista —le contesté y luego me despedí de Polly y de Mason. Por supuesto, Polly me prometió pasarse por casa mañana a primera hora de la mañana para empezar con los preparativos de la boda. Me entró un escalofrío de solo pensarlo.

Dez y yo logramos volver a la mansión y, con la ayuda de Samuel, descargamos todas las cosas y las apilamos en el dormitorio de Noah. Poco después Dez se fue para cubrir su turno en el Foreplay, el mercado humano donde Noah y yo nos conocimos por primera vez. Acababa de entrar en la cocina para servirme un vaso de agua fría, cuando sonó el timbre de la puerta. Mientras emprendía el camino de vuelta a la entradita, localicé la bufanda que se había quitado Dez antes.

La cogí porque sabía que era la razón por la que había vuelto y abrí la puerta para dársela.

—Te olvidaste la…

La voz se me apagó cuando me di cuenta de que no era Dez la que había llamado a la puerta.

—Cariño, ya estoy en casa.

Ahí estaba David Stone con una sonrisa falsa estampada en su careto.

—Noah no ha llegado todavía de la oficina.

Intenté cerrarle la puerta en las narices, pero logró meter el brazo dentro y evitó que lo hiciera.

—No estoy aquí para ver a Noah. Estoy aquí para verte a ti.

No tuve más remedio que echarme para atrás cuando se adentró en la casa sin que yo lo invitara.

—No pillas las indirectas, ¿no? —le pregunté, enfurecida por su persistencia—. No quiero tener nada que ver contigo, imbécil.

David siguió avanzando hacia mí hasta que mi espalda chocó contra la pared y me tuvo acorralada. Me enjauló con su cuerpo y me apartó un mechón de pelo de la cara con una de sus grotescas manos a la vez que me sonreía.

—¿Qué quieres, David?

—A ti.

—Bueno, yo a ti no, así que ya te puedes ir.

—Creo que querrás escuchar mi proposición antes de rechazarme tan abiertamente, Lanie.

Me cabreé al escuchar ese tono tan cercano.

—¿Qué acabas de llamarme?

Sonrió con suficiencia, pero se lo vio claramente confuso.

—¿Qué? Te he llamado Lanie.

Eché los hombros hacia atrás y me enderecé todo lo que pude al tiempo que daba un paso decidido hacia adelante seguido de otro.

—Solo permito a aquellos que considero amigos míos que me llamen así. Y tú —le dije golpeándolo con un dedo en el pecho mientras él retrocedía—, no eres amigo mío.

Él me regaló una sonrisa más espeluznante que amable.

—Cariño —canturreó con las manos en alto a modo de rendición—, ¿por qué estamos siempre haciendo la guerra cuando podríamos estar haciendo el amor?

Sacudí la cabeza.

—Chico, de verdad que eres un poco cortito, ¿eh?

—Escúchame —dijo—. No tenemos por qué ser enemigos. Sé lo que vosotras las mujeres queréis en realidad y estoy seguro de que podemos llegar a un acuerdo en el que ambos estemos en lo más alto.

Me crucé de brazos y levanté una ceja.

—Vale —contestó encogiéndose de hombros—. Si prefieres estar tú encima, por mí perfecto.

—Eres asqueroso.

—¿Puedo acabar?

—De verdad que no tengo ningún interés en escuchar nada de lo que tengas que decir.

Caminé hacia la puerta, pero antes de poder abrirla, David apareció allí y apoyó un hombro en ella. Lo miré como si estuviera loco, porque obviamente había perdido el juicio, pero él me dedicó aquella sonrisa de oreja a oreja otra vez.

—Así que este es el trato. Te alías conmigo, pero te quedas por ahora aquí con Crawford como si nada hubiera cambiado. Deja que el imbécil se enamore de ti, y cuando lo tengas comiendo de la palma de tu mano, tú y yo nos hacemos con todo. Tú me ayudas a conseguir el Loto Escarlata, y yo cuidaré de ti durante el resto de tu vida. Nunca volverás a necesitar ni una puñetera cosa. Incluyendo la mejor polla de todos los cincuenta estados.

No pude evitarlo. Me reí. A carcajadas. No creo que David apreciara lo gracioso de la situación tanto como yo porque su cara se contrajo en algo que no parecía siquiera humano.

—¿De qué cojones te estás riendo? —preguntó.

—De ti —le dije, señalándolo y todavía riéndome de él—. Has dicho todo eso con una cara tan seria que es casi como si te creyeras de verdad que abandonaría a Noah por alguien como tú. Pero claro que no puedes creértelo de verdad.

Su expresión cambió otra vez. El ceño fruncido que había tenido antes debido al enfado ahora había sido reemplazado por una deliberada sonrisa de suficiencia.

—Ah, ya lo pillo. Quieres dinero de antemano. Así es como mi socio te pagó, ¿cierto?

Dejé de reírme de golpe. Pude sentir cómo la sangre me abandonaba el rostro, y de repente me quedé paralizada de miedo.

—¿Cuánto me va a costar? ¿Mil? ¿Diez mil? ¿Cien mil? Ah, no, es verdad. El precio de salida es *dos millones de dólares*, ¿verdad? Joder, a ese coño más le vale estar bañado en oro.

Ay, Dios. Lo sabía.

—No sé de qué me estás hablando —le dije, aunque hasta para mis propios oídos la voz no me sonó para nada convincente.

—¿No? —A juzgar por la expresión de su rostro, podía decir sin miedo a equivocarme que sabía con certeza que yo sabía perfectamente de lo que me estaba hablando—. A ver si esto te suena. Noah hizo un viajecito hasta ese club llamado Foreplay y luego entró por la puerta de atrás para asistir a una subasta secreta donde te compró por la friolera de dos millones… para ser su esclava sexual. ¿Te resulta familiar?

Mi cuerpo entero se sacudió con inquietud.

—¿Cómo te has enterado?

David se rió entre dientes.

—Puede que tenga acceso a cierto contrato.

¿Había encontrado el contrato? Pero ¿cómo?

—¿Qué quieres? —le pregunté, preparada para escuchar sus exigencias.

Me rodeó la cintura con un brazo y me pegó contra su cuerpo. Luego se inclinó y me susurró al oído.

—Ya te lo he dicho. Quiero el Loto Escarlata. Y también quiero probar ese coño de oro.

—¡No! —le dije, empujándolo, pero él era demasiado fuerte y no pude hacer que se moviera.

—Ay, ¿por qué eres tan tacaña? Te pagan para eso, ¿no? La diferencia es que yo te ofrezco mucho más que la mísera cantidad que mi socio pagó. Puedes tenerlo todo, incluyéndome a mí. Al menos entonces llegarías a saber lo que es estar con un hombre de verdad —dijo y luego me lamió el cuello desde la clavícula hasta el lóbulo de la oreja—. O haces esto o el barco de Noah se va a pique. Iré a la junta directiva y a los medios y revelaré tu pequeña transacción y él lo perderá todo; la compañía, la dignidad, la fama. Además tus padres sabrán que su hija no es más que una puta. Así que, ¿qué va a ser, Delanie?

Me tocó uno de los pechos y comenzó a tomarse libertades, estrujándolo como si fuera una pelota contra el estrés. Me sentía completamente vulnerable, y estaba acojonada de miedo. Su aliento caliente se extendió por mi piel y comenzó a plantarme besos llenos de baba por todo el cuello.

El corazón me latía con fuerza dentro de la caja torácica y me obligué a pensar en una forma de escapar del aprieto en el que me encontraba. Noah. Quería a mi Noah. Él llegaría pronto a casa y luego…

Entonces caí en la cuenta. David estaba contando precisamente con eso. Quería que Noah entrara y nos viera follando, tal y como había hecho cuando se lo encontró tirándose a Julie. David quería destrozarlo por completo.

Así que las opciones que me quedaban era o bien dejar que consiguiera lo que quería y romperle el corazón a Noah, o rechazarlo y ver cómo perdía la compañía en favor de David Stone sin poder hacer nada, una compañía que sus padres habían construido desde sus cimientos. Noah estaría arruinado y mis padres sabrían lo que había hecho. Pero si Noah entraba y nos veía juntos, podría hacer mucho más daño que lo otro. ¿Podría seguir amándome después de aquello? De una forma u otra, la respuesta parecía no ser sencilla.

Imágenes del rostro de Noah me cruzaron la mente: la expresión de angustia cuando me dijo por primera vez que se había enamorado de mí, el brillo en sus ojos cuando por fin pude decírselo yo a él, la desesperación con la que había estado bajo la lluvia, medio desnudo y pidiéndome que me casara con él. No podía arrancarle el corazón. Me negaba a volver a hacerle pasar por lo que Julie hizo.

Las cosas materiales se podían reemplazar. Noah era lo suficientemente listo y tenía el talento necesario como para volver a empezar de cero. Y en referencia a su caída en sociedad, la gente estaba sedienta de sangre y era implacable con las celebridades, pero en cuanto la siguiente estrella cayera del cielo, su pecado caería en el olvido. Y sí, siempre vería la decepción en los ojos de mis padres cuando se enteraran de que su hija había vendido su cuerpo por dos millones de dólares, pero la pérdida de su respeto era un precio justo que pagar cuando pensaba en la alternativa. Era mucho más difícil arreglar un corazón roto, y Noah no podría soportar otro golpe como este. Le había costado mucho volver a confiar por fin en alguien otra vez y me había depositado en las palmas de las manos todo lo que le quedaba de sí mismo. Ni de coña iba a destruir un regalo tan valioso.

—No —le respondí a David—. Pertenezco a Noah, y solo a Noah. Soy suya.

Sentí cada músculo en el cuerpo de David tensarse mientras procesaba mis palabras. Un leve gruñido salió de su pecho y se apartó para fulminarme con la mirada.

—Te tendré. Lo quieras o no.

Antes de tener la oportunidad de reaccionar siquiera, me agarró la camisa y me la abrió a la fuerza; los botones salieron volando y cayeron desperdigados por el suelo.

—¡No! —grité, y entonces hice acopio de toda la fuerza que tenía en el cuerpo y lo empujé.

Fue suficiente para hacerlo tambalearse hacia atrás y darme espacio para deshacerme de su agarrón. Corrí hacia la puerta, pero David me siguió de cerca. Justo cuando alargué el brazo para agarrar el pomo de la puerta, me cogió del brazo y me apartó de un tirón. El movimiento me envió directa al suelo y me deslicé por la superficie hasta golpearme la cabeza contra la pared.

David se acercó a mí sigilosamente mientras se desabrochaba los pantalones.

Salí en desbandada en un intento de escapar, pero me volvió a atrapar en un nanosegundo. Así que hice lo único que pude: luchar. Si iba a violarme, no se lo iba a poner fácil. Se abalanzó sobre mí y yo saqué el pie y le di una patada en los huevos.

—¡Zorra!

Se dobló, pero la patada no fue suficiente para detenerlo. Con renovada determinación, me agarró de los brazos que no dejaba de sacudir y me inmovilizó contra el suelo. Estaba atrapada bajo su peso, era incapaz de moverme. Acopló las rodillas entre mis muslos y me obligó a abrirlos mientras me toqueteaba los pantalones con torpeza.

—¡Por favor! ¡No! —grité.

Las lágrimas me caían sin parar por las mejillas.

Cerré los ojos para bloquear la espantosa imagen de ese hombre asqueroso encima de mí. Era un puto animal; una bestia jadeante y fiera fuera de control con una resuelta lujuria. El hedor de su sudor me quemaba los orificios nasales y las lágrimas corrían libremente por mi rostro. Su salobridad se filtró por entre mis labios temblorosos. En aquel momento odiaba a David Stone lo suficiente como para querer matarlo.

Sus manos viajaron hasta el botón de mis vaqueros y yo luché para liberarme de su fuerza inflexible. Estaba decidida a no dejar que me tocara.

¡*No* era una puta!

Justo entonces la puerta principal se abrió de golpe.

—¡Suéltala, hijo de puta!

Era la voz de Noah, y sonaba demoníaco, como si estuviera poseído por el propio Satán.

Mi piel desnuda sintió un frío repentino antes de percatarme de que David ya no estaba encima de mí, sino volando por los aires. Su cuerpo se estrelló contra la mesa de la entrada con un enfermizo y a la vez agradable crujido al hacerse astillas la madera bajo su peso.

Noah me miró fugazmente antes de ir a por David y vi la furia arder en sus oscurecidos ojos como dos víboras rojas lamiendo el cielo aterciopelado. Sus hombros subían y bajaban debido a las furiosas respiraciones que daba. Su cuerpo se tensó y se preparó para atacar. Nunca lo había visto actuar de forma tan aterradora.

Caminó sigilosamente hacia el lugar donde David yacía entre los escombros e intentaba recuperar la orientación, pero antes de poder ponerse de pie, Noah llegó a su lado. Lo agarró del cuello de la camisa, echó el puño hacia atrás, y un estridente crujido se hizo eco a través de la habitación cuando descargó el primer puñetazo en la cara de David.

David contraatacó agarrando a Noah y empujándolo lo bastante lejos como para darse tiempo suficiente para ponerse en pie. Tenía sangre en el labio y su rostro estaba hinchado y de un color rojo encendido. Luego lanzó al aire un grito de guerra y corrió con toda su fuerza hacia Noah. Lo enganchó por la cintura y lo estampó contra la pared que tenía detrás.

—¡Noah! —grité mientras me ponía de pie.

Corrí hacia ellos, salté sobre la espalda de David y le envolví el cuello con los brazos para estrangularlo. Tenía que admitir que probablemente no supusiera mucha amenaza para él. David me lo demostró cuando me agarró, me apartó y me tiró de nuevo al suelo.

Era la distracción que Noah necesitaba. Lanzó otro puño y este aterrizó en la caja torácica de David. David se dobló sobre sí mismo y Noah aprovechó la oportunidad para soltarle un gancho en el mentón, que volvió a enviarlo en volandas hacia atrás.

Cuando aterrizó contra el suelo, la cabeza de David cayó hacia un lado y su cuerpo se quedó flácido. Tenía la cara ensangrentada y amoratada, pero eso no impidió que Noah continuara atacándolo. Se sentó a horcajadas sobre él y siguió aporreándolo una y otra vez. Cuando estuvo satisfecho de que a David ya no le quedaran más fuerzas para luchar, sacudió su mano hinchada y se puso de pie mientras miraba a su enemigo con disgusto.

Se giró hacia mí y su rostro se transformó al instante de enfurecido a desgarradoramente preocupado, y entonces se arrodilló a mi lado.

—¿Estás bien, gatita?

Todo el peso de la situación por fin cayó sobre mí y comencé a sollozar sin control. David lo sabía todo, y aun así seguía sin ser suficiente. No, él odiaba tanto a Noah que iba a violarme solo para destruirlo. Iba a *violarme*.

Me agarré con fuerza a la camisa de Noah y tiré de él hacia mí para poder enterrar la cabeza en su pecho.

—Quería que… Y no podía hacerte eso, y luego iba…

—Shh, shh, shh —dijo Noah mientras me mecía en sus brazos—.

Lo sé, gatita. No pasa nada. Ya estoy aquí y no voy a dejar que nadie te haga daño.

Curiosamente, no era el hecho de que casi me violaran lo que me había afectado tanto. Claro que tenía mucho que ver con eso, pero David no había tenido la oportunidad de cumplir su amenaza. Noah me había protegido tal y como me prometió que haría. Lo que más me afectaba era el hecho de que David lo sabía todo y no se pararía ante nada hasta ver a Noah hecho pedazos.

No era miedo por mi propio bienestar lo que me tenía tan inquieta; era miedo por el de Noah.

Vi movimiento por el rabillo del ojo justo antes de que unas pesadas pisadas se dirigieran como locas hasta la puerta. Era David, y estaba huyendo. Noah me soltó e hizo el amago de ir hacia él, pero yo lo detuve.

—¡No, no puedes! —grité agarrándome a él con todas mis fuerzas.

—Está escapándose —dijo Noah a la vez que intentaba hacer que mis manos lo soltaran.

Le cogí la cara y lo obligué a mirarme.

—Lo sabe, Noah. Lo sabe todo.

Y justo así, nuestra pequeña burbuja se rompió.

9

En el fondo me gustas, Dez

Noah

Samuel me acababa de dejar frente a la casa con mi maletín y un ramo de flores en la mano para mi chica. Me quedé mirando, confuso, cuando me percaté de que teníamos visita, y supe al cien por cien que no era Dez. La Viper de David Stone estaba aparcada a plena vista y por un momento mi mente retrocedió hasta el día en que lo encontré follándose por el culo en mi cuarto de baño a la que iba a ser mi prometida.

Todo lo que pude pensar fue: *Por favor, ella no.*

Apreté los nudillos alrededor del ramo de flores hasta que mis sentidos me volvieron a traer de vuelta hasta el hecho de que Lanie no era la puta de Julie y que ella nunca me haría nada de ese calibre.

Aun así, el miedo seguía estando ahí. ¿Había bajado la guardia solo para que me volvieran a joder?

Atormentado por la desolación que se reproducía como un disco de vinilo bajo el brazo fonocaptor de un viejo tocadiscos, me costó la misma vida obligar a mis pies a que avanzaran. Era como si estuvieran atrapados en dos bloques de cemento que hubieran tirado al fondo de un río de aguas turbias, arrebatándoles la libertad necesaria para salir nadando hasta la superficie, dar una bocanada de aire y respirar otra vez. El corazón me estaba dando una puñetera charla motivacional, pero la agonía ante la posibilidad de que Lanie pudiera haber caído bajo el misterioso encantamiento de David eclipsaba la confianza que le había dado con tanta facilidad. ¿Qué cojones veían las mujeres en él?

Un grito proveniente de algún lugar de dentro de la casa me sacó de golpe de mi tren de pensamientos mórbidos.

—¡Zorra!

Era la voz de David, enfurecida y llena de veneno.

El ramo y mi maletín cayeron al suelo al siguiente sonido y los pelos de mi nuca se me pusieron como escarpias.

El grito de Lanie fue una súplica desesperada, y yo me acerqué a la puerta a pasos agigantados. Sin pensármelo dos veces, me lancé contra la puerta. Tenía el cuerpo tan entumecido que ni siquiera sentí el dolor que debería haber sentido en ese frenético intento de llegar hasta ella.

La violenta escena apareció ante mis ojos; ese pedazo de cabrón hijo de puta había lanzado a mi chica al suelo. En la mejilla estaba empezando a salirle un moratón enorme, y estaba claro que una mano igual de grande había aterrizado allí meros segundos antes. Las lágrimas corrían por sus mejillas y tenía los ojos cerrados con fuerza.

¡Le había puesto las manos encima a mi chica!

Una miríada de emociones que pareció tener vida propia se apoderó de mi corazón. Mientras estas cobraban forma, un espectro completo de colores me nubló la vista y me dejó indefenso ante la maníaca bestia que yacía latente en mi interior. Los espantosos verdes se transformaron en empapados azules de terror. La violenta medianoche se convirtió en un enfurecido naranja consumido por el disgusto hasta que mi visión estuvo enardecida por un rojo demoníaco que ardía con la intensidad de la ira. Y entonces todo se volvió negro con la venganza que cada microscópica célula de mi cuerpo necesitaba cobrarse.

—¡Suéltala, hijo de puta!

Apenas registré mi propio movimiento antes de agarrar a David con fuerza y lanzarlo a través de la estancia, lejos de mi chica. Lanie alzó la mirada hasta mí y todo en mi interior me gritó para que le proporcionara el consuelo que sabía que necesitaba, pero la fuerza impulsora de hacer que David pagara por lo que había hecho ganó la batalla.

La furia me consumió hasta que estuve poseído y sin control sobre mi propio cuerpo. Lancé y repartí puñetazos, él me estampó de espaldas contra la pared, y luego Lanie cruzó la habitación y aterrizó sobre la espalda de David. Y cuando se la quitó de encima con un bofetón como si no se tratara más que de un insignificante mosquito, yo di el latigazo cual goma elástica que se hubiera estirado más allá de sus posibilidades. Ya había tenido suficiente de luchar con él como si fuéramos un par de chavales flacuchos forcejeando por conseguir el dominio sobre el otro en el patio de un colegio. Yo quería sangre. Quería seguir propinándole tal paliza hasta que la mínima fuerza que mantenía vivo a esa patética excusa de ser humano se desvaneciera y lo abandonara.

Y casi lo hice. Me tiré encima, y me cerní sobre él tan amenazador como él lo había hecho con mi chica, asestándole puñetazo tras puñetazo en esa asquerosa cara suya. Pude oír cómo se le partían los huesos bajo mis puños, un sonido que encontré muy agradable al oído.

Fue el mismísimo instinto el que me dijo cuándo había ganado. David yacía inerte en el suelo y apenas respiraba. Intenté aliviar a base de sacudidas las descargas de dolor que me recorrían la mano y el brazo, pero me la sudaba muy mucho porque había merecido la pena. Entonces, como si se tratara de una fuerza de gravedad, me giré hacia Lanie. Cada vestigio de ira de repente se disipó cuando vi su rostro.

Me necesitaba y nada me impediría llegar hasta ella.

—¿Estás bien, gatita?

Me arrodillé a su lado y la inspeccioné en busca de otras heridas.

La expresión de su rostro había estado vacía, y ahora, de repente, sus lágrimas caían sin cesar a la vez que reparaba en la gravedad de la situación. Estiró los brazos y se agarró con fuerza a mi camisa antes de esconder la cabeza en mi pecho y de comenzar a sollozar sin control.

—Shh, shh, shh. —Hice todo lo que pude para tranquilizarla mientras la mecía en mis brazos—. Lo sé, gatita. No pasa nada. Ya estoy aquí y no voy a dejar que nadie te haga daño.

Y lo decía de verdad. Con mi último aliento, lo decía de verdad y de corazón.

Nos quedamos sentados allí durante un ratito más, Lanie llorando y abrazándose a mí como si tuviera miedo de que fuera a abandonarla en cualquier momento, y yo haciendo todo lo que podía para consolarla. Le había fallado. Debería haber estado ahí, debería de haberme percatado de alguna manera de las intenciones de David. Sabía que el tío me odiaba, y sabía que intentaría seducirla, pero ¿intentar violarla? Se hizo evidente que nunca había llegado a conocer realmente al hombre al que había considerado mi mejor amigo, y eso me asqueó incluso más.

Escuché a mis espaldas unos pies arrastrándose por el suelo justo antes de que David se acercara a la puerta como alma que llevaba el diablo. Ni de coña iba a dejar que ese hijo de puta saliera de aquí con un mínimo hálito de vida en el cuerpo. Aparté a Lanie e intenté ponerme de pie, pero ella no me soltó.

—¡No, no puedes! —gritó agarrándose desesperadamente a mi camisa e impidiéndome que fuera tras él.

—Está escapándose.

Intenté hacer que me soltara, pero seguía agarrándose a mí.

Fue su fuerte agarre sobre mi cara lo que me obligó a mirarla. Tenía el rímel corrido debido a las lágrimas y los ojos hinchados y bien abiertos, como si estuviera intentando hacerme ver algo que ella sabía, pero que yo no había terminado de entender.

—Lo sabe, Noah. Lo sabe todo.

Me quedé petrificado, tieso como un ciervo que acabara de escuchar un disparo en un bosque tranquilo y silencioso.

—Qué… —La voz se me cortó en la garganta y tuve que aclarármela antes de poder continuar—: ¿Qué es lo que sabe? ¿De qué estás hablando, Lanie?

—Todo. Sabe lo de la subasta, el contrato, lo que pagaste por mí, todo.

Apreté las mandíbulas y respiré hondo por la nariz.

—No me importa. No va a irse de rositas por esto.

Saqué el móvil del bolsillo y empecé a marcar.

—¿A quién estás llamando?

—A la policía.

Ella sacudió la cabeza de un lado a otro toda frenética y colocó la mano sobre el teléfono.

—No, Noah, por favor. Lo perderás todo.

—¡Nada es más importante que tú! ¡Nada! —le espeté, y ella se encogió ante mis palabras. No había querido pagarlo con ella, pero es que estaba furioso de cojones.

La estreché entre mis brazos y la abracé contra mi pecho mientras le acariciaba el pelo y la besaba en la frente una y otra vez.

—Lo siento, lo siento, lo siento —le dije, meciéndola sin parar. Me separé y le acuné el rostro con las manos para intentar hacer que me entendiera—. Lanie, nena, te puso las manos encima…

Lanie me apartó las manos de su cara y me las sujetó sobre su regazo.

—Sé lo que ha hecho, pero no llegó a hacerme daño de verdad porque lo paraste, Noah. Tú lo paraste.

Dios bendito, estaba intentando consolarme.

—Te ha puesto la mano encima, joder, y yo… no puedo. No puedo.

Pude sentir cómo se me encogía el corazón. Bajé la mirada, ya no era capaz de seguir mirando el inocente rostro de la mujer a la que había fallado.

Lanie me hundió sus dedos en el pelo que me crecía en la sien y me levantó el mentón para que tuviera que mirarla de nuevo.

—Tú escúchame, Noah Crawford. Esto no ha sido por tu culpa. No había forma alguna de poder haber sabido lo que iba a hacer, así que no te atrevas a empezar a culparte.

Comencé a protestar, pero ella colocó un dedo sobre mis labios para callarme.

—Estoy bien. Pero si llamamos a la policía, todo el mundo lo sabrá, y mis padres no pueden lidiar con algo así, Noah. Mi madre ha superado un trasplante de corazón. ¿De verdad crees que podrá soportar saber lo que casi me pasa? Y a mi padre lo mataría. Tú perderás la compañía, y mi padre irá a la cárcel. Y eso, sumado a enterarse de lo que hice, hará que seguramente el trasplante de mi madre haya sido para nada. No puedo hacerles esto. No, tenemos que ser inteligentes.

Delanie Talbot nunca cesaba de asombrarme. Incluso tras haber pasado por ese indecible mal rato, todavía seguía pensando en los demás. Nunca había existido una persona más altruista en esta jodida existencia a la que llamábamos vida. No me la merecía.

Y, por supuesto, llevaba razón. Por mucho que me doliera dejar que David se escapara, sabía que teníamos que reagruparnos y pensar en cómo proceder.

—Vale —cedí con un suspiro de impotencia—. Lo haremos a tu manera.

Levanté su mano y le deposité un beso en la palma; estaba feliz de al menos tener esto. Pero cuando intenté separarme, ella se subió a mi regazo, me echó los brazos al cuello y fundió sus labios con los míos. No fue un beso con la intención de ir más allá. Fue solo un beso que expresaba todo el amor que nos profesábamos, un amor que ni siquiera el cobarde de David Stone podía mancillar.

Más tarde esa misma noche nos encontrábamos en la sala recreativa sin prestar mucha atención a la pantalla de la súper carísima tele que reproducía *El señor de los Anillos*. Era consciente de que saberme los diálogos enteros de la película me convertía en un frikazo, pero ¿y qué cojones le importaba a la gente? Me calmaba, aunque no me despejara la mente por completo. Aquello era tarea imposible.

Tenía puestos solo unos pantalones de pijama que guardaba en caso de tener visita en casa, y Lanie se encontraba encaramada en mi regazo, recién duchada, sin nada más que otra de mis camisas blancas encima y oliendo a la esencia del sexo. Aunque el acto en sí no podía haber estado más alejado de mis pensamientos. Bueno, para ser sincero, sí que se me había pasado una o dos veces por la cabeza porque eso era lo que ella provocaba en mí, pero nunca actuaría según esos impulsos.

Por mucho que estuviera intentando actuar como una tía dura, como si lo que le había ocurrido con ese gilipollas no le hubiera afectado ni en lo más mínimo, yo sabía que no era cierto. Pero no iba a presionarla sobre el tema. Si ella quería, hablaría de ello, y yo la escucharía y le ofrecería todo el apoyo que pudiera. Hasta entonces, cualquier contacto que tuviéramos de naturaleza sexual sería solo porque ella lo iniciara.

—¿Y dijo que tenía acceso al contrato? —pregunté.

Todavía seguíamos intentando averiguar qué cojones hacer con el problema que Stone nos había endilgado.

—Sí, pero no lo entiendo —dijo, perdida en sus pensamientos—. Tú rompiste tu copia del contrato, y la mía todavía sigue guardada con mis cosas. ¿Así que de dónde lo ha sacado? ¿Crees que podría haber entrado aquí para hacerle una copia o algo?

—No es probable —respondí, mientras le hacía circulitos de forma casual en su muslo desnudo.

El teléfono sonó a nuestro lado, interrumpiendo nuestro pequeño momento de puesta en común, y yo lo descolgué. Era Dez al otro lado de la línea, pidiéndome que la pusiera en manos libres para poder hablarnos a mí y a Lanie a la vez. Era extraño, pero ya nada parecía normal en nuestras vidas.

—Ya estás. ¿Qué pasa?

—Hola, Lanes —dijo como saludo a Lanie. El soso golpeteo de un contrabajo sonaba de fondo. Debía de haber estado en el trabajo—. Bueno, pues por fin he podido acordarme de dónde había visto a ese hombretón que estuvo hoy en tu oficina.

—Espera un segundo, ¿qué? —pregunté, confundido.

—David. —Lanie respondió por ella—. Vio a David en tu oficina y le sonaba familiar.

Bien, bien. ¿No era eso interesante?

—¿De dónde lo conoces? —preguntó Lanie.

—De aquí, del club —respondió Dez—. De vez en cuando viene cuando hemos cerrado. Lo he visto cuando me he tenido que quedar hasta tarde para limpiar o... eh... para encontrarme con el Señor Perfecto de la noche. Pero eso no importa. Vuestro hombre se cuela por la puerta de atrás y desaparece por la puerta de la oficina de Scott, abajo. Normalmente pasa un buen rato antes de que se vaya, pero siempre lleva consigo una bolsita de polvo blanco cuando sale.

—Cuando dices polvo blanco... ¿te refieres a cocaína? ¿Stone se mete?

No debería haberme sorprendido. Siempre había estado tonteando con drogas recreativas cuando éramos más jóvenes. Aunque siempre creí que eso había sido todo.

Dez resopló.

—El tío está bien metido en el tema. Cada vez que se pedoree seguramente le sale una nube enorme y esponjosa por el culo.

Lanie puso los ojos en blanco aunque Dez no pudiera verla.

—Dez, no creo que funcione así.

—Da igual. Solo lo decía... Y sé que acabas de poner los ojos en blanco, perra.

Lanie se rió. Aquel sonido era como música para mis oídos.

Y luego se me encendió la bombilla como si un rayo me hubiera atravesado.

—Scott.

—¿Qué? —preguntó Lanie, confusa.

—Scott seguro que tiene otra copia del contrato también. A fin de cuentas él fue quien hizo de intermediario. ¡Mierda! —Me tiré de los pelos y eché la cabeza hacia atrás con un gruñido de frustración—. Debería haber sabido que esa rata asquerosa haría algo así. A él solo le importan los beneficios. Estoy seguro de que si David le hubiera sacado un buen fajo de billetes, le habría dado la copia del contrato en un santiamén. Yo no tenía ni idea de que se conocieran siquiera.

—¡Agh, cuánto lo odio!

Las palabras salieron de la boca de Lanie.

—Esto... ¿hola? —dijo Dez, recordándonos que todavía seguía al teléfono—. ¿De qué coño estáis hablando?

Miré a Lanie e inspeccioné su rostro para ver si quería que me inventara algo. No se me había ocurrido que ella y yo todavía seguíamos siendo los únicos que sabíamos lo que había acontecido antes ese mismo día.

Sin dejar de mirarme a los ojos, Lanie levantó la barbilla con calmada resolución y habló:

—David Stone sabe lo del contrato entre Noah y yo. Me lo dejó bastante claro cuando se presentó aquí hoy e intentó hacer que cabalgara hacia el horizonte con él tras ayudarle a quitarle a Noah todo lo que tiene.

Dez ahogó un grito al otro lado de la línea.

—Oh, y aún es peor. Cuando rechacé sus insinuaciones y le di un rodillazo en los huevos por llamarme puta, decidió que sería buena idea ponerse intransigente conmigo.

—*¿Que hizo qué?* —La voz de Dez sonó estridente y conmocionada—. ¡Ese hijo de la grandísima puta! Te juro por Dios que voy a arrancarle los huevos con mis propias manos y se los voy a meter a la fuerza en la garganta. Y luego voy a presentarle a mi amigo Chávez, un mexicano enorme y fornido que ha pasado una temporadita en Oswald State, alias Oz, y no tiene escrúpulos ninguno en follarse el culo de otro tío solo por diversión. He oído que Chávez ha comido tantos chiles Naga Viper que su semen es literalmente ácido líquido. Puede que sea la reencarnación de Belcebú, pero siempre se ha portado bien conmigo y estoy segura de que puedo conseguir que me haga un favor. Claro que eso significaría que le debería una, pero por ti…

—Dez, para —dijo Lanie. Yo personalmente pensaba que Dez había dado en el clavo y quería que pusiera las manecillas de su plan en movimiento, pero Lanie al parecer no estaba de acuerdo—. Lo primero, Oz no es un sitio real. Es una serie de televisión. Lo segundo, no vamos a rebajarnos a su nivel. Tenemos que encontrar la forma de proceder, así que necesito que te pongas seria y te centres.

—¿Pensabas que estaba de coña? —preguntó Dez, pero Lanie la ignoró.

—Espera un segundo —dije mientras sumaba dos más dos—. Stone dijo que tenía acceso al contrato, ¿verdad? No que lo tuviera realmente.

—Sí, ¿y…?

La respuesta era simple. El dinero mandaba.

—Le haré una visita a Scott y le ofreceré más dinero de lo que David estaba dispuesto a pagar por él. Entonces no tendrá pruebas. Podremos hundirlo hasta lo más hondo.

—Odio tener que reventarte la pompa, pero eso no va a funcionar —interrumpió Dez.

—¿Por qué no?

Me había molestado un poco ese comentario tan brusco.

—Piensa lo que quieras de Scott, pero es un hombre de negocios inteligente. Creías que lo tenías fichado cuando dijiste que para él lo importante solo son los beneficios, pero piénsalo. Venderte el contrato a ti no tiene sentido en su negocio. Se estaría deshaciendo de la única ventaja que tiene para asegurarse de que no te vas de la lengua y te chivas de un negocio que prospera porque la discreción es absoluta. Jamás te dará ese contrato. No obstante, me da a mí que tampoco se lo va a dar a David.

—No te ofendas, pero no creo que quiera dejar el futuro del Loto Escarlata en manos de una corazonada —le dije.

—Noah, ponte en el pellejo de Scott. —Dez casi sonaba condescendiente—. Si se extiende por ahí el rumor de que ha dejado que un contrato confidencial se filtre, no solo perdería el negocio en una gigantesca redada, sino que nadie volvería a confiar en él para una transacción de esas características. Eso sin mencionar que a saber cuántas amenazas le caerían al hombre solo porque hay un posible riesgo de que filtre identidades para poder negociar con los federales. Estuviste allí, Crawford. Viste con qué gente trata. Son unos cabrones despiadados. ¿Tú lo arriesgarías todo?

Tenía razón. Mucha razón, en realidad.

—Entonces, ¿crees que David está planeando hacerle una copia al contrato? —preguntó Lanie.

—No estoy segura, pero si tuviera que decir algo, diría que está planeando robarlo.

—Vale, entonces vamos a tener que hacerlo antes que él —dije, apretándole triunfante el muslo a Lanie cuando esta me sonrió.

—Tú no —dijo Dez. En serio, me estaba poniendo de mala leche el modo en que siempre me paraba los pies—. Si entras allí, Scott va a saber que algo pasa. Yo lo haré, pero no puedo hacerlo sola. Lanie, prepárate y reúnete conmigo en el Foreplay cuando cierre. Yo te dejaré entrar.

—¡Ni de coña! —protesté—. No voy a dejar que lo haga, Dez. Se nos tendrá que ocurrir otra forma.

Lanie me obligó a girar la cabeza hacia ella y se inclinó hacia adelante. Tenía los tres primeros botones de la camisa que llevaba puesta —mi camisa— abiertos, y sus pechos me tentaban como una zanahoria colgada delante de los morros de un caballo. Cuando me levantó la barbilla, sus labios se cernieron sobre los míos y me tentaron con la dulzura de su aliento.

—Noah, no hay otra forma. Tenemos que hacerlo. Me colaré sin hacer ruido, Dez y yo cogeremos el contrato en cuanto Scott se vaya y volveré a tu cama antes de que te des cuenta de que no estoy.

—¿Y si intenta…? —empecé, pero me tuve que callar cuando Lanie introdujo su lengua en mi boca para acariciar ligeramente la mía antes de apartarse.

—Él ni siquiera estará allí. Además, Dez me mantendrá a salvo.

Estaba bajo el embrujo de Lanie. Cerré la pequeña distancia que separaba nuestros labios para tirar del inferior suyo con mis dientes.

—¿Sana y salva? —pregunté; mi voz cada vez sonaba menos como si yo fuera el hombre dominante en la ecuación.

Ella se pegó incluso más a mí y movió el culo para que estuviera justo encima de mi polla.

—Sana y salva. Te lo prometo.

Joder, esta mujer sabía cómo ablandarme.

Lanie colocó una mano sobre la mía en su muslo y poco a poco comenzó a moverla sobre su piel hasta estar debajo de la bastilla de su camisa. En algún recoveco de mi mente sabía que debería detenerla, pero todo se fue al carajo cuando siguió moviendo mi mano hasta que mis dedos pudieron vislumbrar los suaves pliegues entre sus piernas.

—Te llamo cuando vaya de camino, Dez —dijo y luego se echó hacia adelante y pulsó el botón de colgar para cortar la llamada.

No hubo más discusión. Ella había ganado.

Le aparté el pelo con la nariz y luego acaricié su cuello, mientras succionaba y mordía ligeramente la piel de allí. Lanie abrió sus muslos y volvió a colocar la mano sobre la mía, antes de instarme a acercarme más y a deslizar los dedos entre sus labios húmedos.

—No deberíamos hacer esto —le dije contra su piel, pero no dejé de acariciarla con la nariz ni tampoco aparté la mano porque era un hombre y mi genética no me lo permitía. Lanie era adictiva.

—¿Me negarías lo que quiero?

Su mano abandonó la mía y abrió otro botón de la camisa hasta que pudo tirar de ella hacia un lado para dejar a la vista uno de sus perfectos senos. Luego tiró de mi cabeza hacia su pecho.

—Nunca.

Acepté su ofrenda y lamí el pezón enhiesto antes de succionarlo con la boca entera.

—Hazme olvidar, Noah. Declárame tuya y borra el recuerdo. Solo quiero recordar tus caricias.

Ella necesitaba esto, me necesitaba a mí. Y yo no le iba a negar nada.

Lanie volvió a poner la mano encima de la mía y arqueó la espalda, que hizo que acercara aún más su pecho a mi boca, mientras introducía nuestros dedos en su interior. Gimió y yo sentí cómo mi verga se sacudía ante aquel sonido.

Chupé con fuerza su pezón suculento; nunca obtenía suficiente. Esa mujer me hacía cosas por dentro, me hacía perder todo el autocontrol que luchaba por mantener. Su coño estaba muy húmedo y apretado alrededor de nuestros dedos; suave, como la seda líquida.

Nos empujó más adentro y me movió el dedo de manera que siguiera acariciándola por dentro mientras la palma de mi mano le masajeaba el clítoris. Juntos estábamos borrando la blasfemia. Así era como se supone que tenía que ser entre un hombre y una mujer.

—Te quiero dentro de mí, Noah.

Le solté el pezón y lo besé suavemente una vez más antes de murmurar contra su piel:

—Ponte de pie, gatita.

Ella lo hizo y dejó que tanto mi dedo como el de ella se deslizaran fuera de su cuerpo, aunque soltó un quejido insatisfecho. Le sonreí, me encantaba lo insatisfecha que estaba. Levanté las caderas y me bajé los pantalones antes de apartarlos de una patada.

Cuando me volví a sentar, me cogí el miembro con la mano.

—¿Esto es lo que quieres?

El pelo le cayó sobre la cara cuando bajó la mirada hacia mi regazo y se mordió el labio inferior mientras observaba mi polla con avidez. Ella simplemente asintió y luego se sentó a horcajadas sobre mí a la vez que me agarraba la verga y se la colocaba en su abertura antes de hundirse en ella.

Me llevó unas cuantas maniobras y un par de caricias llegar a estar completamente enterrado en ella, pero le puse las manos en las caderas y ambos lo logramos juntos. Cuando se inclinó para besarme, movió una mano hacia un lado, encontró un interruptor y encendió el mecanismo de masaje de la butaca. Gemí al sentir la vibración bajo mis testículos. Esa sensación, unida al roce de los pezones de Lanie contra mi pecho, su beso seductor y su caliente coño apretado alrededor de mi polla, fue casi demasiado para que un hombre lo pudiera soportar. Pero sí que lo hice. Era una tortura bastante deliciosa.

—Te quiero, Noah —susurró contra mis labios.

—Ni la mitad de lo mucho que te quiero yo a ti —le respondí.

No tenía forma de saber si eso era verdad, pero encontraba muy difícil de creer que una persona pudiera querer a otra tanto como yo la quería a ella.

Ella movió sus caderas contra mí en busca de esa fricción contra su clítoris. Sus pechos se encontraban justo frente a mí, provocándome, así que los junté y me metí los dos pezones a la vez en la boca. Lanie me tiró del pelo y me cabalgó con fuerza, justo como a mí me gustaba. Fue cuando le arañé con los dientes los endurecidos brotes de sus pechos que ella dejó caer la cabeza hacia adelante y ralentizó los movimientos.

—Es muy sexy. Joder… qué gusto —gimió mientras movía las caderas con más resolución y se agarraba al respaldo de la butaca.

Lanie solo utilizaba la palabra «joder» cuando estaba enfadada o cuando algo que le había hecho yo era particularmente placentero para ella. Naturalmente, a mí me encantaba oírselo decir.

Se movía adelante y atrás sobre mí, ordeñándome para su propio placer y devolviéndomelo multiplicado por diez. Estaba a punto de perder la puta cabeza, pero me las apañé para mantener a raya mi orgasmo para que ella pudiera llegar al suyo primero.

Fui recompensado por mis esfuerzos cuando sentí las paredes de su coño contraerse todavía más alrededor de mi polla y ella comenzó a moverse a un ritmo deliberado. Lanie tenía los labios abiertos y los ojos cerrados mientras se concentraba en la sensación. Ya casi estaba ahí, a punto de entrar en combustión, pero necesitaba más. Conocía su cuerpo mejor que el mío propio, así que pude leer las señales. Necesitaba que el hombre al que se estaba entregando por voluntad propia tomara las riendas y la hiciera suya.

—Dámelo, mujer —la animé—. Córrete en mi polla.

La agarré de los dos cachetes de su perfecto y redondeado culo y la impulsé arriba y abajo con fuerza. La obligué a arquear las caderas hacia adelante antes de volverlo hacer una y otra y otra y otra vez. Podía oír cómo sus dedos se hundían en mi pelo a cada lado de mi cabeza, y luego su cabeza cayó hacia atrás y su cuerpo se sacudió al mismo tiempo que gritaba mi puto nombre con el orgasmo.

Yo no desperdicié ni un segundo. Había algo que había querido hacer con ella desde el primer día que la encontré en mi sala recreativa en medio del caos que montó con el maldito control remoto. Le pasé un brazo por alrededor de la cintura y me levanté de la butaca antes de llevarla en brazos hasta la mesa de billar. Ella continuó moviendo su cuerpo entre mis brazos con descaro, todavía alimentando su orgasmo, y la distracción casi logra que me fuera imposible andar, pero me las apañe para llegar con ella hasta allí.

Con mi otro brazo aparté las bolas de billar de nuestro camino y la tumbé encima sin salirme de ese pequeño pedacito de cielo en el proceso. Una vez que estuvo a salvo, tiré de sus caderas hasta el filo, le eché las rodillas hacia atrás y la abrí bien; tenía una pierna en cada mano. Y entonces la embestí con fuerza.

—¡Ah, joder! —gritó, y yo me quedé parado mientras me golpeaba mentalmente en el trasero por ser tan brusco con ella, especialmente después del mal rato por el que había pasado antes.

—Mierda, lo siento, gatita. Ha… sido sin querer.

Ninguna disculpa iba a compensarla por lo que había hecho.

—No, es un buen *joder* —dijo, respirando con pesadez—. Te lo prometo, estoy bien. Mejor que bien, en realidad. Eso ha sido increíble. Es lo que necesito, Noah. No te contengas. Por favor.

Me quedé tan pasmado como aliviado.

—Bueno, en ese caso, es mejor que te agarres a algo porque se va a poner mucho mejor.

Lanie colocó los brazos a ambos costados de su cuerpo y buscó el borde de la mesa de billar para agarrarse como si le fuera la vida en ello. Yo la agarré de las caderas una vez que estuvo bien sujeta y dejé que sus piernas se enroscaran cada una por uno de mis brazos. Luego me eché hacia atrás antes de volver a arremeter contra ella. Esa prueba me confirmó que todo iba bien, así que me solté y me moví contra ella con una fuerza y una velocidad que me dejó jadeante.

Sus pechos rebotaron adelante y atrás con cada acometida y mis huevos se estrellaron contra su trasero con cada incesante estocada de mi polla. Me hundí más y más en ella. Lanie comenzó a gritar bastante mientras movía la cabeza de un lado a otro. Pude sentir el sudor filtrarse por la piel de mi frente, pero yo continué follándomela con un peligroso abandono.

Y luego bajé la mirada hasta donde nos encontrábamos unidos y observé cómo mi polla se deslizaba dentro y fuera de su coño apretado.

—Joder, mujer. —Gruñí, incapaz de apartar la mirada—. Tu coño es tan… jodidamente… *mío*.

Mis caderas se estrellaron contra ella una y otra vez, más y más fuerte, más y más profundo. Mi verga gruesa le abría su entrada prieta y era la imagen más erótica que hubiera visto nunca. Las venas de mi polla iban súper cargadas de sangre palpitante, y la piel que estaba envuelta en su humedad, la sección que había estado dentro de la firme sujeción de su coño, estaba coloreada de un fuerte rosa debido a la fricción.

Todo lo que había estado creciendo en mi interior explotó y cerré los ojos con fuerza ante la increíble sensación del orgasmo. Gruñí y sentí mi polla palpitar y latir dentro de ella. Choqué mis caderas una última vez contra ella y me corrí; derramé mi semilla dentro de la mujer por la que haría cualquier puta cosa.

Una vez le di a Lanie todo lo que tenía para dar, me retiré de su cuerpo y aflojé la sujeción que tenía sobre sus caderas. Fue entonces cuando me di cuenta de lo fuerte que me había estado agarrando.

—Mierda, lo siento. Eso probablemente se ponga feo luego.

Me incliné hacia delante y deposité besos pequeñitos en cada marca como si pudiera de verdad besarlas y hacer que se curaran.

Los dedos de Lanie se fueron hasta mi pelo y apoyé la cabeza sobre su pecho para escuchar el latido de su corazón. Para mi sorpresa, descubrí que el mío estaba sincronizado al suyo. Por muy cursi que sonara, nos habíamos convertido en uno. Y supe que era verdad: pasara lo que pasase con David Stone o con el enorme fiasco del contrato, nada se interpondría entre nosotros.

Lo decía de verdad cuando dije que haría cualquier puta cosa por ella. Aunque tuviera que sacrificarlo todo, aunque tuviera que dejar que me humillaran en público y llevármela hasta una cabaña desierta en Alaska para que no tuviera que soportar la vergüenza de que todo el mundo supiera lo que había hecho para salvar la vida de su madre. Lo haría.

Porque nada importaba más que ella.

10

Misión: Imposible

David

Mierda.

Observé mi reflejo en el espejo del cuarto de baño. Mi preciosa cara tenía un aspecto deforme, pero al menos me las había arreglado para limpiarme la sangre y vendarme las heridas abiertas.

No llamarían a la poli. Estaba seguro de ello. Tendrían que exponerse ellos también en el proceso y estaba seguro de cojones que la prostitución y estar metido en el negocio de esclavos humanos acarreaban una pena mucho mayor a la larga de lo que yo casi había hecho.

Aunque supuestamente la situación no tendría que haber terminado así.

Lo había planeado a la perfección, o eso pensaba. Paso uno: hacerle mi proposición a la puta, amenazarla con sacar a la luz su sórdido *affaire* y contar con su tendencia natural de cazafortunas para sellar el trato. Paso dos, mi favorito: follármela por detrás, hacerle saber lo que se estaba perdiendo al faltarle el respeto a la Madre de las Pollas y dejarla suplicándome por más, todo mientras esperaba a que Crawford entrara y nos pillara en el acto. Y luego el no va más: sentarme y relajarme mientras observaba a mi némesis ponerse todo autodestructivo al descubrir que había hecho mía otra de sus preciadas posesiones.

Pero me había salido el tiro por la culata. Delanie no aceptó mi oferta, lo que significaba que Crawford no iba a vernos follar. No me habría imaginado que habría un altercado físico de verdad, aunque no es que lamentara haberle pegado a la zorra. Necesitaba aprender que este era un mundo de hombres y que haría bien en quedarse en su lugar. Pero entonces Noah entró y me lo jodió todo.

—Cabronazo.

Me mofé frente al espejo antes de adentrarme en mi oficina y servirme una copa bien cargada.

Removí el oscuro líquido color ámbar, me dirigí hacia la ventana y miré a la ciudad. Mi ciudad. Yo era su puto dueño, o lo sería.

Hice un gesto de dolor cuando di un sorbo y el vaso hizo contacto con mi labio roto. Una gota de alcohol aterrizó justo en el corte y, para colmo, me escoció como su puta madre.

—¡Joder! —rugí y lancé el vaso contra la pared más cercana.

Este se hizo añicos y coloreó la pintura blanca con gotitas de whisky mientras los diminutos trocitos de cristal llovieron sobre el suelo.

Maldije entre dientes y decidí dejarlo así para los empleados encargados de la limpieza, luego me volví a girar hacia la ventana.

Lo que había ocurrido antes fue el resultado de un plan muy poco pensado por mi parte. Debería haberme concedido un poco más de tiempo con ella. No es que él no hubiera querido darme una patada en el culo aunque ella hubiera sido una participante bien dispuesta. Pero si ese hubiera sido el caso, su puño no habría podido soltar tantos puñetazos. Era muchísimo más fácil lidiar con un orgullo herido y un corazón roto, que con un hombre con complejo de superhéroe y comportándose igual de violento que Rambo al defender su territorio.

No importaba, yo todavía seguía teniendo el poder. O al menos lo haría antes de que acabara la noche.

No tenía que follarme a su chica para destruirlo. Lo conseguiría igualmente con lo que tenía planeado revelarle a la junta directiva en la reunión del lunes. Pero sí que tenía algo que demostrar. ¿Cuántas veces había intentado hacerle entender al gilipollas que las mujeres solo buscaban una única cosa? Dinero. Simple y llanamente. Todas y cada una de ellas eran unas zorronas cazafortunas.

Bueno, vale, quizá sí que hubiera otra cosa que buscaran también: pollas. También les gustaba eso.

Cuando los dos éramos un par de jóvenes gamberros, había intentado grabarle mi teoría en la sesera con putas, sobre todo porque quería que estuviera libre para salir conmigo los fines de semana, o simplemente cuando necesitara un compinche, aunque sí que creía que lo que decía era cierto. Había visto a mi padre cambiar de esposa casi tanto como de corte de pelo. Y todas y cada una de ellas se marchaban poseyendo una pequeña parte de su fortuna. Una fortuna que debería haberme pertenecido a mí por derecho.

Cuando nos volvimos adultos, era todavía más importante para mi socio estar centrado. Necesitaba que la cabeza de Crawford estuviera en el juego si íbamos a hacer que la compañía de nuestros padres llegara hasta alturas que los viejos no podían imaginarse siquiera. Si estaba enamorado de una mujer, una puta ramera, estaría demasiado distraído como para dar lo mejor de sí, y no estaba refiriéndome a sus habilidades en la cama.

Ir detrás de tías solo por el hecho de follar era una cosa. Permitir ser un calzonazos era otra completamente distinta.

Crawford no me había escuchado. Justo cuando acabó la universidad y sus padres murieron, heredó la mitad de la compañía y ya tuvo a una preciosa mujer colgada del brazo, y yo me quedé más que olvidado. Y no solo por mi supuesto mejor amigo. Mi padre había mirado a Noah con tanto orgullo y adoración que casi podía tocarlos.

Él nunca me había mirado a mí de esa forma.

Noah Crawford era una estrella en alza, tenía todo lo que yo no poseería jamás, y ya estaba cansado de vivir a su puta sombra.

¿Por qué no puedes ser más como Noah, David?

La voz de mi padre estaba grabada en mis oídos, un recuerdo constante de que yo nunca llegaría a cumplir sus expectativas. Cometí errores; era joven, y me gustaba salir de fiesta. Pero esos errores para él fueron inaceptables.

Mi viejo era débil, en mi opinión. Compartía su compañía con esos jodidos Crawford cuando podría haber conseguido para sí todo el éxito del Loto Escarlata. Esos Crawford tan santos y su: «Donemos una buena parte de nuestros beneficios a organizaciones benéficas, ayudemos a la comunidad, hagamos algo bueno con las bendiciones que nos han concedido».

Bleh. Aquello no eran bendiciones. Era trabajo duro; la sangre, el sudor y las lágrimas de mi padre. Pero él nunca lo vio así. En realidad, creo que en secreto estaba enamorado de Elizabeth Crawford. Había visto el modo en que se le iluminaba la cara siempre que esta entraba en la habitación. La zorra lo tenía bien comiendo de la palma de su mano. Él habría hecho cualquier cosa que ella le hubiera pedido aunque nunca hubiera podido tenerla para sí.

Lo cual demostraba lo que había dicho sobre el efecto que las mujeres tenían en los hombres. Y mi padre no se la había estado tirando siquiera.

Hablando de tirarse a gente... Tenía una cita.

Me desabroché otro botón de la camisa para enseñar más de mi bronceado pecho de hierro —porque era como me gustaba— y luego cogí las llaves. Se me estaba haciendo tarde. Scott cerraría el chiringuito pronto y me estaría esperando con un buen coño y una generosa cantidad de polvo de hadas. Joder, necesitaba otra dosis de aquello. De ambos.

Y luego iba a cogerle prestado esa pequeña pepita de oro que sabía que guardaba en la oficina. No era más que tinta y papel para él, pero para mí, era el futuro de Stone Enterprises.

Lanie

El agua caliente envolvía nuestros cuerpos desnudos mientras holgazaneábamos en la bañera exageradamente grande. Los fuertes brazos de Noah me tenían encerrada y yo cerré los ojos para experimentar la sensación que la esponja de lufa me provocaba sobre mis pechos expuestos, que era donde Noah la estaba moviendo. Mis pezones habían estado en un constante estado de excitación desde que puse un pie en esa casa.

Era gracioso que hubiera querido odiarlo tanto por aquel entonces. Y ahí estaba ahora, irremediablemente enamorada del hombre que me había comprado con el único propósito de hacerme todo lo que quisiera cuando y como a él le diera la gana.

El dicho era cierto: a veces es cuando dejamos de buscar el amor cuando el amor nos encuentra a nosotros. Y normalmente es la persona que menos sospechamos la que consigue atrapar nuestro corazón y volver nuestra vida del revés.

El Chichi se apuntaba ahora mismo a que el Vergazo Prodigioso lo volviera del revés. O, ya que estaba, a que le diera la vuelta y lo hiciera subir y bajar. Pícaro insaciable.

Como si hubiera escuchado su petición, la mano libre de Noah deambuló por mi costado y por mi abdomen hasta que sus largos y grandes dedos pudieron hurgar entre los pliegues hinchados que tenía en el ápex de mis muslos para saludarlo como era debido. Su delicioso aliento vagó por mi cuello antes de que su boca, caliente y húmeda, ocupara su lugar.

La lengua de Noah era pecaminosamente prodigiosa, y sus labios habían sido bendecidos con la habilidad de poner todos mis sentidos en alerta. Sus dientes me arañaron la piel a modo de provocación y yo levanté el brazo para envolverlo alrededor de su cuello. La esponja de lufa se cayó al agua y Noah me agarró el pecho a la vez que sus dedos me tiraban y me giraban suavemente el pezón. Pude sentir su dureza pegada contra mi lumbar mientras los dedos entre mis piernas exploraban cada terminación nerviosa que tuvieran al alcance. La deliciosa presión de sus labios, de su lengua y de sus dientes contra el hueco de mi cuello aunó fuerzas con los suaves gemidos en mi oído y me volvieron loca de deseo.

—Noah.

Mi voz sonó más como una súplica jadeante.

Él no titubeó con sus manipulaciones.

—Dime lo que quieres, gatita.

El Chichi sacó lápiz y papel y empezó a escribir una lista, pero yo lo ignoré. Ya habría tiempo luego para que lo venerara de todas las formas que se le ocurrieran. Ahora quería hacer algo por él.

—A ti. —Me giré en sus brazos—. Quiero saborearte.

Noah gimió cuando logré ponerme a cuatro patas entre sus piernas y lo observé de forma sugerente mientras me relamía los labios. El agua de la bañera se balanceó con mis movimientos y chapoteó contra su tableta de chocolate.

—Que no se diga que te niego nada.

Usó la fuerza bruta de sus brazos para alzarse hasta estar sentado en el borde. El agua chorreó por su cuerpo a la vez que se agarró la polla con una mano y comenzó a acariciársela para provocarme. Extendió el otro brazo en mi dirección a modo de invitación.

—Ven, Lanie, hazme una mamada.

Su voz me recordó a mi primera noche allí, la noche en la que había estado sentado en el sofá, completamente desnudo, mientras se fumaba un cigarro. Los pelos se me pusieron como escarpias al recordarlo y un patético y lascivo gimoteo se me escapó de los labios al mismo tiempo que me acercaba hasta él. Cuando estuve a su alcance, él enterró la mano en mi pelo y me guió hasta la enorme extremidad con la que Noah tan cortésmente me apuntaba a la boca.

Su mano se agarró la base de su verga con fuerza y un gemido sensual se escapó de su garganta cuando la acogí en mi boca. Le hice círculos en la punta con la lengua antes de metérmela dentro de mi ansiosa caverna todo lo que fui capaz. Mis labios se extendieron a su alrededor cuando me acercó la cabeza más todavía. Formó un puño con la mano que me tenía agarrada del pelo y me impulsó ligeramente la cabeza hacia adelante y hacia atrás, una y otra vez. Cuando levantó un pie por el lateral de la bañera y apoyó la espalda contra la pared para observarme mientras se la mamaba, de golpe me volví toda una exhibicionista.

Lo solté temporalmente y hundí la cabeza entre sus piernas. Sin dejar de mirarle a la cara, le lamí los huevos y me los metí uno a uno en la boca para succionárselos.

—Mierda —gimió, y luego abrió la boca y su pecho comenzó a subir y bajar más rápido.

Mi lengua dejó un rastro desde el hueco de sus huevos donde tenía los dedos hasta la punta de su largo miembro. Noah me empujó la cabeza con más brusquedad y pude sentir la corona de su polla pegar contra la pared de mi garganta. Mis dientes arañaron ligeramente su piel suave cuando se retiró y luego volvió a hundirse en mi garganta otra vez. Sus ojos estaban fijos en mis labios y comencé a menear la cabeza para acogerlo bien adentro. Tragué y relajé la garganta para poder meterlo más adentro todavía, y gemí alrededor de ese trozo de carne que tenía en la boca como si fuera lo más delicioso que hubiera probado nunca. Porque lo era.

—Joder. —Su voz era casi un susurro; un susurro ronco y descontrolado—. No tienes ni idea de lo preciosa que estás cuando me chupas la polla. Más fuerte, gatita. Chúpamela más fuerte.

Lo succioné tanto que mis mejillas se ahuecaron. Tanto que no habrías sido capaz de convencerme de que su polla no sería más que un chupetón gigante para cuando hubiera acabado. Noah gimió y los músculos de sus brazos, pecho y abdomen se contrajeron. Lo mamé más rápido, con más fuerza y a más profundidad mientras él me observaba con embelesada fascinación.

Podría haber muerto como una mujer feliz con su polla en la boca. Muerte por pollaestrangulación.

Él gimió mi nombre y luego su rostro se retorció.

—Para, mujer. Para.

Yo seguí.

—No… joder… —Él gruñó y me acunó el rostro con las manos para obligarme a soltar su miembro viril—. Quiero estar dentro de ti cuando me corra. —Estaba sin aliento, se le marcaban las venas del cuello y las pupilas se le dilataron—. Date la vuelta y sujétate al borde.

Me uní mentalmente al Chichi en sus acrobacias de animadora en la banda cuando descubrimos que también iba a tener oportunidad de jugar.

Me giré y extendí las piernas para que él pudiera colocarse entre ellas cómodamente, y puede que también arqueara la espalda, además. Cuando sentí su aliento en la nuca, su pecho se pegó a mi espalda, y su polla a mi hendidura, y casi me corrí en el sitio.

Su boca estaba cerca de mi oído y sentí la punta de su verga deslizarse entre mis labios, provocándome, sin llenarme con lo que tan desesperadamente necesitaba. Moví las caderas en un intento de alinear mi entrada con su polla, pero él se apartó y yo solté un lloriqueo ante la pérdida de contacto.

Su aliento me acarició el hélix de la oreja con una voz profunda y amenazadora, pero no pude temerlo.

—¿Qué agujero quieres que use, Lanie? ¿Este? —preguntó, moviendo la cabeza de polla sobre mi sexo—. ¿O este?

Deslizó la punta por encima de mi ano y presionó ligeramente.

—El que tú quieras. Al igual que tú no me niegas nada, yo tampoco te lo niego a ti.

La última experiencia que había tenido con la entrada de atrás había sido incómoda, incluso dolorosa al principio, pero aun así quería volverlo a intentar. Y sí que había dicho que quería hacer algo por él, así que si él quería follarme el culo, dejaría que lo hiciera.

Noah se rió entre dientes junto a mi oído y, aunque no pude ver su sonrisa condescendiente, supe que estaba ahí.

—¿Ah, sí? Qué valiente, Lanie. Qué altruista. Me encanta lo dispuesto que está siempre tu cuerpo, la forma tan descarada con la que reaccionas a mis caricias. Me muero de ganas de volver a hundir mi polla en tu culito apetecible, y lo haré. Pero esta vez, creo que iré… por aquí.

La gruesa cabeza de su verga se hundió en mi coño. Me abrió y me llenó hasta que estuvo completamente enterrado en mi interior. Gemí y arqueé la espalda para poder apoyar la cabeza sobre su hombro. Él me cogió una teta con una mano mientras dejaba la otra sobre mi vientre. Luego ejerció presión sobre mi abdomen para obligarme a doblarme muy levemente. No obstante, el cambio de ángulo fue suficiente como para hacerme ahogar un grito.

—Tranquila, gatita —me dijo en voz baja al oído—. Joder… qué gusto.

—Tú tampoco lo haces tan mal —conseguí responder.

Noah se volvió a mover en mi interior; salía y entraba de mi cuerpo mientras me colmaba el cuello de besos con lengua. Eché la cabeza hacia un lado cuando la mano que tenía sobre mi vientre descendió y sus dedos comenzaron a masajearme el clítoris. Gemí de nuevo porque la sensación era increíble, y él pegó todavía más su pecho a mi espalda.

Sabía lo que Noah quería. Quería que me doblara hacia adelante, y lo hice. Me agarré al saliente de la bañera para que pudiera hacer lo que quisiera conmigo.

Y eso fue exactamente lo que hizo.

Movió los labios sobre mis hombros desnudos y me envió un cosquilleo por toda la superficie de la piel. Quitó la mano de mi pecho y la posó sobre la mía en el saliente antes de entrelazar sus dedos con los míos; ahora el leve peso de su cuerpo me envolvía perfectamente. La otra mano volvió a mi abdomen y me sujetó allí mientras me embestía con una mayor resolución. Su boca estaba pegada a mi oreja y pude oír cada pequeño gruñido, sentir contra mi piel cada exhalación de aire caliente con cada arremetida.

—Necesito estar más dentro de ti, Lanie. Mas adentro de lo que nunca he estado antes —murmuró junto a mi cuello.

Deslizó la mano en dirección sur por mi cuerpo hasta llegar a la parte interna de mi muslo izquierdo. Tiró de él para instarme a que levantara la rodilla hasta apoyar el pie en el lateral de la bañera. Luego enderezó la espalda y me embistió lentamente.

—Ooh… —gemí ante la sensación.

—Eso es. Justo ahí —dijo mientras rotaba las caderas contra mi trasero e hizo que soltara otro gemido—. ¿Te gusta?

—Dios, sí. —Pude sentir su polla moverse en círculos, abriéndose paso entre mis paredes, y yo arqueé la espalda más incluso para darle mejor acceso—. Puedo sentirte... tu polla es tan... unngh.

—Sí, a mí también me gusta —dijo mientras cogía impulso hacia atrás ligeramente y volvía a hundirse en mí.

Realizó movimientos cortos y rápidos, a cada cual más glorioso que el anterior. Todo lo que tenía dentro de mi cuerpo se aglomeró. Estaba en alerta máxima. Amenazaba con explotar gracias al glorioso placer que solo él podía proporcionarme.

—Más fuerte, Noah. Fóllame más fuerte —dije para animarlo.

E hizo justo eso. Enredó una mano en mi pelo y tiró de él para obligarme a que levantara la cabeza mientras me follaba como un loco. Su ingle se estrellaba contra mi culo con acometidas largas, fuertes y rápidas. La piel chocaba contra piel a la vez que sus dedos se hundían en mi cadera. El pecho se me oprimió, el estómago me dio vueltas, mi clítoris palpitó, mis dientes se apretaron y mis dedos se agarraron al filo de la bañera hasta que los nudillos se me pusieron blancos.

Y luego todo se soltó de golpe y yo grité con un orgasmo que hizo que me temblara todo el cuerpo.

—Noah... ohhh... Noah —gemí mientras el corazón me martilleaba el pecho.

—Lo sé, gatita —gruñó, todavía moviéndose ferozmente a mis espaldas—. Justo ahí. Voy a correrme. Voy a...

Soltó un gruñido mientras sus caderas se estampaban contra mi trasero. Las mantuvo allí durante un segundo o dos antes de continuar con su ataque con movimientos esporádicos e irregulares.

Y luego por fin se quedó quieto. Fue como la calma tras la tormenta, las nubes se disiparon y el sol volvió a brillar una vez más. Dichoso, tranquilo. Feliz.

Su cuerpo se desplomó cuando se retiró de mi interior y apoyó la frente contra mi espalda.

—Mujer... vas a hacer... que me... muera —soltó entre jadeos.

¿Él? Yo estaba segura de estar en peligro de sufrir un ataque al corazón a juzgar por la forma en que este estaba intentando salírseme del pecho. Pero Dios... vaya forma de morir. Estaba ahí empatada junto a la pollaestrangulación.

Noah se negó a dejarme ir sola al Foreplay para encontrarme con Dez; yo me negué a dejar que él se acercara mínimamente al club y pusiera en peligro el plan. También rechacé su sugerencia de que Mason o Samuel me acompañaran. No obstante, sí que conseguí que consintiera en cambio que me llevara a Polly.

Estaba segura de que fue por su forma de conducir tan alocada. Y cuando digo alocada, me refiero a que la muchacha era un completo kamikaze detrás del volante y tendríamos suerte si llegábamos allí de una sola pieza. Pero, según él, Polly era una fuerza con la que contar cuando la situación apretaba. Quizás era porque iba de un lado a otro lanzando puños al aire a la altura normal de todos los órganos internos de un hombre de la estatura de David Stone. Era fascinante su precisión. Hasta escupía los nombres de cada uno de los órganos cuando su puño encontraba el lugar donde estarían. Me asustó solo un poquito.

Y ahí estábamos, aparcados en la calle perpendicular al Foreplay en la oscuridad, esperando a que Dez nos llamara y nos diera el visto bueno. El edificio parecía desierto y desolado por lo que yo pude ver. La zona de aparcamiento estaba casi vacía y la señal de neón hacía tiempo que se había apagado.

Polly iba toda vestida de negro, incluyendo un par de botas negras de combate. Lo que hacía ella con unas botas de combate en el armario fue un completo misterio para mí. Se me pasó por la cabeza la idea de que esta podría no haber sido la primera misión secreta en la que hubiera participado, aunque no me sorprendería, la verdad.

—¿Tienes el teléfono encendido? —me preguntó por millonésima vez.

—Sí, Polly, está encendido.

Tenía un tic en la pierna, como si se hubiera bebido demasiadas tazas de café. También me di cuenta de que había desarrollado una mirada de lo más furtiva. Te lo juro, habrías pensado que estábamos inspeccionando el trullo para luego robarlo, sabiendo perfectamente bien que un escuadrón de agentes del SWAT nos esperaba entre los arbustos.

—Compruébalo otra vez —dijo, porque al parecer pensaba que era una idiota que no sabía cómo hacer que un estúpido móvil funcionase.

Puse los ojos en blanco a la vez que soltaba un suspiro de irritación y bajaba la mirada hacia el teléfono. Incluso se lo enseñé a ella para que lo inspeccionara. Justo entonces vibró y logró que pegara un pequeño bote.

Era un mensaje de Dez: *Negativo en el Predictor.*

Sí, ese sería el visto bueno que estábamos esperando.

—Vamos —le dije a Polly.

Salimos del coche, ambas teniendo cuidado de cerrar las puertas con el menor ruido posible. Cruzamos la calle y atravesamos el aparcamiento encorvadas hacia adelante, muy furtivas las dos. La canción de *Misión: Imposible* no dejó de repetírseme en la cabeza, pero sabía que Tom Cruise no estaría aquí para echarnos un cable. Cuando llegamos a la puerta principal del club, pegamos la espalda a la pared y llamé ligeramente a la puerta con los nudillos. Primero dos golpes, una pausa, y luego tres más.

—¿Esa es la contraseña en la que quedasteis? —preguntó Polly en un susurro.

—No. No tenemos ninguna —dije a la vez que me encogía de hombros—. Solo pensé que… Oh, cállate. Estoy nerviosa, ¿vale?

Polly soltó una risita y luego se tapó corriendo la boca para amortiguar cualquier otro sonido. Fue entonces cuando Dez abrió la puerta.

—¿Qué coño estáis haciendo, idiotas? —preguntó con severidad en un susurro; luego desvió su arrugado rostro hasta Polly—. ¿Estás intentando que nos pillen? No estamos en una fiesta de pijamas, Gidget.

Polly bajó la mano e hizo todo lo que pudo por mantener una expresión seria.

—Lo siento.

—Bonito modelito —dijo mientras la examinaba.

Su voz se había tornado de repente muy a lo chica Valley, de California, algo que Dez *nunca* hacía. Estaba claro que se le estaba pegando de Polly. Se lo diría luego y la vería ponerse toda a la defensiva porque tenía su gracia.

Polly sonrió de oreja a oreja ante el cumplido.

—¡Gracias! Tú también —le dijo, repasándola de arriba abajo.

Dez iba vestida básicamente del mismo estilo que Polly. De hecho, era el mismo modelito que había llevado cuando se presentó en casa de Noah para «secuestrarme». Estaba segurísima de que aquello no era lo que se había llevado para trabajar.

—¿Te has cambiado? —le pregunté, porque tampoco era muy típico de Dez.

Ella me miró con cara de «¿No es obvio?» y dio un pequeño pisotón en el suelo.

—No podía ponerme lo mismo para el trabajo y para esto, ¿verdad que no?

Puse los ojos en blanco y me giré hacia Polly.

—Jolín, te prohíbo que vuelvas a hablar con mis amigas. Eres como una puñetera enfermedad.

Dez pareció sorprenderse.

—¿De qué hablas?

—Que se te han pegado las pijotadas de Polly. No te preocupes, te arreglaremos con una visita rápida a la cárcel en el día del vis a vis.

Polly volvió a soltar otra risita, y luego Dez se echó a un lado para dejarnos entrar.

—¿Se ha ido? —pregunté cuando cerró la puerta a nuestras espaldas.

—Eso creo, pero él siempre se va por la puerta de atrás, así que no lo sé.

—¿Qué quieres decir con que no lo sabes? ¿No lo has mirado? —El tono incrédulo en mi voz era evidente aunque todavía siguiera susurrando. Cogí mi teléfono para enseñarle el mensaje que me había enviado—. ¡Has dicho que no estás preñada!

—Bueno, puede que sí. Esos test no siempre aciertan.

Iba a matarla. Estaba segura de que la mirada asesina que le lancé lo dejaba perfectamente claro, pero mi mirada de la muerte, que había practicado durante años para que me saliera niquelada, nunca había tenido efecto alguno en mi mejor amiga.

Dez se encogió de hombros como si no pasara nada.

—A tomar por culo. Si está aquí, supongo que siempre podemos dejarlo inconsciente.

Tiré de ella hacia mí para que pudiera oírme.

—Esto… ¿Dez? Puede que con estos modelitos parezcamos superagentes ninja y demás, pero… eh… no lo somos.

—¿Y ahora qué se supone que tenemos que hacer?

Polly hundió los hombros, derrotada. Sabía que la estaba matando. La organización definía su vida, así que improvisar no era más que sinónimo de desastre para ella.

Eché los hombros hacia atrás y me enderecé todo lo que pude.

—Vamos a ver si está aquí, y entonces nos haremos con ese estúpido contrato —dije con convicción, tomando las riendas de la situación—. Encended vuestro interruptor ninja.

El club estaba oscuro; no obstante, las señales de las salidas de emergencia nos proporcionaban una minúscula cantidad de luz. Claro que Dez se conocía la disposición como la palma de su mano, y yo me sabía el camino hasta el sótano por mi visita de la última vez, así que no tendríamos problemas.

Mientras bajábamos las escaleras, casi conté con que el portero del club nos estuviera esperando al final de los escalones con ese maldito portafolios que hacía que se creyera un dios o algo. Pero no estaba allí.

De hecho, todo estaba completamente oscuro, tan oscuro que tuvimos que guiarnos con las manos por las paredes para poder continuar. Antes de que llegáramos al final del pasillo, pude ver una luz filtrándose por debajo de una puerta y oír música proveniente de allí dentro.

Scott todavía seguía en su oficina. Y entonces escuchamos unas voces en la parte trasera del edificio acercándose a nosotras.

Polly me agarró de la camiseta por la espalda y yo hice lo mismo con la de Dez, aunque tirando ligeramente de ella hacia mí.

—¡Alguien viene! ¿Y ahora qué? —susurré, frenética.

Dez me soltó la mano de su camiseta y se giró hacia mí.

—No te hagas la picha un lío, Lanes, y cállate antes de que te oigan. Lo tengo controlado. Vamos.

Polly y yo la seguimos por el pasillo y nos las apañamos para entrar en un cuartito contiguo a la oficina de Scott sin armar mucho jaleo. Justo cuando desaparecimos dentro, las otras voces se pararon fuera de la puerta.

—Disfruta, tío —dijo una voz masculina.

—Ese es Terrence —susurró Dez.

—¿Con quién está hablando?

Estiré la oreja todo lo que pude, pero solo oí abrir y cerrar la puerta de la oficina de Scott.

—Entonces, ¿qué? ¿Vamos a tener que esperar aquí hasta que se vayan? —preguntó Polly.

Estábamos pegadas las unas contra las otras en un espacio diminuto cual sardinas en lata, pero no nos quedaban muchas otras opciones.

—Sí, básicamente —dije.

—No necesariamente.

Dez maniobró para poder girarse hacia la pared en el lado opuesto a la oficina de Scott.

—¿Qué haces? —pregunté cuando empezó a toquetear algo con el dedo que parecía como una etiqueta pegada en el yeso.

Tiró de ella y luego un chorro de luz atravesó el agujero.

—Puede que tenga un pequeño escondite secreto en el caso de

que algún buenorro quiera darse un buen meneo dentro del cuartillo.
—Se encogió de hombros—. Así podía estar segura de que el jefe no
me estuviera buscando.

—Eres una malvada genio, ¿lo sabías? —le pregunté, impresionada por su ingenio—. Toda una puta por hacer guarradas en el cuartillo
de suministros, pero un genio igualmente.

—Me tomaré eso como un cumplido —dijo con una sonrisa descarada—. Lo mejor de todo es que las paredes son como de papel, así
que el reto de permanecer callada mientras los fuegos artificiales me
explotan dentro del chichi es particularmente erótico.

Negué con la cabeza y me acerqué al agujero. Cuando vi quién
estaba en la otra habitación con Scott, ahogué un grito y me enderecé
de golpe, y en el proceso, le di un cabezazo a Polly en la nariz.

—¡Hostia puta!

Dez me cubrió la boca con una mano porque mi susurro estaba
peligrosamente cerca de convertirse en algo más que eso.

—¡Jolín! —Polly se tocó la nariz con cuidado—. ¿Te importaría
decirme por qué intentas romperme la nariz?

Me quité la mano de Dez de la boca.

—¡Es David!

Polly dejó caer la mano. Ya se había olvidado de la nariz.

—¡Ese cabrón está aquí para robar el contrato!

Escuché voces, así que volví a asomarme por el agujero porque
quería asegurarme de que no me lo había imaginado. Pero no, ahí estaba David, sentado en el sofá de piel junto al escritorio de Scott. Tenía la cara hinchada y amoratada por su reciente paliza, cortesía de un
tal Noah P. Crawford.

La mesa de Scott, por cierto, estaba llena de fajos de lo que parecía
ser cocaína.

—¡Ay, madre! Dez, dame tú teléfono —le dije, y eché a ciegas el
brazo hacia atrás.

—¿Qué? ¿Por qué?

—Solo dale a la cámara de vídeo y dámelo. ¡Corre!

Dez me puso el móvil en la mano y yo coloqué la lente justo en el agujero. Luego me aseguré de tener una buena vista de la pantalla. Dez no mentía; aquellas paredes eran de papel. Podía oír cada palabra de lo que decían.

—¿Qué cojones te ha pasado?

La voz de Scott tenía un deje de humor. Yo también quise reírme. David se llevó los dedos al corte de su ojo hinchado.

—Un accidente en kick-boxing. No le di al saco.

—¿Y qué? ¿Te golpeaste tú mismo en la cara? ¿Mucho?

—Cállate. ¿Tan pronto has recibido otro cargamento de coca? Es arriesgado —dijo David, cambiando del tema.

No sonaba nada contento.

—No es un nuevo cargamento. Ha subido la demanda en casa. Tanto por parte de las mocosas de arriba como de los caballeros de aquí abajo que buscan follarse a una puta y algo más.

—¿Te has expandido también a los universitarios? Eso no lo hemos discutido. La última vez que lo miré, todavía éramos socios.

—Y lo somos. Por eso te he llamado. —Scott se puso de pie y caminó alrededor de la mesa. Luego se apoyó en la parte de delante y cruzó las piernas a la altura de los tobillos—. Hablemos de ello.

—No hay nada de qué hablar. Es muy arriesgado. Un gamberro de esos se va de la lengua y nos hundimos como el *Titanic*. No es inteligente. Suspéndelo.

El lado derecho de la boca de Scott se alzó y se encogió de hombros.

—Supongo que tienes razón, pero es lógico para el negocio ofrecer coca junto a las chicas como un *pack*. Esos ricachones no sueltan prenda y lo sabes. Tienen demasiado que perder. Un dos por uno ayudará a subir los precios de salida en las subastas.

—*Eso* sí que me parece bien —dijo David con una sonrisa de político—. Y hablando de lógica empresarial, mi amigo el senador vendrá a la próxima subasta. No puedo hacer bastante hincapié en lo importante que es que lo hagamos feliz con la mercancía, tanto con los polvos como con las chicas. ¿Cómo va la búsqueda de las gemelas? ¿Ha habido suerte?

—Sip, y esa es la razón número dos por la que te he llamado. Créeme, estoy a punto de alegrarte el día, la semana… joder, el año entero.

Scott alargó la mano hacia el teléfono, pulsó un botón y dejó el manos libres encendido.

Terrence contestó al otro lado de la línea.

—¿Sí, jefe?

—Acompaña a las chicas hasta mi oficina, Te —le dijo Scott, y luego desconectó la llamada pulsando otro botón.

Tras unos momentos, la puerta de la oficina se abrió de nuevo y dos pelirrojas de piernas largas —gemelas— entraron a paso tranquilo en la estancia. Ambas tenían rasgos físicos idénticos, por lo que yo pude ver, y llevaban unos vestidos plateados idénticos muy cortos. Joder, hasta su forma de andar era idéntica.

—Párate quieto, corazón mío —dijo David, recolocándose los pantalones. Les dedicó esa sonrisa amplia que parecía creer sexy, pero que era espeluznante incluso sin la máscara de Hombre Elefante que llevaba en la cara—. Holaaa, chicas.

Scott se acercó a las chicas y se colocó entre las dos.

—Te presento a Izzy y a Belle. Son perfectas, ¿verdad?

—Joder que sí. El senador va a estar muy satisfecho con este *pack*. Tengo que admitir que no me importaría probar la mercancía por mí mismo.

—Eso pensé, y en realidad, no hay razón alguna para que no lo hagamos. Al fin y al cabo, sí que dije que iba a alegrarte el día.

La mirada lasciva de David recorrió la muchacha de la derecha. De abajo arriba y luego hacia abajo otra vez, como si estuviera haciendo todo lo que podía por desnudarla con los ojos. No se molestó siquiera en apartar la mirada de sus muslos cuando dijo:

—¿Por qué no te acercas y me rodeas la cara con ese par de vías lácteas, cariño?

Oh, qué asco. Por suerte para él, esa horrenda frase para ligar no le servía de nada porque iba a echar un polvo igualmente. Con unos pocos dólares en sus bolsillos, esas chicas harían lo que quisieran, pero estaba segura de que les iban a pagar más que unos pocos dólares.

—Izzy, quiero que seas muy buena con este caballero. Muy, muy buena —dijo Scott, cogiéndola de la mano y guiándola hacia David.

Izzy se paró frente a él y Belle se acercó a la espalda de su hermana para desabrocharle el vestido y dejar que cayera en cascada al suelo, a sus pies. Izzy estaba completamente desnuda debajo. A juzgar por la expresión en la cara de David, diría que estaba a punto de correrse en los pantalones.

—¡Joder, chica! —David agarró a Izzy de las caderas y enterró su cara en el ápice de sus muslos. Ella se rió tontamente y le pasó la mano por el pelo a la vez que cerraba los ojos y dejaba caer su cabeza hacia atrás. No la culpaba por la parte en la que cerraba los ojos. Tener que sentirlo ya sería lo suficientemente malo, y es que ni yo quería tener que ver cómo se la zampaba entera.

Scott se rió y se acercó a su mesa para coger un par de bolsitas de cocaína y volvió para darle una a David.

—Toma, Romeo. Divirtámonos.

Debería haberme dado la vuelta. Lo que estaba a punto de suceder en esa habitación era de lo más asqueroso que uno podía echarse a la cara, pero no pude apartar la mirada. Era una persona muy enferma. Era como si estuviera en el circo. Sabía que me iba a poner los nervios de punta, pero tenía que verlo.

Belle ya estaba desnuda, y ambas chicas estaban despatarradas sobre el sofá con David y Scott moviendo sus viscosas manos y boca por todo su cuerpo. Las muchachas no parecían estar quejándose, pero... ¡qué asco! Observé a David abrir la bolsita y echar el contenido sobre el abdomen de Izzy. Luego cogió una pajita y se esnifó la raya de coca. Izzy gimió al mismo tiempo, y fue entonces cuando vi que David había metido tres dedos en su interior mientras Scott miraba.

—¿Acabo de escuchar lo que creo que acabo de escuchar? —La

nariz de Polly se estrujó contra mí—. ¡Ugh! ¿Qué narices están haciendo ahí?

—Están esnifando coca —susurré, casi más para mí misma que para Dez y Polly. Estaba completamente en *shock* a esas alturas—. Y... y... dando un espectáculo.

—¿Qué? ¿David y Scott?

Dez me empujó para poder echarle una mirada a la pantalla.

—Joder, *bow chicka wow wow* —se rió por lo bajini—. Eh, yo conozco a esas dos tías. Son las chicas nuevas. Supongo que ya sé cómo consiguieron el ascenso a subgerente tan rápido.

—Estás de coña —dijo Polly, pero salió más como una pregunta que como una afirmación.

Sacudí la cabeza. Polly se apretujó por el otro lado para poder mirar también por sí misma.

Ya sabía que David y Scott eran un par de depravados cuyo comportamiento parecía tener su concepto de inmoral, como poco, pero nunca imaginé que lo vería con mis propios ojos. Por más que viviera, sabía que nunca sería capaz de borrarme esta imagen de la cabeza. Ni siquiera si me lavaba el cerebro con lejía, que ahora mismo empezaba a parecer una buenísima idea.

—¿Noah le hizo eso en la cara? —preguntó Dez, y yo asentí con una sonrisa orgullosa—. Dios, creo que estoy enamorada de ese hombre. Aunque no se lo digas, porque entonces se morirá por mi cuerpo y eso sería de lo más embarazoso para ti y para mí.

Volvió a mirar el *show* a través de la pantalla de su teléfono, que me quitó de las manos, por cierto.

—Di lo que quieras, pero esto es erótico de cojones. Me lo guardo para luego —dijo, todavía grabando.

Era asqueroso elevado a la máxima potencia, pero era muy típico de Dez querer añadir el vídeo a su propia colección porno. A ella le gustaban las cosas de verdad, no todas esas pelis falsas de Pornowood. Y yo sabía esto porque me topé con su colección una vez cuando buscaba una película decente que ver una noche en su apartamento.

Nos quedamos allí de pie durante unos pocos minutos más, porque jolín, ¿qué más se supone que podíamos hacer? Yo me aparté del teléfono porque no podía mirar ni un segundo más. Y entonces pensé que escuché un ruido en la otra habitación. La curiosidad consiguió lo mejor de mí, así que pegué la oreja a la pared y escuché mientras Polly se las apañaba para colocarse entre Dez y yo hasta estar todas teta con teta haciendo lo mismo.

Alguien estaba gimiendo y gimoteando, y entonces:

—Sí, te pirra la Madre de las Pollas, ¿eh? Chúpala más fuerte, nena. Ya casi estoy.

La voz petulante de David sonó asquerosamente tensa justo antes de que escuchara otro tipo de gruñido distorsionado que pudo haber sido cualquiera de las dos tipas o Scott. Fuera lo que fuere, me puso los pelos de punta.

Polly parecía estar a punto de explotar.

—Oh, esto es repugnante.

—¿Qué están haciendo ahora, Dez? —susurré.

Por supuesto que ella todavía seguía mirando, la guarra.

—Qué van a hacer —dijo Polly—. Pues correrse.

Puse los ojos en blanco.

—No me refiero a eso. Sino ahora.

—No, tiene razón —respondió Dez—. Se están corriendo. A la vez. ¿Cómo se las han apañado para sincronizarse? —Lo peor era que tenía el ceño fruncido como si fuera un problema matemático que estuviera intentando resolver. Me apostaría un riñón a que volvería a casa y buscaría más tarde la solución a esa ecuación. Tras un momento, dijo—: Vale, las Putas-R-Us acaban de entrar en el cuarto de atrás, el baño personal de Scott. Yo diría que van a limpiarse esa leche asquerosa. Cabrón y Cabronazo están poniéndose a punto otra vez.

Me hundí en el suelo y apoyé la cabeza contra la fina pared que nos separaba de ese estúpido contrato.

—Esto va a tardar un siglo. Noah se pondrá histérico y pensará que algo ha salido mal si no vuelvo pronto.

—Espera un segundo, nena. No te me pongas toda dramática todavía —dijo Dez, haciéndome un gesto con la mano para que viera lo que estaba ocurriendo en la otra habitación a través de su móvil.

—Deberíamos aprovechar el tiempo que tenemos con ellas —dijo Scott, acariciándose la polla sin vergüenza ninguna hasta que empezó a ponérsele dura de nuevo. Por lo rápido que ocurrió, la coca debió de haber estado mezclada con alguna droga afrodisíaca—. Coños así no se encuentran todos los días, ya sabes.

—¡Joder, pues claro! —se jactó David. Cogió sus pantalones y se sacó el móvil del bolsillo—. Estaré ahí en un minuto. Estoy esperando una llamada del senador, así que debería mirar rápido los mensajes.

En cuanto Scott se unió a las gemelas en el cuarto de baño, David se volvió a meter el móvil en el bolsillo y se precipitó hacia el escritorio de Scott. Volvió a mirar por encima del hombro, abrió uno de los cajones y sacó una carpeta de papel manila. Cogió el papel de dentro, lo puso en el fax, y marcó un número.

—No, no, no… —canturreé, sabiendo perfectamente que ese papelucho era el contrato. *Mi* contrato.

Polly gruñó.

—¡Qué hijo de puta!

Dicho hijo de puta se quedó allí, moviendo los dedos sobre la mesa con impaciencia mientras esperaba a que la máquina terminara. Cuando obtuvo el recibo, lo rompió en pedacitos y luego volvió a meter el papel en la carpeta y esta en el cajón antes de entrar en el cuarto de baño prácticamente dando saltitos para unirse a la orgía que sin duda ya estaba en pleno apogeo.

Apoyé la frente en la pared con un golpe. Ahora no habría forma de evitar que usara el contrato contra Noah.

—Anímate, Lanes —dijo Dez, un poco demasiado alegre. Cuando fruncí el ceño ante su estúpida charla, ella movió su teléfono móvil frente a mi cara en el aire—. David Stone está confabulado con Scott Christopher tanto en el tráfico de drogas como en el de sexo. Todo está aquí. Creo que tenemos una buena mercancía con la que negociar, ¿no te parece?

En ese momento, Dez era la mujer más sexy que hubiera visto nunca. Si no fuera mi mejor amiga, probablemente la habría estampado contra la pared y le habría metido la lengua hasta la campanilla. Tenía razón. Teníamos todas las pruebas que necesitábamos para hundir tanto a David como a Scott. Me preguntaba lo bien que eso le sentaría a Scott y a todos sus clientes tan importantes. No demasiado, supuse.

—Aun así deberías conseguir el contrato original —dijo Dez. ¿Desde cuándo se había convertido en la voz de la razón?—. Sé que ya se lo ha enviado por fax, pero que haya un solo contrato rulando por ahí es muchísimo mejor que dos.

Buen punto.

—Voy adentro —dije, dirigiéndome a la puerta.

—¡Espera un segundo! —susurró Polly con brusquedad y agarrándome del brazo para detenerme—. ¿Y si te pillan?

—Pero si no voy ahora puede que no obtengamos la oportunidad de hacernos con el contrato —razoné—. Entraré muy rápido, y si no escucho la ducha, volveré a salir y esperaremos un poco más.

—Deja que vaya —le dijo Dez a Polly—. Podemos mirar desde aquí, y si se mete en líos, salimos y vamos en su rescate.

—Um… vale. —Pude escuchar reticencia en la voz de Polly—. Pero si te pasa algo, Noah va a ponerse hecho una furia conmigo, así que ten cuidado, por favor.

—Por supuesto.

Asentí nerviosa y luego giré el pomo de la puerta muy lentamente.

Una vez en el pasillo, caminé pegada a la pared de puntillas hasta llegar a la puerta de la oficina de Scott. Comprobé el picaporte —estaba sin pestillo— y seguidamente abrí la puerta despacito. Mis oídos registraron el sonido de la ducha y pude oír voces masculinas y femeninas al otro lado de la puerta del cuarto de baño, aunque no pude distinguir cuál era de quién.

Me precipité hacia el escritorio de Scott y abrí el último cajón, donde había visto a David colocar antes la carpeta. Y ahí estaba, archivada bajo la te de Talbot. La saqué y la abrí para coger el contrato.

Una sonrisa muy parecida a la del gato Cheshire se dibujó en mi rostro una vez que lo tuve en la mano, luego volví a recolocar la carpeta y corrí de puntillas por la habitación justo cuando el grifo de la ducha se apagó. Tuve cuidado de no hacer ruido cuando abrí la puerta y volví a cerrarla a mis espaldas. Dez y Polly ya me esperaban en el pasillo.

Levanté el contrato y Dez hizo lo mismo con el teléfono. Te juro que estaba más que preparada para besarla en toda la boca. Con enormes sonrisas en las caras, Dez y yo hicimos nuestro bailecito de la victoria. Lo habíamos estado perfeccionando durante nuestras décadas de amistad, aunque en realidad solamente se trataba de mover nuestros culos de un lado a otro con total sincronización. Polly dio botes de puntillas mientras nos ofrecía un aplauso silencioso. Y luego nos dirigimos a las escaleras para escaparnos sigilosamente.

Misión conseguida. Quizá no la misión que habíamos planeado en un principio, pero conseguida igualmente.

11

Atreverse a soñar

Noah

El día de todos los santos, mejor conocido como Halloween.

Las culturas de todo el mundo han celebrado la tradición de una forma u otra durante muchísimos años. Aunque cada una tuviera su propia historia, nadie sabía realmente quién la empezó ni por qué, aunque se conocía tradicionalmente por estar ligada a las raíces paganas. En cualquier caso, era un día celebrado en todo el mundo, uno que nos permitía bailar con los muertos en la noche en la que podían cruzar hasta el plano de los vivos. Todo era humo y espejos, diversión a expensas de asustar a los demás. Dada su tradición y la situación que tenía entre manos, parecía cosa del destino que la importantísima reunión con la junta directiva cayera en treinta y uno de octubre, un día en el que era solo aceptable vestirse como si no fueras a gastarles bromas a los inocentes.

Yo no era inocente. Pero bueno, tampoco David Stone.

La mañana del lunes llegó más rápido de lo que pensé que llegaría. Estaba nervioso. Esperaba por lo que más quería que el plan que habíamos tramado fuera un éxito y no nos saliera el tiro por la culata de algún modo. De una forma u otra, para cuando el día acabara, el imbécil en esta situación ya se habría decidido.

Y el vencedor se quedaría con el premio.

Ganar o perder, la incógnita por fin se sabría, y Lanie y yo podríamos vivir nuestras vidas sin miedo a que nadie descubriera el secreto que habíamos estado guardando.

Cuando Lanie llegó a casa con el contrato original en la mano, lo cogimos de inmediato, junto con su copia y mi versión hecha pedazos, y los quemamos en la misma papelera que ella había utilizado para prenderle fuego a la lencería. Ver la prueba de nuestra transacción desintegrarse y reducirse a cenizas fue como si nos quitaran un peso de encima. Nuestros cuerpos parecieron relajarse al mismo tiempo cuando el fuego se extinguió, prueba del mucho estrés al que nos había sometido físicamente, además de mental y emocionalmente. Las cenizas a las cenizas, y el polvo al polvo. Nos habían regalado un nuevo comienzo y no íbamos a darlo por sentado. Por supuesto, todavía quedaba el asunto de la copia que David se había enviado por fax.

Dez había estado más que feliz de enseñarme el vídeo que habían conseguido como premio de su excursión. No sabía que Scott estaba metido en el negocio de las drogas, pero el hecho tampoco me sorprendía. Lo que sí me sorprendió fue la implicación de David en todo el cotarro. Nunca tuve indicios de ello, pero bueno, fue uno de nuestros inversores el que me habló de la subasta. Supongo que tenía sentido que David lo hubiera introducido a él en ese mundo primero. Aun así, David había sido muy bueno ocultándome la verdad. Estaba seguro de que había sido un negocio muy lucrativo para él. Qué pena que se hubiera convertido en un chapucero.

E iba a volverse más chapucero aún al intentar revelarles a los miembros de la junta directiva lo que Lanie y yo habíamos hecho. Vaya doble moral. Por suerte para él, yo daría el golpe definitivo, y piadoso, antes de que pudiera llegar tan lejos. Se lo podría agradecer a los fantasmas de mi madre y de mi padre. Ellos no querrían que avergonzara a su amigo y socio Harrison, el padre de David.

Así que aquí estaba el lunes por la mañana, a momentos de distancia de la reunión con la junta directiva, subiendo junto a Lanie en mi ascensor personal hasta mi oficina. Ella había insistido en acompañarme para darme apoyo moral y todo lo demás, y la verdad fuera dicha, me alegraba de que estuviera allí. Si por cualquier razón nos salía el tiro por la culata, teníamos que ser capaces de formar un frente unido, o de salir pitando de la ciudad. Había oído que Alaska era un lugar encantador en primavera.

Lanie me rodeó la cintura con sus brazos.

—¿Nervioso?

Me encogí de hombros como si nada.

—Nah, solo es otro día de trabajo por lo que a mí respecta. Aunque sí que espero que la junta directiva apruebe mi nueva campaña benéfica.

Lanie me giró y me miró a los ojos.

—Seguro que sí. Has trabajado muy duro todo el fin de semana en la presentación. No puede ser para nada, ¿no?

Sonrió, y la confianza que vi en sus ojos me tranquilizó sobremanera. Cuando me miraba así, me daba una confianza renovada en mí mismo que nadie podía destruir. Éramos ella y yo contra el mundo, y de verdad creía que teníamos una oportunidad de vencer esta batalla.

La campanita del ascensor sonó y las puertas se abrieron para revelar el bullicio y el ajetreo de la oficina frente a nosotros. Los empleados siempre estaban en alerta máxima en los días que había reunión de la junta directiva e intentaban parecer estar más ocupados de lo normal. Todo el mundo estaba ataviado con sus atuendos más profesionales y las expresiones de sus rostros eran todas de concentración. Unos pocos levantaron la mirada y nos saludaron a mí y a Lanie con una ligera sonrisa y luego volvieron al trabajo.

Respiré hondo para poner mis nervios a raya. Lanie apoyó su mano izquierda en el hueco de mi brazo y yo la miré. Me sentí como un cabrón porque su dedo anular siguiese estando desnudo aunque ya estuviésemos comprometidos. Tendría que encargarme de ello enseguida. Todavía llevaba la pulserita con el nombre de Crawford grabado en ella que le había dado, pero no era suficiente. Marcarla como propiedad antes cuando lo era de verdad, al menos de un modo contractual, era una cosa; simbolizar que me pertenecía por su propia voluntad era otra completamente distinta.

Salimos del ascensor y la acompañé hasta mi oficina, donde se quedaría esperando. Las reuniones de la junta directiva siempre estaban cerradas al público, así que no iba a poder estar dentro. Además, ni de coña iba a dejar que se acercara a Stone. A ella le parecía bien quedarse esperando fuera porque Polly estaría allí para hacerle compañía. Como asistente mío que era, Mason sí asistiría a la reunión, y tendría el teléfono conectado al de Polly por medio de una llamada para que tanto ella como Lanie pudieran escuchar en secreto toda la reunión desde mi oficina.

—¿Todo bien? —le pregunté a Mason cuando entramos.

Senté a Lanie en la silla de detrás de mi escritorio y Polly se agenció la que estaba en el lado opuesto. Como si estuvieran planeando una misión encubierta, Mason llamó al teléfono de Polly y se aseguró de que todo funcionara a la perfección.

—Síp. ¿Estás listo, tío? —me preguntó Mason.

Asentí y bajé la mirada hacia Lanie.

—Allá vamos. ¿Me das un beso de la suerte?

Ella se levantó, se puso de puntillas y me tiró de las solapas de la chaqueta hacia ella. Sus labios encontraron los míos y Lanie me echó los brazos al cuello. Ese beso iba cargado de palabras que no necesitaban pronunciarse. Cuando se echó hacia atrás, pegó su frente contra la mía y me miró a los ojos con mucha seguridad.

—Tú no necesitas suerte —me dijo—, pero no voy a desperdiciar ninguna oportunidad que tenga de saborear tus labios.

Como si no tuviera ya libre acceso a ellos cada vez que quisiera.

—Estamos hechos el uno para el otro —continuó—. Así que no tengo duda alguna de que todo va salir como tenga que salir. Además, eres Noah P. Crawford, y ese nombre destila éxito por todas las letras.

—Dios, te quiero —le dije, y lo dije de corazón.

Ella sonrió, triunfante.

—Lo sé, y yo te quiero a ti.

Por el rabillo del ojo vi a Mason inclinarse y besar a Polly en la cabeza.

—Vámonos. No querrás que Stone sospeche de nada.

—¡Dale duro! —dijo Polly con una sonrisa alentadora.

Nuestra propia animadora personal.

Besé a Lanie en la punta de la nariz y la solté para coger mi maletín. Con un guiño, salí de la oficina con Mason pisándome los talones.

Parte de nuestro plan maestro era hacer que Mason llamara a Mandy Peters, la secretaria de David, para informarla de que la reunión se había adelantado una hora antes de lo previsto. Lo había hecho esta mañana. David tendría que ir a toda pastilla para estar listo, pero lo haría, por supuesto, porque esta era su gran oportunidad para hundirme. Lo que él no sabía era que la reunión adelantada no incluiría en realidad a ninguno de los miembros de la junta directiva del Loto Escarlata.

Mason y Polly se habían encargado de preparar la sala de reuniones en vez de dejar que la empleada administrativa lo hiciera, aunque ese fuera básicamente su trabajo. Era esencial para el plan que no hubiera ninguna interrupción. Además, no queríamos correr el riesgo de que alguien escuchara todos nuestros asuntos personales.

Cuando llegamos a la sala de reuniones, vi a mi plan B sentada en la salita de espera que había fuera de la puerta y la saludé asintiendo.

—Ya está dentro —me dijo.

—¿Y nuestro invitado?

—Esperando en una oficina vacía al final del pasillo.

—Bien. Mantén las orejas abiertas en caso de que te necesite.

—Lo haré —dijo. Cuando fui a entrar, ella me paró—. Eh, maneja bien la situación, o lo haré yo. ¿Estamos?

El plan A era confrontar a David con todo lo que sabíamos y con la prueba que podría destruirlo. Si eso no funcionaba, pasaríamos al plan B. También había un plan C, pero era un último recurso, un movimiento desesperado que no quería realizar a menos que fuera absolutamente necesario. Esperaba que no tuviera que llegar a esos extremos.

Un simple asentimiento de cabeza fue todo el intercambio que necesitábamos. Giré el pomo de la puerta y entré dentro.

Tuve que contener la risa cuando vi la cara amoratada y destrozada de David, y me pregunté qué clase de historia se inventaría para explicárselo a los demás. Ya estaba situado hacia la parte frontal de la mesa, al lado de donde su padre, Harrison, solía presidir la reunión, cosa que algunas veces todavía hacía.

Harrison había cedido todo su control sobre el Loto Escarlata a David, y aunque a veces hacía acto de aparición en reuniones de la junta directiva, era muy de higos a brevas y solo cuando había algo grande entre manos. Tenía la ligera sospecha de que David había insistido en que hoy estuviera presente porque de verdad pensaba que me tenía cogido por los huevos y que por fin iba a hacerle ver a su padre que era mejor que yo.

Casi me sentí mal por él.

Casi.

Me senté en el otro extremo de la mesa con Mason a mi lado. David, el gilipollas engreído, me lanzó una sonrisita que decía «Sé algo de ti», que parecía ser sumamente dolorosa a juzgar por el corte que tenía en el labio, cortesía de *moi*, pero por lo demás dejó esa bocaza cerrada. Probablemente era lo más inteligente que pudo haber hecho. Yo, en cambio, encontré extremadamente difícil no poder lanzarme por encima de la mesa para matar al cabrón con mis propias manos. En mi mente seguía viéndolo cernido sobre mi chica, intentando poseer algo que no le pertenecía, algo que ella no tenía intención de regalarle libremente. Pero me contuve. Ya era hora de acabar con esta mierda de una vez por todas.

Su asistente estaba allí, por supuesto, pero no debería estarlo. Al menos para el propósito de esta reunión.

—Sal, Mandy.

Ella y David se miraron el uno al otro y luego a mí antes de que él soltara una carcajada.

—¿Te has dado un golpe en la cabeza o algo esta mañana, Crawford? Mandy es mi asistente. No recibe órdenes de ti.

Lo miré con frialdad.

—Tú y yo tenemos que hablar un ratito. ¿Te gusta hablar, recuerdas? Solo que no creo que vayas a querer tener testigos sobre ello.

Él se rió.

—¿Has estado fumando crack?

—Nop —dije, relajándome y acomodándome en la silla—. Y tampoco me he esnifado nada.

Él se encogió, aunque apenas fue perceptible.

—Vale, Mandy puede quedarse. ¿Qué tal está Izzy? —pregunté con una sonrisa de suficiencia.

Y ahí estaba. Abrió levemente los ojos como platos, enderezó la postura y luego desvió la mirada.

—La reunión no se ha adelantado, ¿verdad?

—Nop.

David se aclaró la garganta y se giró hacia Mandy.

—Danos un momento.

Confundida no era siquiera la palabra para definir la expresión que tenía Mandy en la cara. Yo diría que *desconocedora* le iba como anillo al dedo, ya que así estaba la mayor parte del tiempo, pero se levantó e hizo lo que le dijo como la buena asistente que era.

—¿Y qué hay de tu chico? —preguntó David, claramente refiriéndose a la presencia de Mason.

—Mason ya lo sabe todo. Él se queda.

—¿Qué tal si me dices de qué va todo esto?

—Con gusto. Pero primero, ¿llevas mi contrato contigo?

Él sonrió y se echó hacia atrás en la silla.

—¿De eso va todo esto?

—¿No era exactamente esto lo que tú habías planeado para la reunión con la junta directiva?

—Si has montado todo esto para intentar que me eche atrás, entonces has malgastado tu tiempo y el mío —dijo—. Pero si estás aquí para ondear una bandera blanca y cederme tu mitad del Loto Escarlata a cambio de tu aniquilación total, puede que me convenzas para que acepte.

—Oh, no creo que vaya a darse el caso. De hecho, creo que serás
tú el que me des tu parte antes de que acabemos.

—¿Qué sabes de Izzy? Mejor aún, ¿*cómo* sabes de su existencia?
¿Has estado hablando con Scott?

Que Scott Christopher lo hubiera delatado como una rata no se lo
creía ni él. Por otro lado, cuando un barco se hunde, las ratas son precisamente las que se suben a cualquier cosa que flotase para salvar la
vida. No obstante, Christopher no era el plan A.

—Muéstrame tus cartas y yo te mostraré las mías —lo reté.

David siseó y me mantuvo la mirada. Sus dedos tamborileaban
sobre la mesa, frente a él, hasta que por fin colocó su maletín sobre la
mesa, lo abrió y sacó una simple hoja de papel. Tras cerrarlo, me tendió el contrato para que lo viera.

—Aquí tienes, Crawford. La prueba de que mi polla es más grande
que la tuya —dijo con una sonrisa petulante.

Yo ya vi su polla cuando se estuvo follando el culo de mi exnovia,
y ni de cerca.

—¿Y qué es lo que crees que tienes contra mí? —preguntó.

—Sé que estás metiéndote cocaína.

David se rió entre dientes, el alivio que destilaba el sonido revelaba
lo nervioso que había estado por lo que tenía que decir.

—Demuéstralo.

—El análisis de sangre que te haga la junta directiva se ocupará de
eso.

Él se encogió de hombros.

—Pero no me costará nada más que una regañina y una promesa
de pedir ayuda para mi adicción. Todavía sigo en pie, pero ha sido un
buen intento.

—Intentaste violar a Lanie.

De nuevo se encogió de hombros.

—Es su palabra contra la mía, y tengo la prueba de que es una
puta. Lo que significa que todo lo que tengo que hacer es decirle a la
policía y a la junta directiva que ella me dijo que se marcaría ese farol

si no le daba dinero. Un caso simple de soborno. Yo soy la víctima. ¿Qué más tienes?

Tenía el plan B.

—Mason —dije sin desviar mi atención de David.

Mason abrió su portátil, cogió el mando del proyector y pulsó un botón. La pantalla blanca en la pared opuesta se encendió con las imágenes del vídeo que Lanie y las chicas habían grabado desde el cuarto junto a la oficina de Scott en el Foreplay.

David rompió nuestra lucha de miradas cuando oyó su propia voz justificar su feo careto con un accidente de kick-boxing. Me reí porque aquel puto comentario era para partirse.

Miré a Mason y ladeé la cabeza hacia la puerta. Él asintió y sacó la cabeza fuera para mirar a la salita de espera. Un par de momentos después, abrió la puerta por completo y entró Dez tranquilamente acompañada de Scott Christopher.

Scott se paró en seco justo al entrar por la puerta. Tenía la atención fija en la pantalla blanca gigante que estaba reproduciendo una película de acción con todos los ingredientes necesarios para ser un gran éxito de ventas: trapicheos totalmente ilegales mezclados con escenas porno muy *amateur*.

Mason cerró la puerta detrás de Dez porque ya habíamos cruzado de sobra la línea del comportamiento inapropiado en el puesto de trabajo. El Loto Escarlata no necesitaba cargos por agresión sexual por encima de todas las escandalosas actividades que ya teníamos entre manos.

David se levantó corriendo de la silla cuando vio a Scott.

—¿Qué cojones estás haciendo aquí?

Creo que podía decir sin temor a equivocarme que estaba sorprendido. Y quizás hasta un poco cabreado.

Si su mandíbula tensa y los puños a sus costados eran símbolo de algo, diría que Scott estaba igual de pasmado y de enfadado que él. La tensión entre los dos era tal que los asfixió como si una docena de personas se hubieran espachurrado dentro de una cabina telefónica.

Scott miró a David y luego señaló con un dedo al aire la actuación digna y merecedora de un Oscar.

—¿Qué mierda es esta, Stone?

El plan B prometía.

—¡Dímelo tú! ¡Pensé que dijiste que tu oficina era segura!

Scott miró a Dez de un modo amenazador, pero yo no dejaría que la metieran en su discusión, así que me puse de pie y la coloqué a mis espaldas. Claro que a Dez no le iba eso de actuar como una damisela en apuros. Juraría que la muchacha era un tío debajo de esas faldas si no fuera por el hecho de que claramente no lo era.

Salió del escondite y levantó la barbilla con desafío.

—Yo grabé ese vídeo. E hice un buen trabajo, aunque esté mal que yo lo diga. Oh, y dimito. Por cierto, no me asustáis, así que si venís a por mí, es mejor que sepáis que os daré una buena tunda.

Scott la desdeñó con la mano como si se tratara de una mosca cojonera. Yo estaba seguro de que sí que la consideraba como otro inconveniente, uno del que no tenía tiempo para preocuparse, cosa que era bueno. Con suerte, la dejaría completamente en paz. No obstante, aquello no sería cierto para Stone.

Yo diría que Scott era consciente de que la arrogancia de David era lo que lo había metido de lleno en este aprieto. Scott tenía que remediarlo aquí y ahora o prepararse para ir a una guerra con los traficantes de drogas y la gente influyente con los que trataba. Era de cajón que los suministradores de su cocaína eran asesinos sin piedad en lo que a proteger su comercio se refería, pero tampoco podía olvidarse de los peces gordos a los que les vendía no solo cocaína sino coños también. Sus manos puede que hubieran sido suaves como el culito de un bebé y estuvieran limpias como los chorros del oro, pero su dinero permitía que esas manos llegaran lejos y contrataran a otras para que hicieran el trabajo sucio por el precio más adecuado.

—¿Tienes idea de lo que nos ocurrirá si esto saliera a la luz? Y una puta mierda. No voy a hundirme contigo. Será mejor que arregles esta mierda de situación. ¡Ya! —Scott se giró hacia mí y se puso las manos en las caderas—. ¿Qué es lo que tiene que tú quieres?

—La mitad de la compañía de mis padres… y el contrato de Delanie Talbot.

Nunca antes había visto la cara de una persona volverse de un color tan rojo como ahora.

Scott giró la cabeza tan lentamente hacia David que me recordó un poco a Linda Blair haciendo de la niña del exorcista.

—¿Robaste el contrato? —gritó.

Naturalmente, no podía dejar que se pusieran a gritar así.

—Necesito que mantengas la voz a un tono normal, Christopher. Hay más empleados aquí, y las paredes no son tan gruesas. Y hablando de paredes, me han dicho que las tuyas son muy finas también. Puede que quieras arreglar eso —dije con un guiño del que nadie se percató porque él seguía atravesando a David con la mirada con una intención homicida.

—Bah, deja de ser tan dramático —le dijo David, tan petulante como siempre—. El contrato está a salvo, y nadie va a verlo siempre y cuando Crawford me ceda su mitad de la compañía. Relájate.

Me reí.

—Quizá te hayas perdido el memorándum, David. —Levanté la mano hacia la pantalla—. Está claro que estoy en una mejor posición que la chica en cuyo estómago te esnifaste la coca mientras metías tus torpes dedos dentro del coño de su hermana como si fuera el pavo de Acción de Gracias de un fumadero al final de la calle.

David sonrió con suficiencia.

—Te estás marcando un farol. Puede que ya no seamos mejores amigos, pero una vez sí que lo fuimos. Te conozco. Eres demasiado dulce con esa muchachita para dejar que salga nada a la luz de ella. Dame la compañía y destruye todas las copias de ese puto vídeo, u os expongo al mundo a ti *y* a ella.

Tenía razón. Haría cualquier cosa para mantener en silencio nuestro secreto, aunque eso significara ver cómo el Loto Escarlata se hundía hasta los cimientos por culpa de tipos como David Stone. Pero todavía me quedaba un as en la manga.

A por el plan C, pues.

—Mason —dije por segunda vez.

De nuevo Mason se puso a trabajar con su ordenador y el vídeo de dentro de la oficina de Scott paró y lo reemplazó otro con una escena completamente distinta. Este no solo me ponía los pelos de punta, hacía que algo nada humano cobrara forma en mi interior. No podía mirar, pero los sonidos de la conversación que había tenido lugar justo antes del ataque eran inevitables de escuchar. Al principio Lanie estaba enfadada y David, petulante. Cuando ella se rió de su proposición, él fue el que se cabreó. Y luego intentó forzarla.

Mi cuerpo se sacudió, apreté los puños, se me instaló un tic en la mandíbula y las piernas me rebotaron. Quería matarlo. Lo tenía a la vista, el enorme ojo morado parecía estar tatuado sobre su ya amoratada cara. La peor parte de ese momento fue verlo allí, inexpresivo, mientras lo digería todo. No había ni un ápice de arrepentimiento en su cuerpo. Cuando Lanie gritó, ya no pude soportarlo.

—Apágalo —le dije a Mason, y lo hizo lo más rápido que pudo, pero no antes de que pasara a la escena donde yo entraba de golpe y agarraba a David para apartarlo de mi chica.

—Un accidente en kick-boxing, ¿eh? —preguntó Scott—. Tío, estás enfermo. No me puedo creer que hicieras eso.

—¡Oh, no actúes conmigo de ese modo tan santurrón, capullo!

—¿Qué cojones has hecho ahora?

Una nueva voz se incorporó a la conversación, y todos nos giramos de golpe hacia el sonido. Harrison Stone se encontraba en el umbral de la puerta con esa mirada autoritaria que decía que todos estábamos metidos en problemas.

Frente a su icónico padre, David abrió la boca como un pez fuera del agua.

—Pá, no es lo que parece.

Harrison movió su bastón en la dirección de su hijo.

—Ahórratelo. Ya lo he visto todo. Drogas, putas, intento de violación… Dios, hijo. ¿Qué más?

—Yo… eh…

David se paró durante unos pocos segundos y luego por fin cerró la boca. No había forma alguna de que se fuera de rositas.

Ojalá pudiera decir que la llegada anticipada de Harrison había formado parte de mi plan, pero no podía. Como decía Robert Burns, los mejores planes de los ratones y de los hombres en ocasiones se tuercen. A veces solo hay que dejar que el universo haga justicia.

Justo entonces Harrison se giró hacia mí con una amplia sonrisa en el rostro, y me agarró la mano con firmeza.

—¡Noah, hijo! ¿Cómo estás?

No pude evitar sentir el afecto que sentía por este hombre. Era el socio de mi padre, su mejor amigo, y de la familia. Cómo había engendrado a alguien tan malo como David era incomprensible para mí.

—Estoy bien, Harry —respondí, y porque no pude resistirme, añadí—: Por fin he conocido a la mujer de mis sueños y de algún modo he conseguido convencerla para que se case conmigo.

La expresión en la cara de David no tenía precio. Él no se había enterado de nuestra inminente boda.

—¡Pero bueno, menuda sorpresa! ¡Felicidades, hijo! —Harrison me dio un par de palmadas en la espalda y su fuerza podría haberme hecho caer de culo de no ser porque todavía tenía mi mano firmemente agarrada—. Será mejor que esté en esa lista de invitados —me advirtió.

Entonces dijo más serio:

—No es ningún secreto que mi hijo ha estado intentando quitarte de las manos el legado de tus padres. No he sido exactamente muy partidario de ello, pero es duro de mollera —dijo, dándose con los nudillos en su cabeza—. No quiere entrar en razón.

David gruñó de la frustración.

—Tú fundaste esta compañía. También es mi legado.

—Cállate, chaval. Noah sénior y yo fundamos esta compañía juntos. Era *su* idea. Y puedo ver que te estás muriendo por acusar a Noah de algo, pero creo que dejaré que me lo diga él mismo. —Se giró hacia mí—. ¿Qué sabe de ti?

Por muy avergonzado que estuviera de admitir la verdad, sabía que antes o después vería la luz. Mejor que fuera solo a Harrison, que no a toda la junta directiva. Eso sí que avergonzaría el recuerdo de mis padres.

—Compré una virgen, y luego me enamoré de ella.

La admisión fue rápida, como cuando te quitas una tirita. ¿Y sabes qué? No dolió tanto como pensé que dolería.

Harrison no pareció muy contento, pero tampoco decepcionado. Más bien indiferente, de hecho. Se encogió de hombros.

—¿Y?

—¿No es eso bastante?

—Permíteme preguntarte algo, hijo. ¿Ella merece que pases por todo esto?

Movió el bastón en derredor, refiriéndose a la mierda que tenía que aguantar de su hijo.

—Sí, señor —dije, y fue de corazón.

Aguantaría a David Stone cada día por ella si ese fuera el precio. Y luego todo encajó, como si acabara de poner la última pieza de un puzle. *No* había ningún precio. Lanie era todo lo que importaba. Mi felicidad era lo único que mis padres habrían querido para mí. Y sería algo que probablemente David Stone nunca tuviera. Con esa idea en mente, me giré hacia David.

—Puedes tener…

—Espera, espera —dijo Harrison, interrumpiéndome—. No seas tan rápido en tirar la toalla, Noah.

—¿Qué haces, viejo? —preguntó David, estupefacto—. Tú no tienes nada que decir en esto.

—Anda que no. En el fondo todavía controlo mi parte de la empresa aunque te la cediera a ti. Todo lo que tengo que hacer es anunciárselo a la junta directiva y estás fuera. Eres una vergüenza para la compañía, y eres una vergüenza para mí. No voy a aguantar tus tonterías durante más tiempo. Madura de una puñetera vez.

Harrison se inclinó sobre la mesa y cogió el contrato ante David, que no pudo reaccionar lo bastante rápido como para detenerlo. Lo miró por encima durante un segundo antes de tendérmelo a mí.

—¿Hay más copias? —le preguntó a David, que no hizo más que negar con la cabeza—. Bien. —Luego se giró hacia Scott—. ¿Por qué narices sigue aquí?

—Parece que yo todavía sigo involucrado en el asunto.

—¿Y cómo es eso?

Scott asintió en dirección al portátil de Mason.

—Hay un vídeo que no puede ver la luz. Si lo hace, su hijo y yo estamos muertos.

—Si le garantizo que no, ¿jurará no tener nada que ver con mi hijo otra vez?

—Eso puedo hacerlo. No quiero problemas. Yo tengo un negocio propio del que ocuparme.

Harrison se giró hacia mí con las cejas alzadas de un modo inquisidor. Yo di mi consentimiento asintiendo con la cabeza. No iba a sacar todo lo que quería del asunto. Pero siempre y cuando Lanie estuviera sana y salva, dejaría que el karma se ocupara del resto.

—El vídeo se destruirá. Ahora salga de aquí; que apesta.

Scott no perdió ni un segundo en dirigirse a la salida. No lo culpaba. Harrison tenía ese aire a Clint Eastwood que te retaba a que desobedecieras sus órdenes.

—Parece que la balanza está ahora a tu favor, Noah —dijo, girándose de nuevo hacia mí—. ¿Qué quieres hacer ahora?

—¡Compró una *puta*! —gritó David, claramente agitado por la vuelta de tuerca que habían dado los acontecimientos.

Harrison levantó su bastón para silenciarlo.

—Una palabra más y te repudio. —Me miró—. ¿Noah?

Miré al techo y miré más allá de lo que mi vista me permitió. Esto era por mis padres. Todo. Gracias a las amistades que habían forjado estando vivos, ahora todavía seguían cuidándome en la muerte. No permitiría que su recuerdo se mancillara, y eso incluía su legado.

Bajé la cabeza para ver a David Stone con una nueva luz diferente. Casi sentí pena de él. Aunque su padre era uno de los mejores hombres que hubiera conocido, David nunca había buscado la oportunidad de aprender de él. De hecho, había amenazado todo lo que yo más quería, y por eso no podía compadecerlo.

—Escúchame, David —dije furioso y con voz queda—. No solo tengo el poder de sacar a la luz tu pequeño vídeo porno y destruirte, sino que además el vídeo demuestra la existencia de un negocio de tráfico de personas y de drogas, y no nos olvidemos del otro vídeo de intento de violación. Podrías pasarte una buena temporadita en la cárcel.

Dez se echó hacia delante y añadió:

—Y para tu información, un mexicano enorme llamado Chávez ya te tiene en el punto de mira, zorrón.

Harrison al parecer se percató de su presencia ahora por primera vez, pero a juzgar por la expresión de su rostro, estaba impresionado. Dez tenía ese efecto en la gente. No hay duda de que le iba a pedir que saliera.

La expresión en la cara de David me recordó a una rata acorralada que no tenía por dónde huir, ni ningún agujero en el que esconderse.

—¿Qué quieres? —escupió entre dientes.

Estaba claro que no le gustaba el hecho de no tener más opción que admitir su derrota.

Le dediqué esa misma sonrisa petulante que había estado portando cada día desde que lo encontré en mi cuarto de baño con Julie. Y luego metafóricamente alargué la mano y le quité ese pequeño trocito de queso al que había estado aferrándose con sus diminutas garras.

—No mucho, solo tu mitad de la compañía. Parece un pequeño precio a pagar por tu libertad. ¿No crees?

—¿Cómo sé que no harás públicos los vídeos igualmente?

—No lo sabes —respondí sincero—. Pero por mucho que me duela hacerlo, te doy mi palabra. Siempre y cuando mantengas tu parte del trato, yo mantendré la mía. Puedes darle las gracias a Delanie por eso. Ella es muchísimo más indulgente de lo que yo nunca podré ser.

—Ni yo —interrumpió Dez.

—¿Qué dices, Stone? —pregunté.

—Vale. Es tuya. Es toda tuya —me concedió.

—Reunión suspendida —murmuré triunfante, y luego guié a Dez y a Mason fuera de la sala de reuniones para poder ir a reclamar mi premio.

La otra mitad de la compañía solo era un beneficio añadido. Delanie era el verdadero premio, uno que tenía toda la intención de saborear y ninguna de malgastar.

—Todavía no me creo que ya se haya acabado —dijo Lanie desde el asiento del copiloto de mi Lamborghini mientras conducíamos por la I-55 hacia Hillsboro.

Había pasado casi una semana desde la reunión con la junta directiva y, con todo el drama al que habíamos sobrevivido, necesitábamos un descanso. Hillsboro era lo bastante tranquilo como para proporcionarnos ese descanso y a la vez permitía que Lanie viera a sus padres. Ella pensaba que íbamos a coger una habitación en un hotel. Yo no hice nada para que cambiara de parecer.

—Ya se ha acabado, gatita.

Me llevé nuestras manos entrelazadas a los labios y besé su dedo anular izquierdo todavía desnudo antes de dedicarle una sonrisa torcida.

—Ohh, ahí está la casita de campo —dijo Lanie mientras nos acercamos a ella.

Cuando solté su mano para poder cambiar a una marcha inferior y aparcar en la carretera, ella frunció el ceño… hasta que vio la expresión en mi rostro y supo que estaba recordando la última vez que habíamos estado allí.

—Noah, no. No vamos a hacerlo otra vez.

Yo no dije nada mientras abría la puerta y bajaba del coche. Cuando me fui al otro lado y le abrí la puerta, ella cruzó los brazos de un modo desafiante sobre el pecho.

—No, Noah. Podemos tener todo el sexo que quieras en el hotel, pero aquí no, otra vez no. Casi nos pillaron la última vez.

—No nos pillarán —le aseguré, luego la cogí de la mano y tiré de ella para sacarla del asiento del copiloto.

Me acompañó reacia. Entrelacé los dedos con los de ella mientras la guiaba hasta la parte de atrás de la casa y más allá hasta el estanque y el cenador.

—¿Qué haces? ¿Estás loco?

Ella miraba frenética de un lado a otro en busca de alguna evidencia de que los vecinos nos hubieran visto.

—Sí, en realidad, sí que lo estoy. —Tiré de ella hasta el escalón del cenador y la guié hasta el columpio—. Y es por tu culpa. Tú me vuelves loco.

La giré de manera que estuviera de espaldas al columpio y empujé ligeramente sus hombros hacia abajo, alentándola a que se sentara. El sol se estaba poniendo en el horizonte y el brillo naranja y rosa que lanzaban sus rayos bañó los perfectos rasgos de su rostro. La pequeña familia de patos nadó en ese hacia el otro lado del estanque; sus silenciosos graznidos eran el único sonido que llegaba de nuestro alrededor.

Me arrodillé frente a ella y me reparé en la expresión de confusión que tenía en la cara.

—Quiero darte todo lo que deseas, Lanie. Pasado, presente y futuro. Y lo haré. Me siento fatal por no haberlo hecho bien la primera vez —dije mientras sacaba la cajita de terciopelo azul marino de mi bolsillo.

Ella ahogó un grito y se llevó las manos a la boca.

—Oh, Noah.

—¿Sabes? Para ser la futura señora de Noah Crawford, tu dedo anular está muy desnudo.

Le sonreí y la abrí para dejar a la vista un anillo de compromiso.

Era único, diseñado para una mujer, pero se heredaba de generación en generación en lo que esperaba que fuera una larga línea de tradición. Tres quilates de diamantes repartidos en grupos a la vez insertados en platino y que estaban intrincadamente colocados en circulitos y en espiral alrededor de un zafiro de corte esmeralda que había en el centro. Nada demasiado extravagante; la simplicidad era su encanto.

Lo saqué de la caja y alargué el brazo para cogerle su mano temblorosa con una sonrisa.

—Era de mi madre, y ahora me gustaría que fuera tuyo.

Se lo puse en el dedo y la miré a los ojos. Las lágrimas se le formaron y se le derramaron por sus mejillas. Su sonrisa fue lo más precioso que hubiera visto nunca, y deseé haber contratado a un puto artista para que capturara el momento en toda su infinita gloria y lo inmortalizara para siempre en el tiempo.

Le di un beso tierno.

—Te quiero, Delanie Talbot.

—Lo sé. Yo también te quiero —susurró, y luego bajó la mirada hasta el anillo que tenía en el dedo—. Es muy bonito. Gracias.

—De nada, pero aún hay más —le dije con una sonrisa traviesa mientras me ponía de pie.

Ella levantó la cabeza de golpe.

—¿Más? ¿Qué más?

—Vamos —le dije cogiéndola de la mano y tirando de ella para que también se pusiera de pie.

Sentí que la arrastraba durante todo el camino, y probablemente debería haber ralentizado el paso para que pudiera mantener el ritmo, pero estaba jodidamente emocionado por enseñarle la siguiente sorpresa. Cuando llegamos al Lamborghini, me giré y seguí caminando en dirección a la puerta principal.

—¿Adónde vas? ¡Alguien llamará a la policía!

Ella me tiró del brazo para que retrocediera y volviera al coche.

Yo tiré un poco más fuerte de su mano y la obligué a chocar contra mi pecho a la vez que la rodeaba con un brazo.

—Cálmate, mujer. Nadie va a llamar a la policía —le dije con una risa, y luego levanté el brazo que tenía a su espalda para que pudiera ver lo que tenía en la mano: las llaves de la casita de campo.

Solo le llevó un segundo procesarlo. Miró hacia el jardín delantero y por fin se dio cuenta de que la señal de En Venta ahora tenía un cartel encima que ponía Vendida.

—Noah, no lo has hecho.

Sentía la sonrisa tirar de mis mejillas. Era incapaz de no mostrar lo orgulloso que estaba de mí mismo por regalarle a la mujer de la que me había enamorado locamente la casa de los sueños de su infancia.

—Bienvenida a casa, Lanie.

Ella se quedó allí pasmada mientras yo introducía la llave en la cerradura y abría la puerta.

En cuanto regresé a casa después de haber dejado a Lanie en la de sus padres semanas atrás, ya dejé firmada la compra. La casa iba a ser mía de todas formas, pero cuando ofrecí cuatro veces el precio de la vivienda, el dueño prácticamente se cayó de culo y aceptó mi oferta. Polly se encargó a partir de ahí. Pensé que se iba a ir de la lengua con Lanie, pero estaba muy orgulloso de ella por haber conseguido mantener esa bocaza cerrada. Y ni siquiera exageró con la decoración tampoco.

Cogí a Lanie de la mano y la guié hasta el interior antes de cerrar la puerta a mi espalda. Me acerqué hasta la chimenea y cogí el mando de encima para encender la chimenea de gas.

—¿Qué opinas? —le pregunté al ver que no había dicho nada.

Miró en derredor. Había habido alguna ligera remodelación, pero yo insistí en que todos los detalles pintorescos de los que Lanie había hablado se dejaran intactos. Los suelos se habían cambiado y sacado brillo y los muebles eran todos nuevos, pero rústicos y lujosos. Todas las comodidades que pudiera desear o necesitar estaban ahí y terminaban con unos cojines enormes de suelo que ocupaban el espacio frente a la chimenea.

Pero Lanie seguía sin decir nada, y eso me ponía nervioso.

—No tienes por qué dejarla así. Hice que Polly la redecorara porque no quería que estuviera vacía cuando te la enseñara. También puedes rehacerlo todo si no te gusta.

Ella se giró e hizo desaparecer la distancia que nos separaba.

—Cállate, Noah. Hablas demasiado.

Me agarró de la camisa y tiró de mí hacia ella para darme un beso que hizo que los dedos de los pies se me retorcieran.

Pero tampoco paró ahí.

Su lengua, tan suave y maleable, se movió contra la mía; sabía tan dulce como el algodón de azúcar. La abracé fuerte, tomé todo lo que ella me daba y le devolví más a cambio. Su cuerpo se amoldó al mío, y la forma en la que se movía contra mí... Ay, Dios, la forma en la que la mujer se movía era exasperante. Ella había venido a mí como una virgen, sin experiencia sexual ninguna. Y aunque mi intención original hubiera sido enseñarle todo lo que a mí me gustaba, su verdadero profesor había sido su propio cuerpo. Ella sabía lo que quería, y todas las inhibiciones se esfumaban en lo que se refería a tomarlo. Y al responder a las exigencias de su propio cuerpo, respondía a las mías también.

Sus ágiles dedos viajaron hasta el centro de mi camisa desabrochando cada botón mientras los iba pasando. Ella no rompió el beso, ni paró para respirar. No lo necesitaba; cada respiración que dábamos se alimentaba de la del otro. Sus manos se deslizaron dentro de la abertura de mi camisa y se pegaron contra mi torso desnudo. Cada músculo de mi cuerpo se tensó ante su contacto. Cuando por fin Lanie se separó, sentí la pérdida al instante, pero su atención ahora se había desviado a un lado de mi cuello, y aquello también me parecía de puta madre.

Sus blandos labios me succionaron y chuparon la piel mientras su lengua me saboreaba. Pegué a Lanie más contra mí, me encontré con sus exploradoras caderas y restregué el bulto de mis pantalones contra su sexo. Ella se movió hacia mi pecho y rodeó con la lengua cada uno de mis duros pezones mientras me tocaba con las manos los músculos del otro lado. Entonces movió las manos lentamente por mis hombros, y dejó que la camisa se me deslizara por los brazos hasta terminar cayendo al suelo.

Cuando centró la atención en el otro pezón, le pasé los dedos por el pelo. Escalofríos me recorrieron la espina dorsal cuando sentí sus uñas clavadas en mis abdominales hasta llegar a la cintura de mis vaqueros. Tiró de ellos, obligándome a acercarme más a ella, y luego sentí su mano acariciarme a través de la tela con la presión perfecta.

—Gatita…

Fue todo lo que pude decir entre mis pesadas respiraciones mientras intentaba desesperadamente no perder el control antes de haber liberado siquiera mi polla de su prisión.

Ella se quitó los zapatos a patadas y yo llevé las manos hasta el dobladillo de su camiseta. Mi dedo pulgar acarició la piel desnuda de abajo, pero no fue suficiente. Así que le levanté la camiseta por encima de la cabeza para que se uniera a mi camisa en el suelo. Estaba impresionante con ese sujetador azul con adornitos que llevaba debajo, los cremosos montículos de sus pechos se le salían por encima de las copas. Los toqué, apretándolos y amasándolos a través del fino material, justo como a ella le gustaba. Pasé los pulgares por encima de sus endurecidos pezones y ella me mordió la piel del pecho como reacción. Sí, le gustaba. Tanto que el botón de mis vaqueros se abrió y su mano se deslizó dentro para tener un contacto piel con piel.

Siseé cuando el talón de su mano pasó por encima del glande de mi verga.

—Dios santo, Lanie.

—Estás tan duro… —dijo ella con una fascinación lujuriosa.

Movió la mano contra mí tanto como los estrechos confines de mis vaqueros la dejaron.

Bajé la mirada para poder ver su mano metida en la parte delantera de mis pantalones porque sabía que sería una imagen erótica de cojones. Tenía razón. La cabeza de mi polla presionaba contra la parte superior de la cinturilla, y al parecer ella lo vio también, porque retiró rápidamente la mano de mis pantalones y se arrodilló frente a mí. Su boquita sexy se apoderó de la punta y la devoró con entusiasmo. Las pelotas se me tensaron al instante y tuve que agarrarla de los brazos para ponerla de pie antes de que me corriera en el sitio.

—Baja el ritmo o no voy a durar mucho —le advertí, manteniéndola todo lo alejada que el brazo me permitía.

Un brillo sensual iluminó sus ojos azules y ella luchó contra mi agarre para tirar de mis pantalones.

—No quiero bajar el ritmo, Noah. Te deseo. Quiero sentirte, tan grande y duro dentro de mí. Quiero saborear tu semen mientras se desliza por mi garganta. Quiero sentir tus labios y tu lengua sobre mi coño. Lo quiero todo, Noah. Lo necesito todo, y me prometiste que me darías todo lo que quisiera o necesitara.

—Joder —gemí ante ese discurso tan guarro.

Era mi debilidad y ella lo sabía. Me tenía comiendo de su mano, sabía cómo manejarme bien, cómo retorcer mis palabras para que funcionaran en su favor. Y que no se dijera que yo me retractaba de mi palabra. Era oro puro… y joder… todas esas cosas eran las mismas exactas que yo quería. Pero yo además tenía un regalo más para ella que con total seguridad iba a hacer que nuestra noche juntos fuera mucho más placentera.

—Espera, Lanie. Tengo algo para ti —le dije mientras metía la mano en el bolsillo.

—¿Más? Ya me has dado una casa y un anillo de diamantes…

Le dediqué una sonrisa de lo más traviesa y pilla a la vez que levantaba la mano hasta la altura de nuestros ojos y abría el puño para dejar que la tira de perlas que tenía se desplegara.

—Los diamantes pueden ser los mejores amigos de las mujeres, pero las perlas son mucho más divertidas —le dije con un movimiento de cejas.

Ella pareció confusa, pero no importaba. Solo era una mera cuestión de minutos antes de que lo viera, o mejor dicho, lo sintiera por sí misma.

Agarré a Lanie y de un tirón la pegué contra mi cuerpo. Mi boca se estampó contra la de ella y nuestros labios se encontraron, nuestros dientes colisionaron y nuestras lenguas bailaron en lo que fue un beso hambriento y brusco. Me puse de rodillas encima de los cojines del suelo y ella hizo lo propio sin romper nunca el beso. Sus manos estaban en todos sitios; me barrían el pecho y los hombros para luego deambular muy lentamente por mis bíceps. Los flexioné para ella porque sabía que le encantaba, y ella gimió en mi boca.

Mientras ella disfrutaba sintiéndome, yo desabroché rápidamente su sujetador, tiré de los tirantes hacia abajo y lo arrojé a un lado. Sus pechos redondos y firmes se pegaron contra mi pecho desnudo y mis labios encontraron ese lugar donde su cuello y su hombro se unían. Ella gimió cuando le pasé las perlas por encima de sus endurecidos pezones y le chupé la piel del cuello. Dejé las perlas a un lado por un momento y le abrí hábilmente sus vaqueros y se los bajé por esas caderas voluptuosas.

Le dejé un reguero de besos desde el principio de su cuello hasta ese punto bajo la oreja y la agarré del culo al mismo tiempo que cogía las perlas y exploraba su precioso montículo con las puntas de mis dedos y la suavidad satinada y redonda de las perlas. La mínima presión de las bolas la provocaba, la hacía suplicar por más hasta que ejercí más presión y las pasé por encima de su clítoris hinchado. Ella jadeó y me hincó las uñas en la espalda a la vez que me succionaba y me mordía el hombro. Me volvía loco.

Me eché hacia atrás para mirarla y mi polla se puso más dura si cabe al ver que la expresión de su rostro me decía todo lo que necesitaba saber pero que aun así quería oír de su boca.

—¿Esto es lo que quieres, gatita?

Ella confirmó mi sospecha con una exhalación.

—Sí, más.

—¿Y esto?

Deslicé mis dedos y las perlas entre sus labios húmedos y sedosos y los empapé con su flujo.

Ella gimió y me mordió el hombro otra vez mientras movía las caderas hacia delante.

—Mmm… más.

—Tan ansiosa, Delanie —murmuré contra su oído y luego me metí el lóbulo en la boca justo cuando dos de mis dedos encontraron su hendidura e introdujeron las perlas en su interior para darle exactamente lo que quería.

Ella jadeó y echó la cabeza hacia atrás, movimiento que me dio un amplio acceso a su garganta. Le recorrí la yugular con la lengua e inhalé profundamente. El olor de su excitación se mezcló con el ligero perfume que llevaba y yo me relamí los labios, sintiéndome de golpe salvaje y hambriento.

—Puedo olerte, Delanie. Tu excitación huele muy dulce, muy seductora.

Introduje más perlas dentro de ella. Ella gimió y onduló las caderas para ayudarme hasta que la tarea estuvo completa. Moví los dedos adentro y afuera a un ritmo lento, usé las perlas para rozar su punto G mientras con mi pulgar ejercía la presión justa sobre su pequeño capullito de nervios. Lanie echó las caderas hacia adelante, gesto que suplicaba que le diera todavía más.

—¿Te gusta, verdad? ¿Te gusta cuando te follo con los dedos?

—Sí. Oh, Dios, sí. —Ella abrió los muslos tanto como sus pantalones le dejaron y se movió contra mi mano—. Dame más.

—¿Más? ¿Así? —Moví los dedos dentro de ella con las perlas. Ella hizo ese sonidito sexy que me hacía querer sacarle de golpe las perlas y enterrar mi polla bien dentro de su cuerpo. Estaba resbaladiza y sedosa, y pensé que se me iba a ir la cabeza—. Joder, gatita. Estás toda mojada. Necesito que te tumbes. Quiero ver.

Lanie se sujetó a mis hombros y yo lentamente nos agaché hasta que ella estuvo tumbada sobre los cojines del suelo. Ella protestó con un puchero y un quejido cuando retiré los dedos de su interior para bajarle del todo los pantalones. Necesitaba verla entera, mirar mientras le daba placer con los dedos. Ella abrió las piernas para mí, una invitación impaciente para que hiciera con ella lo que quisiera. Y lo haría.

Su humedad brilló bajo la luz del fuego. La tira de perlas me tentaba incluso más todavía. Me relamí los labios para anticipar su sabor, pero volví a introducir los dedos para remover las perlas.

—Joder, tienes un coño precioso, Delanie. Y es todo mío.

Sin advertencia ninguna, me enganché la tira de perlas al dedo y tiré de ellas lentamente. Un suave gemido provino de mi chica, que se hizo mayor todavía con el vaivén de su cuerpo. La mordí en la cadera. Estaba embelesado con la imagen, pero incapaz ya de contenerme. Así que le saqué la tira de perlas de golpe.

—¡Ah, Dios!

Lanie se corrió a la vez que arqueaba el cuerpo en el suelo. Por un momento pensé que le había hecho daño, pero ella se mordió el labio para reprimir un gemido ansioso.

Mis dedos encontraron su marca y se adentraron en su cuerpo para acariciar el área ligeramente rugosa de su punto G y hacer que su orgasmo se extendiera inconmensurablemente. Ella gimió y arqueó la espalda, y yo me incliné hacia adelante y me metí uno de esos enhiestos pezones en la boca. Mi lengua se movió rápida sobre él, de un lado a otro, y mis dientes lo rozaron muy, muy suavemente.

—Más fuerte, Noah —me pidió sin aliento.

Yo la correspondí, en ambos lugares. Moví los dedos dentro y fuera de ella, metiéndolos hasta los nudillos, y le succioné y tiré de su pezón con mis dientes. Su respuesta fue un buen tirón de pelo. La adoraba cuando se ponía agresiva, y ella lo sabía.

—Te necesito dentro, ya. —Movió las caderas contra mi mano—. ¿Por favor?

Sí, sentía su dolor. Yo también necesitaba estar dentro de ella, no soportaba estar fuera ni un segundo más. Y eso en parte me cabreaba porque había muchísimas más cosas que quería hacer con ella, pero bueno, a la mierda, supongo que teníamos el resto de nuestras vidas por delante, así que le saqué los dedos.

Me sostuve sobre un brazo y me desabroché los pantalones antes de sacarme la polla. Mi encantadora asistente pasó las manos por mi trasero y me bajó los vaqueros lo suficiente como para permitir que pudiera moverme. Debería haberme tomado mi tiempo quitándomelos, pero el momento estaba allí y no iba precisamente a presionar el botón de pausa para hacerlo.

Lanie estaba más que impaciente levantando las caderas, pero entonces decidí que un poco de juego previo sería divertido. Así que restregué la cabeza de mi verga por toda su hendidura y luego la presioné contra su clítoris mientras movía las caderas en círculos. Ella soltó un gemido fuerte cuando miró entre nosotros para ver la cabeza de mi polla frotándose contra ella. Me encantaba torturarla, hacer que se llenara de anticipación, así que volví a retirarme para repetir el ciclo.

—Por favor, Noah…

Sí, me gustaba oírla suplicar por mi polla.

Le sonreí con suficiencia.

—Por favor, ¿qué? ¿Quieres que te folle ese precioso coñito?

Ella asintió y se mordió el labio; su pecho subía y bajaba. Para dejarlo todavía más claro, levantó las rodillas y se agarró a mi culo con ambas manos para ondularse debajo de mí. Sí, ya era suficiente. Mi mujer quería que la penetrara, y eso haría. Miré entre nosotros y presioné la cabeza de mi polla en su entrada antes de internarme en ella poco a poco. Ambos gemimos de placer al estar por fin unidos, y yo no pude contenerme… quería más de esa sensación.

—Joder, qué gusto, ¿verdad? —le pregunté—. No hay nada como la primera vez que te penetro. La forma en que tu coño se aferra a mi polla… está tan caliente, tan suave, tan húmedo. Esa sensación… es insuperable. Intentémoslo otra vez, ¿vale?

Observé cuando me retiré de su interior. Sus fluidos envolvían mi verga, y su entrada, al haber tenido que estirarse para acomodar mi tamaño, volvió a achicarse hasta el diminuto agujero que había sido antes de que yo lo penetrara. Era una imagen increíble de contemplar.

El brillo de su humedad sobre las perlas que había puesto a mi lado me llamó la atención y una idea pícara se me formó en la cabeza. Las cogí y me envolví la polla con ellas para hacer que estuviera acanalada, todo para el placer de Lanie. Ella me sonrió cuando vio lo que había hecho, y la mirada de sus ojos me recordó una vez más a la noche en la que negociamos esto por lo otro y le arrebaté la virginidad. Ella era un juego. Y yo estaba más cachondo que su puta madre.

Empujé hacia adelante y vi cómo la cabeza de mi polla desaparecía entre su carne mientras ella se dilataba para acogerme dentro. Los ojos se me dieron la vuelta cuando sentí las perlas menearse sobre mi miembro. Si el sonidito que soltó Lanie al mismo tiempo era señal de algo, yo diría que lo que estábamos haciendo era tan bueno para ella como lo era para mí. Sabiendo eso no pude contener las caderas y me enterré hasta el fondo en ella. Ella me estrujó el culo con las manos para evitar que me moviera mientras se ondulaba debajo de mí y restregaba el clítoris contra mi ingle.

Yo la animé; quería que hiciera lo que le viniera de manera natural, porque eso era lo que me volvía loco.

—Eso es, gatita. Haz lo que te haga sentir bien. Utiliza mi cuerpo para tu placer.

—Eres tan grande… y estás tan duro —gimió—. Me encanta tener tu polla dentro de mí. Y esas perlas… —gruñó esa última palabra y cerró los ojos de puro gozo.

De puta madre. Mi nena de dos millones de dólares se me había vuelto toda una profesional.

Me eché un poco hacia atrás y volví a embestirla.

—¿Te gusta?

Ella me hincó las uñas en los cachetes del culo.

—¡Dios, sí! Más rápido.

Me moví dentro de ella con cinco arremetidas rápidas para darle lo que quería, y luego me quedé quieto, completamente enterrado en ella. Roté las caderas para darle la fricción que necesitaba contra su clítoris. Además también le hacía un montón de cosas fantásticas a mi polla que las perlas se movieran así.

Ella gimió.

—Ay, Dios… justo así. No pares.

Me retiré y moví el cuerpo para hundirme en ella una y otra vez. Me las apañé para encontrar un ritmo regular que no era ni demasiado rápido ni demasiado lento. Ella se contoneó contra mí para ir en busca de mis caderas y para tirar de las mías hacia las suyas. Las perlas me guiaban hasta el abismo, y a ella también. La forma en la que sus manos se agarraban a mi culo y en la que sus paredes vaginales se contraían a mi alrededor mientras me movía dentro y fuera de su cuerpo era indescriptible.

—Noah, voy a…

—Hazlo —gemí, todavía moviéndome dentro de ella—. Deja que sienta cómo tu coño se aprieta contra mi polla.

Mi verga se ponía todavía más imposiblemente dura con cada acometida, y mi propio orgasmo creció y creció hasta que pensé que las pelotas me iban a explotar.

—Justo ahí, gatito. Justo ahí —soltó, ansiosa, y luego sentí las familiares palpitaciones de sus paredes vaginales alrededor de mi polla mientras gritaba mi nombre con su orgasmo.

Aceleré el ritmo. Embestí más fuerte, más profundo, y la ayudé a alcanzar todos y cada uno de los niveles de su clímax. No pude apartar los ojos de ella. Era preciosa bajo el suave resplandor del fuego. Una ligera capa de sudor cubría su cremosa carne, sus labios estaban hinchados y de un rojo cereza, y tenía los ojos cerrados con esas gruesas pestañas acariciándole la suave piel de los pómulos mientras se dejaba llevar y hacer por el orgasmo.

—Soy el hombre más afortunado del mundo —susurré, y luego me incliné hacia delante para saborear esos sabrosos labios.

Una, dos, tres veces los besé. Mi polla se deslizaba dentro y fuera de su cuerpo, y las perlas seguían moviéndose a lo largo de mi extensión. Sus pechos estaban pegados contra mi pecho, sus labios me lamían los míos y sus dedos se aferraron a mi trasero. Era demasiado.

—Qué gusto, Lanie. No puedo contenerme más —la advertí—.

Voy a correrme por todo ese precioso coño que tienes.

Lanie sacudió la cabeza y luego me miró a los ojos.

—Me lo has negado muchísimas veces. No voy a dejar que me lo vuelvas a negar. Córrete en mi boca, Noah. Quiero saborearte.

—Mierda… No sé si puedo aguantar tanto… Es… increíble —la advertí mientras hacía todo lo que podía por no correrme.

—Dámelo, Noah. Fóllame la boca —exigió.

Me salí de ella, de mala gana, pero como ya había dicho tantas veces antes, no le negaría nada. Ella puede que hubiera empezado como mi esclava sexual, pero ahora yo me había convertido en el suyo.

Me quité las perlas de encima a la velocidad de la luz y me senté a horcajadas sobre su pecho. Mi polla se movió arriba y abajo toda empapada en sus fluidos cuando la acerqué a su boca. Pasé la punta por sus labios y los cubrí de su propio orgasmo.

—Saboréame, Delanie. Mira a lo que sabe mi polla empapada de tus fluidos.

Ella abrió la boca y yo le introduje la verga dentro. Sus labios se cerraron alrededor de mi extensión y gimió de gusto mientras saboreaba nuestros sabores mezclados. Le agarré la cabeza por detrás y comencé a mover mi polla dentro y fuera de su boca.

—¿Sabemos bien, Lanie? ¿Te gusta a lo que sabe mi polla?

Ella respondió con un gemido y luego me agarró del culo para acercarme más a ella y hundirme más en su interior. Sentía la pared de su garganta tocar la punta de mi verga, y ella tragó y me estrujó la polla. Y eso fue todo lo que pude aguantar.

—¡Joder, gatita! ¡Joder, joder, joder! —grité mientras me enterraba más todavía incluso y mi polla palpitaba con cada chorro de semen que expulsé contra la pared de su garganta. Cada vez que tragaba me sentía más estrujado. Lentamente movió su cabeza adelante y atrás, ordeñándome hasta quedarme flácido en su boca.

—Madre mía, mujer, ya es suficiente —me reí entre dientes, obligándola a soltar mi verga—. Como sigas así voy a ponerme duro otra vez.

—¿Y qué hay de malo en ello? —preguntó.

Lo juro por Dios, amaba y adoraba a esa mujer.

Me bajé de su torso y me tumbé a su lado antes de colocarla encima de mi cuerpo cual manta para que pudiera apoyar la cabeza en mi pecho. Su mano izquierda estaba apoyada sobre mi vientre y yo bajé la mirada para contemplarla. Las piedras preciosas del anillo de compromiso de mi madre absorbían la luz del fuego y reflejaban todo un arcoíris de colores. Por fin había encontrado su hogar.

Por fin había encontrado mi hogar. Lo cual me recordaba...

—Al final no me lo has dicho —empecé—. ¿Te gusta la casa?

Lanie levantó la cabeza y me miró. Una sonrisa se apoderó de su rostro muy despacio.

—Ya sabes que sí.

Sí, lo sabía.

—Pero no estoy muy segura de cómo lo vamos a hacer —continuó, dibujando circulitos y cositas en mi pecho.

—¿El qué vamos a hacer?

—Bueno, tú tienes una casa en Oak Brook y ahora tenemos la casita de campo también. ¿Dónde planeas que vivamos?

—Sí, sobre eso —empecé, de golpe sintiéndome como un cabrón por no haber discutido nada de esto con ella de antemano. En mi defensa diré que había planeado hablar con ella de esto tras habérsela enseñado, pero una cosa llevó a la otra y... bueno, allí estábamos—. ¿Sabes que David me va a dar su mitad de la compañía?

—Sí...

—Bueno, Mason me ha sido tan leal durante todos estos años y conoce los pros y los contras de la compañía tan bien, que he pensado en convertirlo en mi socio.

—¡Noah, es maravilloso! —dijo. Tenía los ojos brillantes de felicidad—. ¡Polly va a caerse de culo cuando se entere!

Me reí, sabía que aquello era totalmente cierto.

—Aunque espera un momento —dijo, otra vez apoyándose contra mí—. ¿Qué tiene eso que ver con dónde vamos a vivir?

—Ah, cierto —dije, volviendo al tema que nos ocupaba—. En realidad no tiene nada que ver con donde viviremos, pero más tarde o más temprano Mason terminará controlando la mayor parte de las cosas que requerirán una presencia constante en la oficina. Así que eso significa que podemos vivir donde tú quieras. Si quieres vivir aquí de forma permanente para estar más cerca de tus padres, puedo montarme una oficina aquí y trabajar desde casa.

—Pero Noah, la casa de tus padres… es todo lo que te queda de tu familia —dijo; su voz sonaba seria.

La abracé y le besé la frente porque quería, y porque todavía seguía actuando de un modo altruista.

—Tú eres mi familia ahora, Lanie. Y planeo tener un montón de preciosas mini Lanies en un futuro. Y quizás al menos un pequeño Noah para que perpetúe el apellido Crawford.

Ella alzó las cejas, abrió los ojos como platos y una enorme sonrisa se apoderó de su cara.

—¿Bebés? ¿Quieres bebés?

—Ajá… Muchos, muchos bebés.

—Bueno, pues entonces —dijo pensativamente—, vamos a necesitar una casa enormemente grande para que nos quepan todas esas criaturas, ¿no crees?

Me encogí de hombros.

—Supongo.

—Y Polly va a necesitar que alguien la mantenga ocupada mientras Mason se quede en la oficina trabajando hasta altas horas de la noche. Si no, va a cantarle las cuarenta por no estar con ella tanto como antes.

—Probablemente —admití.

—Mi madre está mejor y mi padre ha vuelto al trabajo. Y Dez está también buscando piso en la ciudad…

Sabía adónde quería ir a parar.

—Gatita, ¿estás intentando decirme que quieres vivir en la casa Crawford?

Una expresión culpable se apoderó de su cara.

—¿Me convierte eso en un ser terrible? ¿Por no coger sin pensar la oportunidad de vivir tan cerca de mis padres?

—Para nada. Siempre puedes visitarlos cada vez que quieras. Al fin y al cabo, tenemos una casita pintoresca aquí también. Las Navidades, Pascua, las pequeñas vacaciones de verano, lo que sea. No necesitamos ninguna razón para dejarlo todo y hacerles una visita.

—Además, en Chicago no tenemos a ningún vecino cotilla. Y tú no tendrás que eludir tus responsabilidades en el Loto Escarlata tampoco —dijo.

—¡Eh! Me ofendes —le dije de broma, haciéndole cosquillas en el costado.

—¡Es broma! ¡Es broma! —se rió.

—Así que, ¿Chicago? —pregunté.

Quería que ella tuviera la última palabra.

Ella asintió.

—Chicago.

—Bien —dije, satisfecho con su decisión. La obligué a darse la vuelta para poder apoyarme sobre un codo y cernirme sobre ella con una sonrisa traviesa—. Ahora empecemos a hacer esos bebés.

Me incliné para besarla, pero ella colocó los dedos entre nuestros labios.

—Me inyectaron el anticonceptivo, ¿recuerdas? No me puedo quedar embarazada ahora mismo.

Me encogí de hombros.

—Pero no nos vendría mal practicar.

Ella se rió tontamente y por fin cedió y me dejó que la besara con fuerza y con parsimonia mientras el fuego crepitaba de fondo. Así era como quería que siempre fuera entre los dos: que soltáramos risas despreocupadas, que hiciéramos el amor de un modo erótico, que fuéramos felices y libres. Libres de ex mentirosas, de amigos traicioneros que quieren hundirnos, de sentirnos como si fuéramos la única persona que puede salvarle la vida a alguien que queremos y que toma medidas drásticas para hacerlo. Libres de esa sensación solitaria que conllevaba vivir solo.

No era exactamente el mismo sueño que tenía cada maldito americano, pero la base era la misma: tener a alguien a quien querer, a quien cuidar, alguien que no quisiera nada más que hacer lo mismo por ti a cambio... alguien que te cubriera las espaldas en las buenas y en las malas.

Y nosotros tendríamos ese sueño. Me aseguraría de ello. No era tan estúpido como para pensar que todo sería perfecto. Tendríamos nuestras propias pequeñas batallas que disputar, pero a la larga, ganaríamos la maldita guerra.

Tendríamos nuestro final feliz.

Epílogo
Regreso de lo sensual

Lanie

Era la víspera del segundo aniversario del día en que mi vida se volvió patas arriba, se puso del revés, dio un giro de ciento ochenta grados y se redirigió en una dirección completamente distinta. Habían pasado dos años desde el día que me vendí en una subasta en un club nocturno llamado Foreplay en el que se vendían mujeres a hombres ricos y poderosos a cambio de una cantidad considerable de dinero.

Las otras mujeres de mi grupo lo hicieron por sus propias razones. Yo lo hice para salvar una vida. La de mi madre, para ser más específicos.

Dos millones de dólares fue la cantidad a por la que fui. Me vendí al mejor postor, Noah Patrick Crawford, presidente del Loto Escarlata. Él me poseería durante dos años, me usaría para satisfacer todas sus necesidades sexuales como y cuando le diera la gana.

Ese hombre me enseñaría a cómo mamar adecuadamente una polla. Ese hombre me daría mi primero de muchos orgasmos, me presentaría a mi Chichi interior, y a él le presentaría al Rey de los Dedos Folladores, a su culo, a la Culoestra y al Vergazo Prodigioso. Ese hombre me quitaría la virginidad, me convertiría en una guarrilla y me sacudiría todo mi puñetero mundo. Ese hombre me cabrearía día sí y día también —dentro y fuera del dormitorio— y luego vendría cabalgando sobre su caballo blanco para solucionarlo todo.

Ese hombre era ahora mi marido.

Y el padre de nuestra hija, Scarlett Faye Crawford.

Scarlett era la niña de sus ojos. Nació menos de un año después de que nos casáramos. De hecho, yo ya había estado embarazada de ella en la boda y no lo había sabido siquiera. Estaba segura de que concebí a nuestra hija la noche que Noah me dio el anillo de compromiso.

El anillo de su madre.

Esa noche quedará grabada para siempre en mi memoria; su perfección fue cegadoramente gloriosa en todos los posibles sentidos imaginables de la palabra. Él me ofreció tanto el precioso diamante como su corazón, su todo. Él me pertenecía, y yo le pertenecía a él.

Rodeada por las paredes de la casita de campo de mis sueños —la casa que había ansiado tener en secreto desde pequeña— nuestras vidas empezaron de nuevo. Nos susurramos nuestros deseos y nuestros sueños, y sí, hicimos el amor como si no hubiera mañana. Fue erótico. Fue mágico. Fue perfecto.

Esa noche me dijo que quería tener muchos, muchos bebés. Y yo estuve más que feliz de acceder. Scarlett era la primera de muchos más que vendrían.

Sí, estaba mimada. Tenía todo lo imaginable —ropa, juguetes, libros— y no le faltaba de nada. Pero más importante que todas esas cosas materialistas, tenía amor. Tenía el amor de la gente que le consentía todos los caprichos, todos los antojos.

Tenía unos ojos almendrados del color de los preciosos zafiros enmarcados por abundantes pestañas negras. Una piel tan suave en la que dejar nuestros besos, unos rizos grandes de color chocolate que suplicaban que los acariciaran y los adornaran con lacitos, y una sonrisa que podía poner de rodillas a cualquier persona. Todos estuvimos bajo el embrujo de su hechizo en el momento que respiró por primera vez.

Pero Scarlett era la niña de papá de todas todas.

No me malinterpretéis, ella quería a su mami, pero papi era el héroe de su cuento de hadas. Noah la tenía comiendo de su mano, y ella lo tenía igual o peor a él. Y a mi padre, Mack, también. No sabría siquiera cómo empezar a contarte los celos que hay entre esos dos por disfrutar de sus atenciones. Mack era su Abu y había amenazado con demandarlo por derechos de visita de los abuelos un fin de semana cuando Noah planeó «sin pensar» en llevar a Scarlett a la misma juguetería que él quería llevarla sin haber primero hablado con él para ver si tenía intención de llevarla algún día.

¿Confuso? Sí, yo también lo pensé.

Era ridícula la forma en que se peleaban por la niña. Siempre intentando hacerle sombra al otro con los regalos que le conferían o con los lugares a los que la llevaban. Estaba bastante segura de que Mack incluso había hipotecado otra vez la casa en la que crecí para intentar mantenerse al mismo nivel de riqueza que Noah.

Al final el resto de la familia y yo decidimos que hacía falta intervenir entre los dos. Eso fue hace una semana. O sea, en serio, Scarlett tenía suficiente amor en su pequeñísimo corazón para todos, y no era justo que la pusieran constantemente en medio. Tía Dez, Buelita, tía Polly y yo nos fuimos con ella a Nueva York una semana para visitar a la tía Lexi y al tío Brad y dejamos a Papi y al Abu en casa para que se relajaran. Necesitaban el descanso.

La semana que pasamos en Nueva York fue divertida, pero eché de menos a mi marido. Y, vale, también eché de menos sus muchas cualidades. Y no es que me estuviera refiriendo a su ridícula fortuna. Cargadas con más cositas para Scarlett y un nuevo armario para mí —Polly, Dez y Lexi; ¿es necesario que diga algo más?— nos dirigimos de vuelta a casa.

Para cuando regresamos, Noah y mi padre conectaron debido a su mutua tristeza por la ausencia de Scarlett. ¿Y yo qué? ¿No era nada para ellos?

Pero mi enfado duró solo unos pocos momentos. Tras un breve saludo y muchas repeticiones de *Papi te ha echado mucho de menos*, Mack me quitó a Scarlett de los brazos y urgió a mi madre a salir de la casa. La niña era suya durante ese fin de semana.

Y yo era de Noah.

En cuanto la puerta se cerró, me encontré con la espalda pegada a ella y con un marido muy ansioso pegado contra todo mi cuerpo y con las manos apoyadas a cada lado de mi cabeza. Su rostro solo estaba a unos centímetros del mío y pude sentir la calidez de su aliento cuando se diseminaba por mi cara. Sus labios se acercaron a los míos muy despacito.

—No me vuelvas a hacer eso nunca más —dijo, y luego juntó sus labios con los míos con fuerza y exigencia.

No estaba enfadado ni lo más mínimo. Solo muy, muy cachondo y desesperado por encontrar alivio.

Um… sí. Yo también.

—Joder, te he echado muchísimo de menos —murmuró contra mi piel a la vez que dirigía su atención a mi cuello.

El Chichi concordó. Él también lo había echado de menos. De hecho, podía escuchar perfectamente los sonidos parecidos a la música de *bow chicka wow wow* que se reproducían en los recovecos de mi mente. Le quitó el polvo a sus botas rojas de piel altas hasta las rodillas y al mono pegado azul antes de pararse momentáneamente a mirar la corbata negra de Noah y aquellos tacones negros envolventes que sabíamos que a él le gustaban particularmente.

Como si importara lo más mínimo.

Su mano se fue hasta debajo de mi falda y me tocó el centro de mi cuerpo ya empapado. Sus dedos acariciaron e indagaron como solo el Rey de los Dedos Folladores podía. La otra mano me amasaba el pecho a la vez que me giraba el pezón endurecido con el pulgar y el índice. Y aquella polla colosal se restregaba contra mi cadera.

El Chichi lo llamó con el dedo y soltó un susurro sensual:

Hola, grandullón. ¿Por qué no vienes hasta aquí y hablamos de lo primero que se nos ocurra?

La Doble Agente Coñocaliente era claramente una guarra.

Yo, por otro lado, decidí hacerme la difícil. Durante el embarazo de Scarlett, nuestra vida sexual se volvió un tanto vainilla. Todo porque a Noah le preocupaba hacerme daño a mí o al bebé de alguna manera.

En fin, la cosa es que, cuando nació, la situación se quedó más o menos igual, solo que lo hacíamos menos. Claro, teníamos quiquis y polvos rápidos en la ducha, y ninguno de ellos fue menos impresionante, pero ese intenso infierno de lujuria que habíamos compartido al principio de nuestra relación se atenuó hasta ser solo una pequeña llama. No es que me quejara, pero echaba de menos el ojo por ojo, los retos, la parte donde uno de nosotros decía:

Déjame cabrearte bien cabreada para luego follarte hasta perder el sentido para que recuerdes quién es tu dueño.

E iba a traerlos de vuelta.

Con toda la convicción de la que pude hacer acopio, lo empujé por el pecho y lo alejé de mí. Él me miró confundido y un poco herido. Pero yo le guiñé un ojo y le dediqué lo que esperé que fuera una sonrisa sexy de suficiencia para hacerle saber que me siguiera el juego.

—¡Que te jodan, Noah! ¿Sabes qué día es mañana? —le espeté.

Otra vez esa expresión confundida.

—¡Ya veo que no, cabrón! —dije, levantando la barbilla de un modo indignado a la vez que me acercaba hasta él—. Pues es el segundo aniversario del día que nos conocimos. El día que me compraste por dos millones de dólares para que fuera tu esclava sexual y pudieras hacer conmigo lo que te diera la real gana, como y donde quisieras, porque eres un cabrón enfermo que se corre dominándome para su propio placer. Te ha encantado doblegarme, obligarme a someterme a ti solo porque tenías suficiente dinero para hacerlo.

Me quedé pegada nariz con nariz a él, en teoría, claro, porque él era más alto que yo y demás. Mis chicas estaban presionadas contra su duro pecho, y él despedía calor por todos lados.

—Lanie, yo… —empezó, pero lo corté.

—¡Me llamo Delanie! ¡Tú no puedes llamarme Lanie! —le espeté.

Y ahí estaba, la bombillita. Pude ver que por fin lo había pillado, y a juzgar por la sonrisa suficiente y arrogante que se extendió por su cara, iba a seguirme el juego.

Me agarró el pelo con un puño y me tiró de la cabeza hacia atrás a la vez que me cogía del culo y me atraía hacia él con brusquedad.

—Bueno, si nuestro pequeño contrato expira mañana, supongo que es mejor que le saque partido a mi última noche de poder —dijo. Mis pezones se tensaron contra mi camisa al ver resurgir de nuevo a Noah el dios del sexo—. Debo advertírtelo, no será suave. Será brusco y violento, pero te va a encantar cada minuto. Y harás lo que yo diga porque poseo cada centímetro de tu cuerpo. Tu boca follable, tu coñito prieto, tu culo prohibido... todos me pertenecen y me los follaré como me dé la gana, si así lo veo conveniente. Estás aquí para mi placer, al igual que yo estoy aquí para el tuyo. ¿Ha quedado claro?

—Bastante —le gruñí—. ¡Suéltame! Te odio.

—Sí, pero te gusta cómo te follo, ¿verdad?

No era una pregunta. Fue más como la constatación de un hecho. Me soltó el pelo y dio un paso atrás.

—De rodillas, Delanie. —Se tiró de la hebilla del cinturón—. He tenido un día muy agotador y necesito desestresarme con eso que tan bien sabes hacer.

—¿Aquí? ¿En la entradita? —pregunté.

Él me miró con dureza, levantando la ceja como diciendo que tenía cojones de cuestionarlo.

—¿He tartamudeado?

El Chichi me chocó los cinco mentalmente, y luego sacó su mini grabador de DVD y empezó a ponerse a filmar gritando: «¡Silencio en el *set*! ¡Acción!»

En un movimiento rápido, Noah me puso de rodillas y liberó de su prisión a su polla colosal, que se movía en mi dirección como diciendo «he pasado mucho tiempo sin el chupa-chupa». Y estaba bastante segura de que había una lágrima en la hendidura de su glande.

Por supuesto, dejad que os limpie esa lágrima a besos, Su Enormidad. Al fin y al cabo, los niños grandes no deben llorar, y madre del amor hermoso, tú eres grande.

Noah soltó un siseo cuando saqué la lengua y barrí la gota de líquido preseminal de la punta de su miembro. Las comisuras de los labios se me crisparon, triunfantes, y yo procedí con mi tortura. Le di un beso con lengua y luego solté un leve gemido ansioso cuando rodeé su cabeza con los labios y succioné con fuerza.

—Joder, joder, joder —gruñó apartándome la cabeza de un tirón por el pelo.

Tendría suerte si no acababa calva para cuando terminara.

Bajó la mirada hacia mí y habló con una voz profunda y ronca.

—Ah, conque quieres jugar sucio, ¿no? Yo también puedo ir así. —Sus palabras serpentearon por el aire y me lamieron ese punto sensible entre mis muslos cual lengua serpentina—. Parece que necesitas un pequeño recordatorio de quién es el que tiene el control aquí, Delanie.

Se agarró la base de su verga con su mano libre y dobló las rodillas para meter la cabeza más adentro de mi boca.

—Quédate justo así —ordenó—. Yo soy el que folla. Y tú la que mamas.

Sujetándome la cabeza con ambas manos, empezó a moverse adentro y afuera de mi boca sin mostrarme ninguna piedad y metiéndose tan al fondo como los confines de mi boca le dejaban, lo que quería decir que tocaba la pared de la garganta. A decir verdad, me costaba mantenerle el ritmo. La polla de Noah no se había encogido exactamente durante el último par de años. Tenía la boca abierta tanto como podía, pero aun así me las apañé para ejercer algo de presión con mis labios, envolviéndolos alrededor de mis dientes para evitar arañar su gloriosa verga.

—Más fuerte, Delanie. Chupa más fuerte —ordenó con un gruñido que se fue directamente hasta mis partes femeninas y las hizo empezar a llorar también un poco.

En serio, me hacía falta una cubeta de goteo o algo para todo el chorreo que hacía el Chichi.

Sus caderas embistieron hacia delante y me golpearon la pared de la garganta, dándome un poco más de lo que podía acoger con comodidad. Me entraron arcadas, y el movimiento hizo que mi garganta se tensara alrededor de su glande. Noah soltó una retahíla de obscenidades, se retiró de mi boca y me puso de pie de un tirón. Su boca se estampó contra la mía en un beso feroz y salvaje.

Con la fuerza y la velocidad de un superhumano, me colgó de su hombro y subió los escalones de dos en dos. Él no paró hasta que llegó a nuestro dormitorio, abrió la puerta de una patada y me tiró sobre la cama. Los zapatos y la ropa salieron volando a través de la habitación cuando él nos desvistió a ambos con urgencia. Y luego me levantó las caderas de la cama, me lanzó las piernas por encima de sus hombros y el cuello se me quedó doblado en un ángulo extraño a la vez que zambullía la cabeza entre mis muslos… justo donde yo la quería.

—¡Ay, Dios! —grité al sentir sus labios, lengua, dientes. Me estaba comiendo viva, y era la sensación más excitante del mundo.

Sus dedos abrieron mis labios vaginales y expusieron la carne rosada de mi tesoro escondido a la vez que con las yemas me acariciaba el clítoris en movimientos circulares. Era una erótica demostración de sus extremas capacidades, y yo tenía asientos de primera fila para el espectáculo. Vi y sentí su lengua, larga y gruesa, presionar mi abertura cuando me acariciaba por dentro y por fuera. Luego sus dedos palmearon mi botón de placer, azotándolo en una rápida sucesión con la perfecta cantidad de fuerza.

—Noah… por favor —supliqué, retorciéndome tanto como podía debido a lo fuerte que me estaba agarrando.

Corcoveé las caderas hacia delante; quería más, aunque su cara estuviera enterrada en mi coño. Me mantuvo los labios abiertos y me succionó el clítoris a la vez que movía la lengua rápidamente sobre el endurecido capullito. Luego se volvió a meter el clítoris en la boca con fuerza, tiró de él y lo soltó con un pop.. Volvió a succionarlo y a tirar de él una vez más horriblemente despacio antes de soltarlo y contemplarme mientras se relamía los labios.

—Tu coño es el más dulce del mundo, Delanie. ¡Y es mío!

Me encantaba su naturaleza posesiva, pero para seguir con el juego sentí necesario recordarle una cosa.

—Solo hasta mañana, gilipollas —le dije, destilando desafío.

Noah me mostró los dientes, me gruñó y se le contorsionó la cara del enfado; era un actor excepcional. Sin cuidado ninguno, me levantó de la cama y me atrapó con su cuerpo contra la pared.

Sus labios se acercaron a mi oreja; respiraba pesadamente.

—Estarás llamando como loca a mi puerta en menos de dos días, suplicando que te dé más de mi polla —dijo mientras me agarraba el culo y me levantaba del suelo.

—Ni de coña —contesté y le solté, aunque lo rodeé con las piernas.

En represalia, Noah hundió los dientes en la suave carne donde el cuello se unía a mi hombro. Arremetió con sus caderas hacia delante, fuerte e implacable, y me penetró.

Grité de placer y eché la cabeza hacia atrás, contra la pared. La cara se me tensó y apreté los dientes al recibir esa sensación primitiva y salvaje. Era justo lo que quería, lo que necesitaba.

—Sí, te gusta, ¿eh? —dijo con una sonrisa de suficiencia mientras me cogía el pelo con una mano y me sujetaba con la otra. Se salió de mi cuerpo y volvió a empotrarse contra mí. La fuerza de su acometida me levantó por la pared con una sacudida.

—Te encanta y adoras mi polla —gritó, marcando cada palabra con una rígida estocada que llegaba cada vez más adentro de mi cuerpo—. Puedes intentar negarlo todo lo que quieras, pero tú y yo sabemos que soy el dueño de ese coño, Delanie.

Le hinqué las uñas en la espalda y me agarré a él mientras la fuerza de sus embistes me levantaban por la pared y me bajaban de nuevo. Enterré los labios en el hueco de su cuello y chupe y degusté el sudor salado de su pasión mezclada con su furia.

Este era mi Noah. Este era el hombre que me podía llevar al abismo de la locura y seguidamente traerme de vuelta antes de poder caerme por el borde. Y luego lo haría todo otra vez hasta que por fin me soltara y me zambullera en el tempestuoso mar de los orgasmos que se removía al fondo de ese escarpado acantilado.

Follarme a Noah era un deporte de riesgo. Y vaya chute de adrenalina que suponía.

Me corrí gritando su nombre a la vez que él gruñó con cada acometida de sus caderas. Y entonces mi cuerpo se convirtió en gelatina en sus brazos.

—Todavía no he acabado contigo.

Su voz era exigente, firme. Separó nuestros cuerpos entrelazados de la pared y me llevó hasta el sofá donde me folló la boca por primera vez, y una bandada de imágenes de aquel encuentro me inundó los pensamientos: Noah de pie sobre mí, dominándome, con un pie levantado en el sofá mientras empujaba y sacaba su verga de mi boca.

El Chichi le dio a rebobinar y me lo enseñó de nuevo todo otra vez con una pícara sonrisilla en la cara.

Noah me soltó y me giró para que quedara boca abajo con su mano presionándome la zona lumbar mientras los dedos de su otra mano me penetraban una y otra vez. Luego los liberó y deslizó la resbaladiza evidencia de mi orgasmo a través del valle que se extendía hasta mi culo, hasta penetrar y envolver mi otra abertura con la lubricación natural que mi propio cuerpo había segregado.

Estaba dispuesta al cien por cien, pero también seguía todavía con mi actuación. Le dediqué miradas asesinas por encima del hombro y desdeñé:

—¡No se te ocurra, cabrón!

El desvergonzado movimiento de mis caderas hacia él fue una completa contradicción a mis palabras, así que Noah supo lo que realmente quería.

—Te lo dije, Delanie. Poseo cada centímetro de tu cuerpo, y tendré lo que quiero —dijo mientras movía los dedos dentro y fuera del orificio prohibido—. Y lo que quiero ahora mismo... —se inclinó hacia delante hasta que sus labios estuvieron una vez más cerca de mi oreja— es follar este prieto culo.

Su voz se suavizó un poco y me dio un beso en la cara.

—¿Estás lista, gatita?

Ningún juego de rol evitaría que se asegurara de que estuviera bien. Mi nivel de confort era siempre lo más importante para él.

Asentí y arqueé la espalda para ofrecerle lo que ambos queríamos.

—Buena chica.

Volvió a su personaje, se colocó en la posición que estaba antes e hincó una rodilla detrás de mí antes de apoyar la otra sobre el sofá.

Sentí la presión de la cabeza en mi ano y al segundo estuvo dentro de mí, abriéndose paso con muchísimo cuidado mientras se hundía entero y gemía de placer. Noah y yo hicimos esto muchas veces desde nuestra primera vez, normalmente en ocasiones especiales, así que no fue ni la mitad de doloroso que cuando aquella primera vez. De hecho, fue bastante placentero.

Me apoyé en un codo y me eché hacia atrás, hacia él, pero la presión de su mano sobre mi espalda no me dejó que llegara más lejos.

—Para el carro, mujer. Siempre tan ansiosa.

Percibí la sonrisa de suficiencia en su voz. Esa insistencia en tratarme como una pieza de porcelana me estaba sacando de quicio.

—¿Vas a follarme o vamos a quedarnos aquí todo el día como dos perros procreando?

Su mano bajó hasta mi culo y me dio una fuerte palmada acompañada con una pizca de dolor. Si Noah no me hubiera estado sujetando, podría haber sido desastroso teniendo en cuenta la precaria posición en la que nos encontrábamos.

—Eso ha sido una advertencia, Delanie. Ahora quédate quieta o puede que decida no ser delicado contigo.

Giré la cabeza hasta el brazo del sofá para esconder mi enorme sonrisa, porque sí, la situación era tan erótica como el pecado.

Volviendo a lo suyo, Noah me separó los cachetes del culo y me imaginé la cara de concentración que debía de tener mientras se quedaba mirando embobado las vistas, intentando por todo lo que más quería no perder el control. Se separó un poco solo para mover las caderas hacia adelante una fracción más de lo que lo había hecho antes. Sus gemidos y los míos se entremezclaron en el aire que había entre nosotros y se dieron una pequeña fiesta un buen rato. Repitió los movimientos hasta que los músculos de mi cuerpo, rígidos al principio, se relajaron y le dieron la señal que había estado esperando antes de poder moverse con más libertad.

—Mierda, qué gusto.

Su voz sonó sin aliento, controlada con mucho esfuerzo, mientras se movía dentro y fuera de mi culo.

Con una mano en mi cadera y la otra rodeándome la cintura para tocarme el clítoris, aumentó el ritmo de sus movimientos. Gruñidos graves y roncos se hicieron eco por toda la habitación y sus movimientos se volvieron más insistentes. El sonido de piel con piel se unió a la fiesta, y convirtieron nuestra sexcapada en una orgía aunque solo estuviéramos invitados nosotros dos. Yo gemía y gimoteaba como una veterana estrella del porno, y el Chichi lo estaba grabando todo en cinta.

—Justo ahí, gatita —gimió cuando encontró el ángulo que más le gustaba.

Pero yo volvía a estar en el abismo otra vez, y aunque ya me había corrido una vez, no era justo para él seguir tentándome con el proverbio de la zanahoria frente a mi cara sin dejar que la probara siquiera.

—No te atrevas a parar —le dije, y Noah continuó pellizcándome el clítoris entre los dedos incluso cuando los gemidos de su inminente orgasmo crecían en su pecho.

—No pares. No pares. No… pares… —dije mientras me volvía a correr.

Debería haber sabido que no me iba a dejar con ganas. Aquel no era el estilo de Noah Crawford para nada. Él *siempre* satisfacía.

No había llegado siquiera al clímax de mi orgasmo antes de que el ruido sordo que había estado filtrándose desde el pecho de Noah hasta la superficie llegara hasta su punto de ebullición, se abriera paso a la fuerza a través de su garganta y explotara de sus labios en una retahíla de obscenidades. Sus embestidas fueron irregulares, erráticas e insistentes al mismo tiempo que me mantenía inmóvil y utilizaba mi cuerpo para ordeñarse hasta no dejarse ni una sola gota de semen dentro.

Mi cuerpo, entumecido y falto de energía, se desplomó sobre el sofá. Luché por recuperar el aliento. Cada músculo se me tensó a modo de preparación cuando sentí el movimiento de Noah detrás de mí y supe que estaba a punto de salir, cosa que yo nunca encontraba demasiado placentera. No obstante, él lo hizo rápido y luego su cuerpo cubrió el mío. Como siempre dejó salir al amante atento y me bañó de besos castos cada centímetro de cuerpo dentro de las inmediaciones de sus labios.

—Joder, te quiero mucho —dijo Noah entre bocanadas de aire—. Me alegro de no haberme echado para atrás en esa subasta y de no haberte dejado a merced de Jabba el cavernícola.

Me reí y le di una palmada a su muslo desnudo. Se rió ante mi intento desanimado.

—Vales cada céntimo que pagué por ti y más. Feliz aniversario, Delanie.

—Sí, tú también —me las arreglé para decir de un modo juguetón entre respiraciones dificultosas.

La Agente Doble Coñocaliente y el resto de su equipo de rodaje —la Culoestra, el Culo, y el Vergazo Prodigioso— nos dedicaron una ovación. No, la película no era real, pero lo que Noah y yo acabábamos de hacer era otro recuerdo que añadir a la colección que hilvanaba nuestras vidas. Yo tenía la suerte de ser capaz de recuperarlos para reproducirlos al instante cada vez que quisiera, y lo hacía muy a menudo.

Lo que empezó con un intento desesperado de una mujer por salvar a su madre moribunda ahora se había convertido en una historia de amor para los restos. Hollywood seguramente no compraría los derechos de nuestra historia y nunca veríamos nuestros nombres en luces de neón, pero en nuestro mundo propio sí que éramos todo un exitazo. Y eso era todo lo que importaba.

Agradecimientos

La decisión de publicar esta bilogía no fue fácil ni rápida de tomar, pero me alegro de haberlo hecho. Como es obvio, este espacio está dedicado para agradecer a esa gente que me ha dado un poco de su sangre, sudor y lágrimas para ayudarme a lograr que ocurriera. Así que comencemos, ¿os parece?

Ante todo, debo darle las gracias a mi amiga y mentora, Darynda Jones, que tiene un talento increíble. De no ser por ti esta aventura habría tomado una dirección completamente diferente. Estoy convencida de que la gente entra en nuestras vidas por una razón. Chica, tú entraste en la mía para ayudarme a conseguir que mis sueños se hicieran realidad. Te quiero, guapa.

Todavía no me creo la suerte que he tenido de haber conseguido a mi extraordinaria agente, Alexandra Machinist, y a mi excepcional editora, Shauna Summers. Sois dos de mis personas favoritas en el mundo. Gracias por apostar por mí.

Un enorme gracias a mis lectoras cero: Patricia Dechant, Melanie Edwards, Maureen Morgan y Janell Ramos. Sois mis áncoras de salvación, mis cajas de resonancia y mis mayores animadoras. Os quiero. Y lo digo de corazón.

También quiero agradecer públicamente a mi equipo de calle, el Parker's Pimpin' Posse, y sobre todo a mis fieles lectoras. Gracias. Ojalá pudiera llamaros a todas por vuestro nombre porque es vuestro apoyo el que hace que siga haciendo lo que hago.

Y, por último, pero no por ello menos importante, debo darle las gracias a Abyrne Mostyn, porque los diamantes pueden ser los mejores amigos de una mujer, pero las perlas son muchísimo más divertidas.

¡Muchas gracias a todas, FLYAS!

NUESTRO ECOSISTEMA DIGITAL

NUESTRO PUNTO DE ENCUENTRO
www.edicionesurano.com

Síguenos en nuestras Redes Sociales, estarás al día de las novedades, promociones, concursos y actualidad del sector.

 Facebook: **mundourano**

 Twitter: **Ediciones_Urano**

 Google+: **+EdicionesUranoEditorial/posts**

 Pinterest: **edicionesurano**

Encontrarás todos nuestros *booktrailers* en **YouTube**/edicionesurano

Visita nuestra librería de *e-books* en **www.amabook.com**

Entra aquí y disfruta de 1 mes de lectura gratuita

www.suscribooks.com/promo

Comenta, descubre y comparte tus lecturas en **QuieroLeer®**, una comunidad de lectores y más de medio millón de libros

www.quieroleer.com

Además, descárgate la aplicación gratuita de **QuieroLeer®** y podrás leer todos tus *ebooks* en tus dispositivos móviles. Se sincroniza automáticamente con muchas de las principales librerías *on-line* en español. Disponible para **Android** e **iOS**.

https://**play.google.com**/store/apps/details?id=pro.digitalbooks.quieroleerplus

https://**itunes.apple.com**/es/app/quiero-leer-libros/id584838760?mt=8